Katharina Springer
In ihren Stiefeln

D1727283

Katharina Springer

In ihren
Stiefeln

Roman

Mohorjeva
Hermagoras

Bundesministerium
Bildung, Wissenschaft
und Forschung

2., unveränderte Auflage 2022

Katharina Springer: In ihren Stiefeln
  Roman

Lektorat: Christina Korenjak
Redaktion: Hanzi Filipič
Covergestaltung: ilab.at (Foto: Katharina Springer)

© 2021, Verlag Hermagoras/Mohorjeva založba, Klagenfurt/
  Celovec – Ljubljana/Laibach – Wien/Dunaj
Gesamtherstellung: Hermagoras Verein/Mohorjeva družba,
  Klagenfurt/Celovec
Originalausgabe 2021

ISBN 978-3-7086-1242-3

LAND KÄRNTEN
Kultur

Unterstützt durch die Stadt
villach

Inhaltsverzeichnis

„*Bewahre mich vor dem naiven Glauben,*
es müsse im Leben alles gelingen.
Schenke mir die nüchterne Erkenntnis,
dass Schwierigkeiten, Niederlagen, Misserfolge,
Rückschläge
eine selbstverständliche Zugabe zum Leben sind,
durch die wir wachsen und reifen."

(Antoine de Saint-Exupéry)

Prolog
2014

Der Fund
Herbst 2014

Die Baggerschaufel kratzt plötzlich auf Metall und erzeugt dabei ein markerschütterndes Geräusch, das allen auf der Baustelle bis in die Zahnwurzeln fährt. Der Baggerfahrer zuckt zusammen, denn dieses Geräusch ist beim Abriss eines steingemauerten Kellers normalerweise nicht zu hören. Er fährt den Bagger einen Meter retour und stellt den Motor auf Leerlauf.

„Das muss ich mir anschauen," ruft er seinem Kollegen zu, der gerade den groben Schutt auf die Ladefläche des Lastwagens hebt. Auch der hält nun inne und wartet im Führerhaus. Aus der Kellermauer ragt eine Metallkiste inmitten der zertrümmerten Beton- und Steinteile hervor, die ungefähr einen Meter lang, etwa fünfzig Zentimeter breit und ebenso tief ist. So eine Kiste in einer Kellermauer hat er noch nie gesehen und sie passt überhaupt nicht zu diesem Haus. Was hat die hier verloren?

„Eine Bombe!", schießt es ihm spontan durch den Kopf, bevor er es laut ausspricht.

Laut schreit er in Richtung seiner Kollegen:

„Alle Maschinen Stopp! Vielleicht eine Bombe!"

Die Baustelle ruht, bis der Chef eintrifft. Eine Menschentraube neugieriger Nachbarn bildet sich vor dem Loch. Die Polizei trifft mit einem Experten für die Entschärfung alter Bomben aus dem Zweiten Weltkrieg ein. Ihnen folgt Marianne, die sichtlich erschüttert und verängstigt sofort aus dem Büro kommt, als man sie anruft.

„Frau Lindner, warten Sie bitte hinter dem Zaun!"

Da ist gar kein Zaun mehr.

Der Bombenfachmann tritt näher an die noch halb mit Erde bedeckte Kiste heran und hält ein tickendes kleines Gerät vor sich, mit dem er knapp über dem Metallquader pendelt. Wäre die Situation nicht so ernst gewesen, hätte Marianne bei dem ulkigen Anblick sicher gelacht. Sie steht auf den Ruinen des liebsten Ortes ihrer Kindheit, der nun verschwunden ist, um einem Mann zuzusehen, der nach Wasseradern pendelt. Ganz sicher hätte ihre Großmutter Anna in diesem Moment gelacht.

„Wahrscheinlich ist es nichts." Der Bombenentschärfungsexperte blickt nach oben. „Sieht untypisch aus. Baujahr?"

„1950", antwortete der Polier, der sich mit seinen Arbeitern hinter dem Bagger verschanzt hält. Er hat schon einmal eine Bombe gefunden und weiß um die Gefahr.

„Nein. Das ist keine Bombe!", gibt es schließlich Entwarnung, auch für die am Zaun wartenden Nachbarn. „Es ist nicht einmal rostig. Dieses Teil hier wurde beim Bau mit eingemauert. Was auch immer es ist."

Marianne tritt nach vorne an den Rand der Grube. Mit einer gewaltigen Brechzange knackt der Bauleiter das Eisenband, welches um die Metallkiste gewickelt ist, auf. Laut reibt dabei Eisen auf Eisen. Marianne steht die ganze Zeit über neben dem Polier und fragt sich, was wohl in dieser Kiste sein könnte. Was, wenn darin eine Leiche liegt, oder ein Skelett? Mein Gott, ein grausamer Gedanke, grübelt Marianne mit zittrigen Knien. Mit viel Mühe hebt der Bauleiter schließlich langsam und quietschend den schweren Deckel an. Als alle um die Kiste Versammelten in den erstaunlich sauberen Innenraum blicken und die vielen alten Papiere und Schachteln sehen, murmelt der Bauleiter trocken:

„Keine Leiche. Nur altes Zeug."

Der Bombenexperte meint erleichtert: „Das ist wohl bloß eine große Schatulle, gefüllt mit Geheimnissen, die man nie hätte finden sollen."

In diesem Augenblick macht es „klick" bei Marianne. Der

Mann sagte: „Schatulle". Nun endlich begreift sie die letzten Worte ihrer Großmutter Anna am Sterbebett. Worte, die sie seit über zwei Jahre haben rätseln lassen:

„Es ist in der Schatulle, es gehört dir. Es ist wichtig. Du musst sie suchen."

Der Polier reißt sie aus ihrem Tagtraum: „Wohin damit, Frau Lindner?"

Oma Nanes große Schatulle wird in Mariannes Kofferraum gehievt, sie wiegt fast 40 Kilogramm.

Buch 1
Anna
2011 – 2012

Der Auszug
Frühling 2011

Wann Anna aufgehört hat ihre Augenbrauen nachzuziehen, weiß sie nicht, und es spielt auch keine Rolle mehr. Feine Härchen über der Oberlippe sind es nicht wert, ausgezupft zu werden. Anna blickt in den fast blinden Spiegel im dunklen Badezimmer, während sie mit einst so routinierten und nun ungelenken Bewegungen ihre schlohweißen Haare mit einem feinen Kamm antoupiert. Ihre Wangenknochen heben sich nicht mehr unter der fahlen Haut ab wie früher. Eine teigige, weiche Masse bildend und zerpflügt von unzähligen Längs- und Querfurchen, formen sie einen tief durchgrabenen Ackerboden, als Ernte ihres langen und durchwachsenen Lebens. Ein wenig Hautcreme trägt Anna von der Stirne an abwärts und über die vielen Leber- und Altersflecken auf, bevor sie die Reste in ihr immer noch imposantes Dekolleté verwischt. Nur die Augenpartie lässt sie aus. Schön, dass sie die Ohrringe wiedergefunden hat. Sie passen zu ihren wässrig-blauen Augen, deren Pupillen inzwischen von dem Schleier umgeben sind, den der graue Star dagelassen hat.

Sie legt ihre Schürze ab und zieht eine frische weiße Bluse an. Sie liegt ganz oben auf dem Stuhl im Schlafzimmer, in dem es noch kühl ist um diese Jahreszeit. Es ist ein Sonntagnachmittag im Mai. Ohne dass es ein Muttertag sein muss, sitzt die Familie zusammen, oder zumindest ein Teil davon. Anna ahnt noch nicht, dass es sich um eine Mission handelt. Sie möchte gerne auf der Terrasse einen Kaffee servieren, dort ist es schon angenehm warm. In ihrem Garten sind die Tulpen lange verblüht und der

Goldregen grünt und wuchert üppig. Es dürfte ein Apfeljahr werden, so viele Blüten trägt der alte Baum. Er schwingt mit den summenden Bienen.

Auf dem Weg in die Manzenreiterstraße raunt Susanne, eine schlanke Teenagerin, aus dem Fond von Opa Siegfrieds altem, grünen Mercedes:

„Die Urla ist schrullig geworden, richtig sonderbar und vergesslich."

„Sie wird schon nicht vergessen haben, dass wir kommen!", beruhigt Elisabeth ihre Enkelin, während Siegfried für einen Moment die Augen von der Fahrbahn abwendet.

Er betrachtet seine Frau seit Langem wieder einmal bewusst. Elisabeth rückt ein paar verlorene Strähnen aus ihrer feuerroten Mähne zurecht, welche sie seit Jahren zu einem Knoten nach hinten bindet. Aus dieser Perspektive fällt ihm auf, wie schön seine Frau für ihr Alter noch ist. Sie ist nun schon ein paar Jahre in Pension, hat aber kaum Falten und ihre Figur ist auffallend schlank und attraktiv geblieben, obwohl Elisabeth nie Sport treibt.

Seine einzige Enkelin Susanne ist kein kleines Kind mehr, aber mit zwölf Jahren schafft sie es noch Dinge auszusprechen, die den Erwachsenen oft schwerfallen. Sie hat recht, wenn sie so über ihre Urgroßmutter spricht. Sie wird sonderlich. Niemals verhält sich Susannes „Urla" grob oder grausam, oder gar schimpfend, wie andere laute alte Weiber, die nicht mehr hören können oder hören wollen. Und dennoch: Anna Kofler wird bald neunzig. Sie ist klein, weißhaarig, zerfurcht und zahm, aber seltsam. In ihren Wachträumen erhält sie immer öfter Botschaften aus der Vergangenheit. Einmal ist es eine Fotografie, die sie verwirrt, dann wieder eine Meldung im Radio. Erinnerungsfetzen ohne Zusammenhang suchen sie heim oder erheitern sie, aber Anna kann das niemandem erzählen, denn es ist niemand mehr da, der die alten Lieder kennt, und die Menschen und die Tiere. Sie sind alle schon fortgegangen. Sogar Hans, obwohl er vielleicht länger bleiben wollte. Anna kommt gut alleine zurecht, weil sie das Haus kaum verlässt und eben dort meint sie, nicht alleine zu sein, obwohl sie das die meiste Zeit ist. Sie nützt ihre einsamen Stunden und veranstaltet Kostümfeste, tanzt als Prinzessin verkleidet durch die Zimmer, sucht nach Spiegeln und verneigt sich tief. Dabei lacht sie fröhlich quietschend wie ein kleines Kind. Ganz hell kommen diese Töne irgendwo aus ihrem tiefsten Inneren, so ganz anders als ihre Sprechstimme, die knarzig und heiser klingt. Anna zieht sich unzählige Male um, bindet sich viele Schals um den Hals und trägt drei Röcke übereinander, knöpft Blusen auf und zu und zwängt sich mit den Wollsocken in Sandalen, die sie vor dreißig Jahren zuletzt getragen hat. Schließlich macht ihr das keine Freude mehr, sie vergisst, was sie gerade spielt, bleibt dann nur teilweise bekleidet irgendwo im Wohnzimmer sitzen und hat kein Bedürfnis, das alles wieder wegzuräumen. So entsteht ein riesiger Fetzen-Trödel-Markt, den Elisabeth überquert, wenn sie zur Türe ihres Elternhauses hereinkommt. Verzweifelt und mit wachsendem Zorn stapft sie durch die alten Kleider, die sie nur zu gerne endlich entsorgen würde. Viel öfter aber zieht sich Anna überhaupt nicht mehr um und trägt ihre Kleidung über Wochen. Sie wäscht sich nicht, was man inzwischen schon aus der Ferne riechen kann, denn durch die Inkontinenz bleibt immer etwas beißender Uringeruch in ihrer Wäsche zurück. Es ist ein süßlich-säuerlich Mief, der in einem Vakuum von schlecht gelüfteten Räumen stehen bleibt. Schimpft ihre Tochter mit ihr, dann blickt sie betroffen auf den Boden und erklärt manchmal, sie wolle niemandem zur Last fallen mit der vielen Wäsche. Das macht Elisabeth rasend, denn sie wäscht gerne für ihre Mutter die paar Schürzen und die Unterwäsche.

Die alte Dame geht schon lange nicht mehr außer Haus, mit Ausnahme von kleinen Spaziergängen im Garten oder auf die Terrasse. Eine besorgte Nachbarin ruft Elisabeth an und bittet sie um Unterstützung:

„Die Frau Kofler steht nun schon seit geschlagenen vier Stunden am Gartenzaun und spricht mit sich selbst. Soll man da was machen? Vielleicht wird es ihr auch bald zu kalt. Es dämmert schon."

Diese Selbstgespräche finden schon lange in Annas Kopf statt, bevor sie einen Weg nach draußen erreichen, unverständlich für die Umwelt, ein Sammelsurium aus Gesangsfetzen und Reimen.

Das Haus ist inzwischen keine sichere Burg mehr für Anna, keine Festung, sondern ein Gefängnis, in dem sie die Einsamkeit einholt. Das Haus ist auch keine Schatztruhe der Vergangenheit, sondern ein stolpersteiniger Haufen voll widriger Treppen, Kanten, Ecken, alter Installationen und kaputter Elektrogeräte. Anna lässt sich ungerne helfen. Sie akzeptiert widerwillig Elisabeths Aufräumversuche und beweint den Müll und Unrat, den sie wegwirft. Man könne das alles noch brauchen, jammert sie und dass man früher froh gewesen wäre, noch ein verschimmeltes Stück Brot essen zu dürfen. Das Wenige, was Anna einkaufen muss, bringt ihr eine Nachbarin mit, aber ständig auf die alte Dame aufpassen kann sie nicht. Elisabeths Angebot, ihr eine Haushaltshilfe zu besorgen, stößt auf massive Ablehnung.

„Glaubst du, ich schaffe das nicht? Das Haus sauber halten? Wo ich alleine eh keinen Schmutz mache?"

Sauber ist das zweigeschossige Haus schon lange nicht mehr. Die angebrannten Töpfe stapeln sich in der Spüle, der Kühlschrank ist entweder leer oder voll mit abgelaufenem Essen. Anna bringt es nicht fertig, Lebensmittel wegzuwerfen. Im Bad zeigt ein Schmutzrand, dass sie wohl doch einmal baden war. Die vielen weißen Haare im Badvorleger haben sich zu einem gediegenen Muster verknotet. Staubwolken kullern durch alle Zimmer und bilden zusammen mit der Erde aus dem Garten eine Unterstreu für Annas Menschenstall.

„Mama, so kannst du nicht leben!"

„Doch Elisabeth, so kann und will ich leben!"

Annas Sturheit ist mit den Jahren immer noch schlimmer geworden.

Elisabeth und ihr Mann Siegfried blicken schließlich den Tatsachen ins Auge und suchen gegen Annas Willen kurz vor ihrem neunzigsten Geburtstag nach einer geeigneten Heimunterbringung. Vielleicht mit einer niedrigen Pflegestufe, wo sie sich noch etwas mit den anderen Bewohnern unterhalten kann. So sie das will, wobei sie sich nicht sicher sind, ob sie das will. Ungern erinnern sich die beiden an ihre Besuche in den Heimen der Umgebung. Sie sind erschüttert über das Schweigen der Ruhiggestellten und die heiseren Schreie aus den Zimmern. Von alten Menschen, die nach Hause wollen. Was sie noch mehr schockiert, sind die lebenden Toten am Gang, abgestellt für Stunden, umgebettet, gefüttert, gewickelt und dann wieder abgestellt. Tagaus, tagein dasselbe eintönige Programm, angeordnet von überforderten und hilflosen Pflegern in Tag- und Nachtschichten, die den Insassen das Unterscheiden von Tag und Nacht verwehren und sie in einem Wachkoma ohne die Möglichkeit von Unterbrechungen zurücklassen. Das will man nicht für Anna.

Das Haustor steht offen. Der Mercedes bleibt in der Einfahrt, während die drei Besucher sich dem Windfang nähern. Die Schritte über dem Kiesweg erzeugen ein lautes Knirschen, was den Hund der Nachbarin aufschreckt. Der alte Bernhardiner beginnt tief vergrault zu bellen. Susanne macht sich auf den Weg zu ihm, sie kennt das Tier, seit sie ihre ersten Schritte in Uromas Garten machte.

„Komm dann wieder herüber! Hörst du!", ermahnt sie ihre Großmutter. Sie läuten und warten lange an der Tür. Bis Anna in die Hausschuhe schlüpft und sich auf den Weg macht, braucht es einige Minuten. Siegfried schaut schon auf die Uhr und dreht an seinen Sakkoknöpfen. Warum er sich für den

Sonntagsbesuch derart aufmascheln muss, weiß er nicht, aber wenn Elisabeth das will, wirft er sich eben in Schale. Der graue Anzug steht ihm tatsächlich gut und passt zu seinen hellen Augen. Etwas nervös fährt er mit den Handflächen über die von der Pomade harten Haare oberhalb seiner Ohren. Siegfried steht wie immer einen Schritt hinter Elisabeth und überragt ihren roten Haarknoten um eine Kopflänge. Wie so häufig blickt er von oben auf das Geschehen. Gerade jetzt kommt er sich vor wie ein Firmling oder Miss Daisys Chauffeur. Auf jeden Fall falsch.

Elisabeth zupft an der Folie, die sie straff über den selbstgebackenen Kuchen gelegt hat. Anna öffnet mit einem strahlenden Lächeln. Elisabeth stellt froh fest, dass das Wohnzimmer heute ordentlich ist. Ihr Blick streift die Kommode mit den vielen Bildern und die durchgesessene Couch, auf der ihr Vater so gerne saß. Anna hat einen ihrer guten Tage. Elisabeth belässt es bei einer kühlen Begrüßung ohne Küsschen und lobt das schöne Wetter für den Besuchstag. Ein prüfender Blick in die Küche gibt Elisabeth etwas Hoffnung, aber als sie ins Bad geht, ist sie sich sicher, dass eine Frau mit neunzig Jahren nicht mehr alleine leben darf, selbst dann, wenn sie körperlich noch recht fit ist wie ihre Mutter. Elisabeth kehrt durch die alte Bauernküche zurück auf die Terrasse und beobachtet Anna, die ihren Filterkaffee noch immer so kocht, wie sie es vor über siebzig Jahren gelernt hat. Sie leert das heiße Wasser in den Filterhalter, den sie zuvor mit einer Filtertüte ausgelegt und mit gemahlenem Bohnenkaffee befüllt hat. Langsam tropft die heiße, braune Flüssigkeit durch den Papierfilter und duftet ganz köstlich.

„Echten Kaffee gibt es nur am Sonntag!" Anna erklärt sich dabei nicht ihrer Tochter, sondern ihrer vor Jahrzehnten verstorbenen Mutter Lydia. Dass diese augenblicklich neben Anna steht, kann Elisabeth nur ahnen. Es würde sie gewiss nicht verwundern, denn ihre Mutter spricht seit dem Tod ihres Mannes mit vielen Toten. Einen Arzt hat man deswegen nie befragt. Warum auch? Niemand stößt sich mehr daran, keiner wundert sich, aber die Häufigkeit, mit der Anna in der letzten Zeit in die Welt der Toten hinabsteigt, und die Dauer ihres Ausbleibens, fernab der echten Welt, machen Elisabeth Angst.

„Mama, wir möchten dir etwas zeigen", fängt Elisabeth an diesem schönen Sonntagnachmittag auf der Terrasse schließlich vorsichtig ihre Mission an, während sie ein Faltprospekt glatt auseinanderstreicht.

„Was willst du denn damit?"

Anna erkennt an den Bildern schnell, worauf ihre Tochter hinaus will. Bilder mit fröhlichen Alten in Rollstühlen, die auf Hochglanz frisiert und glücklich hindrapiert wurden.

„Kommt nicht infrage! Ich bin noch nicht tot! Dafür brauche ich nicht einmal eine Brille aufzusetzen!"

„Aber Anna …"

Siegfried kommt nicht einmal zur Erklärung der Vorzüge dieses Heimes.

„Still. Seid ja still!", protestiert Anna. „Ich lasse mich nicht einsperren. Ich will leben. Ich habe die verdammten Nazis überlebt und die Engländer auch. Ich sterbe nicht bei solchen rumänischen Krankenpflegern, die mir alles stehlen, was noch da ist."

Siegfried muss sich ein Grinsen verbeißen und schlürft lächelnd den Kaffee. Elisabeth schüttelt den Kopf. Annas einzige Urenkelin Susanne biegt aus dem Garten um die Hausecke, dabei flattert ihre lockere Bluse um ihre schlanke Silhouette. Die engen Jeans sind übersät mit Löchern. Die hat sie extra für Oma Elisabeth angezogen, weil sie das überhaupt nicht leiden kann. Kaputte Jeans oder Piercings, Tätowierungen und echt alles, was cool ist, findet Oma grässlich und abstoßend. Da ist ihr die Urla schon lieber, denn der ist das komplett egal. Sie sieht es auch gar nicht mehr so richtig. Susanne will ihre Urla drücken, als diese sie ermahnt:

„Fini, tust du bitte das Gatter hinter den Kühen zuziehen?"
Sprachlos und zugleich verdutzt starrt sie ihre Urla an.
Susanne hat bisher gemeint, ihre Großmutter und ihre Mutter
sollen sich nicht solche Sorgen um die schräge, alte Frau machen.
Schön langsam wird es aber gruselig, wenn ihre Urgroßmutter
fortwährend mit toten Menschen spricht. Es ist auch nicht so
cool wie im Fernsehen, wenn man Geister sieht, sondern richtig
unheimlich. Manchmal haben Annas Fantasiereisen aber auch
eine fatal komische und zugleich traurige Seite, denn besagte
Fini kannte außer Anna niemand mehr persönlich. Fini war
ein Findelkind und lebte auf dem Bauernhof, wo Anna einst
als ganz junges Mädchen arbeitete. Das war vor siebzig Jahren.

Es dauert noch zwei Monate, in denen Elisabeth ihre Mutter
zwecklos von dem Einzug in das Altersheim zu überzeugen
versucht, bis Anna dann stürzt. Schwer und unglücklich. Auf
dem Weg über die Treppe in den Abstellkeller verliert Anna den
Halt und wird erst am darauffolgenden Tag vom Postboten gefunden, der wie gewohnt durch die offene Türe eintritt, um der
alten Dame einen guten Morgen zu wünschen, als er sie win-
selnd vor Schmerzen am Boden liegend antrifft. Die Rettung
kommt ebenso rasch wie der Befund des Arztes, der sie nun als
pflegebedürftig einstuft, denn ein Oberschenkelhalsbruch heilt
im Alter von neunzig Jahren nicht mehr richtig zusammen. Sie
ist verwirrt, aber sie weiß, dass sie ihr Haus für immer verlassen
wird, als Elisabeth sie an diesem heißen Augustmorgen abholt.
Es ist ein tagelanger Kampf, den die beiden davor ausfechten.
Über viele kleine Dinge, die Anna unbedingt mitnehmen will.

Immer wieder setzt Anna sich aufs Bett, als wollte sie die darauf liegenden Kleidungsstücke ausbrüten. Sie versucht sie vor
der Vernichtung zu retten. Versonnen zieht sie an den Rändern
der vielen Spitzendeckchen, die im Wohnzimmer drapiert sind,
bis Elisabeth sie ihr aus der Hand nimmt und auf einen Haufen
mit anderen Dingen legt. In jedem einzelnen dieser Deckchen
steckt Lebenszeit, die sie damit zugebracht hat, diese kleinen

Kunstwerke zu schaffen. Nun werden sie weggeworfen. Wie sie selbst auch. Entsorgt. Vertrieben. Manchmal setzt sie sich einfach auf die Eckbank und beobachtet Elisabeth, die unentwegt räumt, stapelt, schlichtet. Wie viele Kisten und Kartons sie vollräumt, wie sie dabei schnauft und leise irgendetwas murmelt. Immer wieder kämpft Anna mit ihren aufsteigenden Tränen. Das Stofftaschentuch mit den Initialen von Hans gibt Anna nicht mehr aus der Hand. Zerknüllt und nass behält sie es in der Faust. Sie schneuzt sich und seufzt laut. Elisabeth stellt ein Kompottglas mit undefinierbarem braunen Inhalt auf den Küchentisch. Darauf ein Etikett mit Annas Schriftzug „Kirschen, 1989".

„Mama!" Elisabeth ist böse mit ihr. Sie weiß nicht warum.

Auf den Stock gestützt humpelt Anna an diesem heißen Morgen durch die Räume im Erdgeschoss und wirft letzte Dinge in den Koffer, die Elisabeth dann wieder herausholt.

„Mama, ich bitte dich! Was willst du mit einem Mixer? Du hast ja keine Küche mehr. Du bekommst dort dein Essen!"

„Bist du da sicher? Ich nicht!"

Schließlich schaffen die beiden es, Liebgewonnenes, aber nun zwecklos Gewordenes, von Wichtigem zu trennen. Sie marschieren mit drei Koffern vollgepackt mit Kleidern und Erinnerungen, und einer Bananenschachtel randvoll gefüllt mit Fotos, zum Mercedes von Siegfried, der geduldig über Stunden draußen wartet.

„Tu mir das nicht an!", bittet er seine Frau, ihn aus der Kampfzone zu lassen. Er weiß um Annas Verhältnis zu ihren Erinnerungen, und die stecken in allem, was sich in dem Haus befindet. Aber alles kann sie nun einmal nicht mitnehmen. Er überlegt lange, wie es wohl ihm selbst ergehen würde, wenn er wüsste, dass er nur drei Koffer voll aus seinem eigenen Haus mitnehmen dürfte, um dann abzureisen. Auf immer. Elisabeth gelingt es besser als ihm, mit Annas Abschied umzugehen, auch wenn sie barsch auf Annas Ausbrüche im Haus reagiert. Manchmal ist sie richtig grausam. Er kennt sie nun vierzig Jahre und ist sich bewusst, dass seine Frau bereits seit dem Tod ihres Vaters innerlich mit ihrer Mutter abgeschlossen hat. Was damals am Totenbett von Hans Kofler geschehen war, wurde nie besprochen. Für Elisabeth existiert, was nicht besprochen wird, auch nicht. Vielleicht ist sie irgendwann bereit zu erzählen, hofft Siegfried. Möglicherweise, wenn das Haus ausgeräumt wird. Anna will man das jetzt noch nicht erzählen. Es ist schon schlimm genug für sie, aus dem Haus zu gehen. Er mochte Anna schon immer und er findet, dass sie eine tapfere alte Dame ist, die da auf den Stock gestützt ein letztes Mal die Treppe heruntersteigt. Im Hausanzug, mit ihrem Schal und in Turnschuhen humpelt Anna über die Hauseinfahrt, während sie sich umblickt und in die Bäume hochsieht, über die Hecken, und schließlich einen letzten Blick auf das Hausdach wirft.

„Du musst es neu decken lassen, Elisabeth. Es ist schon kaputt."

„Ja, Mama, ich weiß."

„Leb wohl. Behalte dir deine Geheimnisse!", murmelt sie leise in Richtung Haus blickend.

Zimmer Nummer 324
Herbst 2011

Im Zimmer 324 sieht es anders aus als in allen anderen. Auf der Tür sind zwei Fotografien angebracht und zwei Namensschildchen. Hildegard Mayernig und Anna Kofler liest man da, groß und ordentlich in Blockbuchstaben. Hinter der Tür ist es nicht mehr so ordentlich, aber dafür gemütlich. Die Zimmerwände sind ausstaffiert mit Bildern, Postern und mit Schnipseln aus Zeitungen. Dabei spielt der Inhalt keine Rolle: Da gibt es Bilder von Königinnen und von feinen Rezepten. Tiere sind auch darunter; Katzen, Hunde, ein Pferd. Nicht nur die Wände sind bunt, es gibt auch Trockenblumensträuße und Figürchen, die zwischen den aufgestellten Fotos von den Familien der beiden alten Frauen den Staub auffangen. Eigentlich ist das alles im Heim verboten. Nur weil Frau Koflers Tochter Elisabeth beim Einzug versprochen hat, dieses Durcheinander sauber zu halten, lässt man die beiden Damen gewähren. Man versuchte zunächst, dieses Dekorieren zu unterbinden, und räumte die Wände vorsichtig ab, aber weil das zu Wutausbrüchen und Depressionen bei beiden Bewohnerinnen führte, sah man darüber hinweg.

Anna wohnt inzwischen nicht mehr im Zimmer 324, sondern im vorigen Jahrhundert, und das ohne Unterbrechungen. Sie holt die Bananenschachtel unter dem Bett hervor. Die ist vollgestopft mit Fotografien und alten Zeitungsartikeln. Stoffreste und sogar ein Fuchsfell liegen neben altem Modeschmuck und Porezellanfigürchen. Unaufhörlich spricht Anna mit der alten Frau im lila Schlafrock, die inzwischen im Stuhl döst.

„Wir richten uns ein, hörst du Milli? Wir machen es uns schön."

Hildegard reagiert sowohl auf ihren richtigen Namen als auch auf Milli. Sie weiß, dass Anna nicht direkt mit ihr, sondern mit ihrer Freundin Ludmilla aus Kindertagen spricht. Die beiden Zimmergenossinnen sind sich in gewisser Weise ähnlich, denn mit Hildegards Einlieferung ins Heim hat sich diese von vielen Dingen ihres alten Lebens verabschiedet. Sie hat sich dazu entschlossen, in der ihr noch verbleibenden Zeit in ihrer eigenen Welt zu leben mit denjenigen, die ihr im Leben guttaten. Bedauerlicherweise sind sie alle bereits verstorben. Aber das stört Hildegard nicht weiter, auch nicht die Abwesenheit, die ihre Zimmerkollegin an den Tag legt. Anna geht oft über Stunden fort. Im Geiste.

Seit ihrem Beinbruch will Anna tagsüber nicht liegen bleiben, denn das verursacht ihr mehr Schmerzen als das Stehen oder Sitzen. Am liebsten würde sie ständig in den Gängen auf- und abhumpeln, aber das ist nicht immer möglich. Vor allem nicht in der Nacht. Der hämmernde Schmerz in der Hüfte will nicht mehr nachlassen. Wie viele Atemzüge bis zum nächsten Schub? Dreimal Einatmen und Ausatmen und da ist er wieder. Anna ist schon so vertraut mit diesem Rhythmus, dass sie ihr gesamtes Dasein darauf ausrichtet. Sie will keine Schmerzmittel mehr nehmen, denn sie trüben ihre Sinne so sehr, dass sie bald nicht mehr weiß, wo sie sich befindet. Sie will die Pein lieber erdulden und versucht, mit Gebeten dagegen anzukämpfen.

„Gegrüßet seist du Maria, voll der Gnade. Der Herr ist mit dir. Du bist gebenedeit unter den Frauen und gebenedeit ist die Frucht deines Leibes ...", flüstert sie, während sie den Rosenkranz immer weiterdreht.

Der Geist scheint den Körper währenddessen kurz zu verlassen und frei zu atmen, ohne Qualen. Anna überlegt manchmal, ob dieser Schmerz eine späte Strafe Gottes ist, als Sühne für den

Schmerz, den sie angerichtet hat, als sie so viele Menschen über Jahre belogen hat.

Du sollst nicht lügen, lernte sie schon früh.

Aber sie musste es tun. Sehr lange.

Muttertag im Heim
Frühling 2012

Es ist ihr zu anstrengend. Nein, Hildegard ist nicht zum Besuch der Muttertagsfeier im Sozialraum des Altersheimes zu überreden, obwohl Anna auf sie einredet und sie umgarnt:

„Geh, schau, die Kinderlein haben sich so bemüht etwas zu lernen und spielen tun sie auch mit der Flöte. Ist bestimmt lieb gemacht, oder?"

Nein, Hildegard verweigert. Sie hatte nie Kinder und auch keine Enkelkinder, und von den erbschleichenden Neffen und Nichten hat sie sich bereits lautstark verabschiedet. Also macht sich Anna alleine auf den Weg zum Lift und fährt abwärts, wo es lauter ist als sonst, wo Teller und Besteck klappern, Instrumente gestimmt werden und eine Unzahl Kinder zwischen fünf und zehn Jahren schnattert und doch versucht, sich still zu verhalten, was allerdings misslingt. Der Raum ist heute besonders gut gelüftet für die Besucherfamilien und Blumen stehen auf den Tischen. Ein Transparent oberhalb der provisorischen Bühne lädt zur „Muttertagsfeier 2012" ein. Anna gefällt das, sie lächelt und setzt sich in einen Stuhl an der Wand, von dem aus sie gute Sicht auf das Geschehen hat. Sie wird etwas müde, versucht die Augen offen zu halten und träumt sich schließlich davon.

Die Kinder auf der Bühne im Sozialraum des Altersheimes singen inzwischen von der Mutterliebe und der einzigen Mutter und tragen richtig dick auf, findet Anna. Aber was es heißt, Mutter zu sein und die Kinder nicht behalten zu können, davon singen die Kleinen nichts. Die Realität vor achtzig Jahren sah anders aus, da war es nicht das Wichtigste, dass die Mutter dafür sorgte, dass die Schulhefte sauber geführt wurden oder dass man einen Kuchen für die Kinder backte.

„Alles Quatsch!", meint Anna laut. Aber ihr Einspruch geht im Sprechgesang unter.

Die Muttertagsfeier geht dem Ende zu, als Anna von der Pflegerin einen Teller hingestellt bekommt und aufgefordert wird, doch ein Stück Kuchen zu probieren: „Kosten Sie einmal, Frau Kofler."

Ja, kosten, kosten! Weiß diese junge Frau denn noch, was ein Kostkind war? Was das einst bedeutete?

Anna wird krank
Sommer 2012

Ihr Krankenhauszimmer ist klein und so sauber. Es riecht nach Essigreiniger, der sich mit dem säuerlichen Geruch von Urin vermischt, wenn ihre neue Bettnachbarin einnässt. Sie selbst hat seit der Operation einen Katheder und wartet dreimal täglich auf dessen Entleerung und das zufriedene Gesicht der Ärzte, wenn sie genug getrunken hat. Wie reduziert sich das Leben auf Dinge wie Essen, Trinken, Atmen, Harn lassen und sich entleeren, wenn man so alt ist wie sie? Ein grausam langweiliges Betonen von Körperfunktionen, ohne Geist und ohne Seele. Aber die Seele ist noch da, will sie manchmal einer Schwester sagen, wenn diese sie lieblos wäscht und anzieht oder mit ihr zur Toilette geht. Jeder Schritt ist eine Reise. Sie hätte schon viel früher auf ihre Tochter hören sollen, als diese meinte, sie müsse operativ etwas gegen ihre O-Beine tun. Aber das lehnte sie ab, solange es ihr nicht mehr Schmerzen bereitete.

Anna hatte schon als Kind leichte O-Beine, die in kurzen Röcken ganz lustig anzusehen waren und von der schlechten Ernährung kamen, wie ihr ein eifriger Arzt einmal erklärte.

„Wir hatten alle nichts zum Beißen, Herr Doktor. Aber nicht alle hatten O-Beine", konterte Anna schmunzelnd, wobei sich ihre Zahnlücke frech entblößte.

„Junge Frau, da haben Sie recht. Aber jetzt, wo wir genug zum Beißen haben, dürfen Sie auch ruhig etwas mehr essen", meinte der darauf lächelnd und dennoch beharrlich.

Als Anna endlich einschläft, träumt sie sehr schlecht und lebhaft.

Wenn der Regen tatsächlich musiziert, dann spielt er an diesem grauen Nachmittag ein Streichkonzert. Ein paar Geigen in Begleitung eines Cellos, vielleicht eine Pauke im Hintergrund. Sanft und dennoch kraftvoll prasselt Wasser aus dem tiefschwarzen Himmel. Unentwegt klatschen Tropfen gegen Annas Zimmerfenster und bleiben doch ungehört. Die alte Frau liegt still mit geöffneten Augen und starrt an die Decke. Die Nachtschwester entleert den Kamillentee aus der Kanne ins Waschbecken. Sie streicht vorsichtig das Bettlaken gerade und notiert etwas in Annas Pflegeakte. Ein paar Zeilen weiter oben steht der nüchterne Vermerk: 17. Juli 2012, 8.45 Uhr. Schlaganfall nach Lungenödem. Ausgelöst durch Embolie. Schlecht verheilte Hüftluxation. Morphindosierung angepasst. Schlafmittel nach Ermessen.

Das geschieht just an dem Tag, als man ihr mitteilt, dass ihr Haus verkauft werden muss. Nur mit ihrer Enkelin Marianne spricht Frau Kofler noch ein paar Worte, bevor sie sich hinlegt und komplett verfällt. Die Schwester hat das schon oft gesehen, aber die Wucht, mit der diese Dame umgeworfen wurde und sich aufgab, war ungewöhnlich heftig. Seitdem ist sie nur noch körperlich anwesend, aber nicht mehr geistig. Der Regen hat aufgehört, sein Konzert an das Fenster zu peitschen, und der Wind legt sich, während Annas röchelnder Atem gleichmäßig ihre Brust anhebt und absenkt.

Anna verschwindet aus ihrer alten verbrauchten Hülle und schlüpft behände in den Körper der Achtjährigen, die in der Bauernkeusche auf der Ofenbank neben dem Holzherd sitzt. Durch ihre Nasenflügel zieht sie den himmlischen Duft von Malzkaffee und Polenta ein. Tief fließt ihr Atem. In Annas Träumen der Kindheit baumeln Speck und Würste unter der Zimmerdecke in der Küche. Daneben hängt reine Wäsche, getränkt vom Geruch der Schichtseife. Der Himmel duftet in einer unendlich weit entfernten Vergangenheit.

Sie erkennt ganz deutlich die bunte Maserung auf den Flügeln der Tagpfauenaugen, die im lauen Altweibersommerlicht tänzeln, und hört die Vögel zwitschern. Sie lauscht der Melodie des Windes, der über die Berghänge fällt und über dem Tal sanft aushaucht, als sie inmitten einer Blumenwiese oberhalb der kleinen Ortschaft erwacht.

Buch 2
Anna
1928–1946

„Wenn du durchaus nur die Wahl hast zwischen einer Unwahrheit
und einer Grobheit, dann wähle die Grobheit;
wenn jedoch die Wahl getroffen werden muss zwischen
einer Unwahrheit und einer Grausamkeit,
dann wähle die Unwahrheit.“

(Marie von Ebner-Eschenbach)

Arnoldstein
1928

Nahe Arnoldstein bei Villach liegt der Bauernhof ihrer Eltern, noch im Gailtal und fast schon in Italien. Das Dorf zählt nur fünfzig Häuser, die ohne Straßennamen auskommen. Mit Kalk aufgemalte Hausnummern reichen aus. Die Zahlen sind nach Belieben vergeben worden, meint der Briefträger, der selten kommt, aber jede Familie kennt. Es ist gewiss nicht der schönste Fleck auf Erden, aber die Menschen sind geblieben, weil es den Bergbau gab. Schon immer. Und weil die Flößer und Fuhrwerker Arbeit fanden. Viele Fremde sind später noch mit dem Bau der Gleise hergezogen und durch die schlechten Zeiten hindurch dageblieben, andere sind wieder fortgegangen. Leere Baracken schauen am Ortsrand durch gespenstisch finstere Fenster zu den Schienen hin. Im Winter wirft der mächtige Berg seinen langen Schatten über den Ort, sodass erst im Mai die Sonne auf die Felder und Dächer hereinfällt. Die Winter ihrer Kindheit sind bitterkalt, mit viel Schnee. Reif gibt es schon ab September. Ein harter Boden, übersät mit groben Steinen, verlangt den Bauern viel Arbeit ab, bevor sie etwas ernten können.

In der Mitte der Siedlung ragt der Kirchturm hell zwischen den mit dunklen Holzschindeln gedeckten Häusern heraus. Ein kleiner Zirkel von sechs Häusern rund um die Kirche stellt den alten Ortskern dar. Dort wohnen die begüterten Bauernfamilien mit der längsten nachweisbaren Geschichte. Von Herbst bis ins Frühjahr wehen ohne Unterlass dicke Rauchschwaden aus den Kaminen, niemand muss frieren.

Der Hof der Blasnigs gehört nicht in diesen Zirkel, ist auch kein richtiger Hof, sondern eine Keusche. Ein zusammengezimmertes und windschiefes Holzgestell mit winzigen, zugigen Fenstern und losen Dachschindeln. Die uralte Holztür hat viele Astlöcher. Sie schleift am groben Holzboden, wenn Anna sie öffnet.

Es gibt für Anna wenige geschenkte Momente voll Freiheit außerhalb des Hauses. Hunger, Not und Gram gewähren wenige unbesorgte Augenblicke unter duftenden Apfelbäumen, deren Äste sich unter der Last der schweren Früchte biegen. Annas Mutter wird die Kinder wieder verjagen, um die Wäscheleinen zwischen den Bäumen zu spannen, für die viele Wäsche, die sie von den Bergleuten zum Waschen bekommt. Das bleibt ihre einzige Möglichkeit Geld zu verdienen und die fünf Kinder vor dem Verhungern zu retten.

Nach dem Tod von Annas Vater ist nichts mehr wie früher. Lydia Blasing ist eine junge und von den vielen Geburten knapp hintereinander geschwächte Witwe, die rund um die Uhr ihre Kinder stillt, wickelt, aufhebt, schnäuzt und irgendwie zusammenhält. Solange es eben geht. Obwohl sich die Männer bemühen, den Staub aus den Stollen vorher abzubeuteln, ist die Küche doch stets wie bestäubt von feinem Pulver, in dem die Kleinen am Boden herumkrabbeln. Annas kleinster Bruder Gottlieb muss deswegen ständig husten, während er vom Gitterbett aus das oftmalige Heben und Senken der Arme seiner Mutter beim Wäschewaschen beobachtet. Er lernt bald, dass sie ihn nicht hochnimmt, egal, wieviel er auch brüllt. Lydia hätte dafür jede Kraft gefehlt. Anna sitzt dann gewöhnlich in der vom Dampf geschwängerten heißen Küche und versucht, Hausaufgaben zu machen. Wenigstens hat sie es warm dabei, denn nur, wenn die Wäsche ausgekocht wird, fühlt es sich selbst nachts noch gemütlich in der Stube an. An allen anderen Tagen wird Holz gespart, wie eben alles gespart werden muss. Das kurze Aufflammen zum Kochen und ein paar wenige, stärkere Scheite vor dem Zubettgehen müssen reichen und bringen kaum Erleichterung bei der Kälte, die durch die vielen Ritzen unter den Fenstern pfeift. Alle Kinder kriechen so dicht aneinander wie es geht und wachen steif vor Kälte auf. Dann wird die Schule zum einzig warmen Hort für sie und viele andere Bauernkinder, denn dort wird mit dem Holz geheizt, das die Kirche gespendet hat. Und mit dem Scheit, das jedes Kind täglich von zu Hause mitzubringen hat, um den Raum im Erdgeschoss des Pfarrhauses zu wärmen. Speziell nach den Weihnachtsfeiertagen ist der Steinboden klirrend kalt. Den anderen Dorfkindern ergeht es in den Jahren der Weltwirtschaftskrise nicht viel besser als Anna. Viele haben ihre Väter nie kennengelernt, weil die Männer im Ersten Weltkrieg gefallen sind, und wenige hatten Arbeit. Die Väter mit einem wöchentlichen Lohnkuvert tragen diesen Verdienst ins Gasthaus und nicht nach Hause.

Schicksale, die die Wirtin gut kennt, aber trotzdem ihrem eigenen Geschäft nicht Feind ist. Manche verspielen ihre Existenz im Gasthaus und nehmen sich das Leben, während die Ehefrauen und Mütter die Socken zum einhundertsten Mal stopfen und die Kinder brav in der Schule lernen. Wie ihre Tochter Ludmilla und Anna, die mit sechzig anderen Kindern verschiedenen Alters eng beieinander sitzen und gemeinsam in einem einzigen Raum und mit viel Disziplin unterrichtet werden. Die beiden sind schon ein komisches Pärchen. Auf der einen Seite die Keuschlertochter Anna, spindeldürr mit O-Beinen wie Zahnstocher und einer markanten Zahnlücke zwischen den Schneidezähnen, das Gesicht übersät mit Sommersprossen. Die andere eine Wirtshaustochter, mit dichtem, schwarzem Pagenkopf, der ihr ohnehin rundliches Gesicht noch runder macht. Dazu Ludmillas stramme Waden in festen schwarzen Schuhen. Anna hat gar keine eigenen Schuhe. Bis zu ihrem zwölften Lebensjahr trägt sie die Schuhe ihres Bruders nach. Sie ist keine gute Schülerin, sondern immer eine Mitläuferin, ei-

ne gerade noch Aufsteigende. Während ihre Mutter in den großen dampfenden Kesseln rührt, hält Anna den Schreibgriffel
fest in der Hand und versucht, ein paar Striche auf die kleine
Schiefertafel zu zeichnen. Sie ist ungeduldig und hadert mit dem
schlechten Licht in der Stube, dem Geschrei der Kleinen und
vielem mehr. Aus Verzweiflung über ihre ungelenken Finger
gibt sie rasch auf und lässt den Griffel laut fallen. Es fällt ihr
nicht leicht, sich zu konzentrieren und das Lesen hasst sie am
meisten. Viel Zeit bleibt ihr ohnehin nicht für die Schularbeiten
vor dem Abendbrot, denn Anna wird stets gebraucht und eingeteilt. Als kleines Kind muss sie schon Hühner füttern und
Eier einsammeln, als Volksschulkind dann die Ziegen von der
Weide holen und in den Stall sperren, um sie dort zu melken.
Dann sitzt Anna auf ihrem Schemel, bindet die beiden langen
Zöpfe am Hinterkopf zusammen und schimpft mit den zwei
Ziegen, weil sie sich selten melken lassen wollen:

„Steigt mir ja nicht in den Eimer!"

Das tun sie dennoch und Anna wird dafür von der Mutter
gescholten, aber nie geschlagen. Lydia nimmt den Eimer, fischt
die Schmutz- und Kotreste aus der noch warmen, leicht säu-
erlich duftenden Milch und gießt sie in einen Topf, um sie ab-
zukochen. Daneben schmort am Herd Polenta, ein Brei aus
Maisgrieß. Er bleibt über Jahre das Hauptnahrungsmittel der
damals sechsköpfigen Familie. Annas jüngere Geschwister
werden lange gestillt, manchmal sogar gleichzeitig, denn so
spart die arme Frau die Milch für die Großen und Zeit ebenfalls. Wie oft hat Anna die ausgemergelten Brüste ihrer Mutter
wohl gesehen?

Ludmillas Mutter dagegen war ihre Rettung aus der Trost-
losigkeit. Wie sehr hat sich Anna gewünscht, ein Einzelkind
zu sein wie Milli? Sie hatte alles. Genug zu essen, Kleidchen,
Puppen und Spielsachen, sogar ein paar Schier. Als einzige
Tochter der einzigen Wirtshausfamilie im Dorf durchlebt Milli
eine Kindheit, die unbekümmert dahinplätschert. Sie bekommt

alles, ohne dass sie auch nur einen Wunsch äußern muss. Anna hat lange aufgegeben, sich etwas zu wünschen, aber nicht weil sie wunschlos ist, sondern weil ihre Wünsche niemals in Erfüllung gehen. Sie erhält nur an ihrem Namenstag ein paar Groschen, die im Geschäft gerade für ein paar Zuckerln reichen, sonst gibt es nichts für die Blasnigkinder. An ihrem Geburtstag bäckt Lydia für jedes ihrer Kinder einen winzigen Kuchen, den jedes für sich alleine isst, während die anderen dabei gierig zusehen. Es ist einfach nichts da. Die Mutter selbst hätte niemals auch nur um einen Brösel gefragt. An Weihnachten gibt es Socken und einen Teller Kekse für alle zusammen.

„Kommt deine Mutter zurecht?", ist eine oft gestellte Frage von Ludmillas Mutter. Nie mehr in ihrem späteren Leben begegnet Anna einer so gutmütigen Frau, obwohl die Wirtin selbst so viel Furchtbares erleben und erdulden musste. Keine Mutter soll ihre Söhne überleben müssen. Ludmilla hatte drei ältere Brüder, von denen keiner über einundzwanzig Jahre alt wurde. Der Älteste starb als Kind an Typhus, die beiden anderen nahm ihr der Erste Weltkrieg. Sie meldeten sich freiwillig. Von verschiedenen Fronten erhielt die arme Frau die Todesmeldungen. Um nicht den Verstand zu verlieren, arbeitete sie danach Tag und Nacht und wurde sehr religiös, was ihrem Mann weniger gefiel. Ihm wiederum gefielen die vielen jungen Kellnerinnen im Haus. Das war seine Art der Ablenkung in dem vormals so fröhlichen Haus, das stets gut besucht war. Als Zufluchtsort für eben jene, die vergessen wollten, die selbst traumatisiert von der Front heimkehrten oder jemanden verloren hatten. Ludmillas Mutter kochte weiterhin und hielt das Geschäft am Laufen. Sie hatte im Prinzip mit ihrem Leben abgeschlossen. Mit Mitte vierzig wurde sie noch einmal schwanger. Das glich einem Wunder und wurde in der Kirche nebenan auch als ein solches gefeiert. Nach einer komplizierten Geburt kam dann Ludmilla auf die Welt, als ein Geschenk, das keiner mehr erwartet hatte. Und so wurde sie auch behandelt. Sogar eine Dankesmesse hielt der Pfarrer ab. Der Vaterstolz hingegen hielt sich in Grenzen, was Anna erst viel später verstand.

Ludmillas Mutter hilft Lydia mit Essensresten und mit Arbeit aus. Sie lässt sie für ein paar Sack Kartoffeln und Mehl im Jahr die Bettwäsche aus den Gästezimmern bügeln und steckt den Blasnigkindern manchmal eine Süßigkeit zu. Selbst ein paar alte Hemden ihrer Söhne schenkt sie der Nachbarin, damit sie daraus Unterhemden und Sommerkleidchen für die Kleineren nähen kann. Anna verehrt Ludmillas Mutter wie eine Heilige.

Die Ohnmacht
1932

Niemals vergisst Anna den Tag der Aufbahrung. Sie ist zwölf Jahre alt, als ihr Vater Egon nicht mehr von der Arbeit heimkommt. Er kommt sonst jeden Abend nach Hause, er geht nicht ins Gasthaus. Nur am ersten Donnerstag im Monat trifft er sich mit den anderen Sängern in der Wirtsstube. Es ist aber ein Dienstagabend im Jahr 1932, als drei staubverschmierte Arbeitskollegen zur Türe hereinstürzen, ohne zu klopfen. Ihr betroffener Blick verspricht nichts Gutes.

„Lydia, es tut uns leid. Es war nichts mehr zu machen", räuspert sich schließlich der Älteste. „Bitte komm mit. Ich schicke meine Frau zu deinen Kindern."

Ohne eine Verabschiedung und ohne eine wahrnehmbare Regung verlässt Lydia die Stube. So bleiben dann die fünf Kinder alleine zurück. Es sind zwei lange Stunden, in denen das Feuer ausgeht und die Kleinen hungrig wimmern, während der Wind unaufhörlich um das Haus pfeift. Es ist ganz still im Ort, bis das Totenglöckchen läutet. Ein Geräusch, das Anna nie mochte und das nun Gewissheit bringt. Annas um zwei Jahre älterer Bruder Egon spricht es schließlich aus, in die Stille hinein:

„Der Vater ist tot. Er ist jetzt im Himmel bei seiner Mutter im Kanaltal drüben."

Egon geht zur alten Küchenuhr und hält das Pendel an, zugleich wird er der Mann im Haus. Mit dem Stehenbleiben der Uhr beginnt Anna zu zittern und das hört nicht auf, bis die

Frau aus dem Ort endlich eintritt. Sie hüllt Anna in eine Decke und beginnt mit dem Beten, das sie pausenlos fortsetzt, während sie die kleinen Kinder wickelt und füttert.

Annas jüngster Bruder ist erst ein paar Monate alt und Michael geht noch nicht in die Schule. Nach Annas Geburt vergehen drei Jahre, bis Franz auf die Welt kommt. Lydia hat ihrem Mann in zehn Jahren fünf Kinder geboren und damit sind die Blasnigs lange nicht die kinderreichste Familie im Ort. Nun sind sie Halbwaisen. In den kommenden Stunden und Tagen wird das Haus von vielen Dorfbewohnern umkreist, es wird sauber gemacht und der beste Anzug vom Vater aufgebügelt. Tapfer kämpft sich die Witwe durch die Tage, aber in den Nächten weint Annas Mutter über Stunden still vor sich hin. Am Freitag kommen die Männer vom Gesangsverein mit dem Mesner und dem Pfarrer. Sie ziehen den einfachen hellen Holzsarg auf einem Leiterwagen hinter sich her, schieben den Holzkasten zuerst vorbei am Pfarrhof und der Trafik, passieren das kleine Milchgeschäft und gehen rechter Hand am Dorfbrunnen und den Höfen der Großbauern vorbei, bis sie in die Vorstadt zu den Keuschlern kommen. Überall vor den Geschäften und Höfen bleiben die Leute stehen. Die Männer ziehen den Hut, die Frauen blicken betroffen auf den Boden. Alles ist still. Nur knapp passt der Sarg durch die Türe und streift am Rahmen. Anna sitzt bei den anderen wie aufgefädelt auf der Ofenbank und starrt die Kiste an. Der Pfarrer öffnet den Sargdeckel und blickt erschreckt zur Ehefrau, dann zu den Kindern.

„Meinen Sie wirklich, dass man ihn offen lassen soll?" Lydia nickt und beugt sich über das von den Sprengsplittern vernarbte Gesicht, während sie über seine gefalteten Hände streift. Sie will seinen Ehering abziehen, aber die Leichenstarre macht ihr das unmöglich. Die Herren vom Gesangsverein mustern sich gegenseitig, als ein markerschütternder Schrei durch die Stube fährt. Lydia will gerade sanft noch einmal mit den Händen über den Körper ihres geliebten Mannes fahren, als dessen Hose über dem Knie ein ungewohnt raschelndes Geräusch verursacht. Anna und die Kinder beginnen zu weinen. Der Pfarrer erklärt Lydia:

„Sie haben die Beine nicht gefunden. Sie haben überall gesucht. Es tut mir leid. Wir haben Stroh hineingestopft."

Mit Lydias Ohnmacht endet Annas Kindheit.

Kostkinder
1934

Ohne es zu wollen und, was sich später zeigen sollte, ganz im Sinne des Führers, hat Annas Mutter fünf Kinder in die Welt gesetzt. Wie viele Fehlgeburten sie dazwischen hatte, hat Lydia niemandem erzählt, außer Ludmillas Mutter. Es wären also sogar acht Blasnigkinder geworden, in den Jahren von 1919 bis 1932, als Annas Vater Egon starb. Nach dessen Tod und als ihre Mutter schon sehr kränklich aussah, nahm sich Ludmillas Mutter einen Moment für Anna und erzählte ihr aus der Familiengeschichte:

„Weißt Anna, deine Mutter war nicht immer so ein ausgemergeltes Weib. Sie war wunderschön, aber eine Rote halt. Ein dicker, rotblonder Zopf war immer rund um ihren Kopf gewickelt. Manchen Männern hat das gefallen, andere hat es abgestoßen."

Annas Vater hat sich auf jeden Fall in sie verliebt, obwohl sie nichts besaß, außer der kleinen Keusche und was sie am Leib trug. Es kam auch nichts dazu, außer einem Ehering und einem silbernen Kettchen, das Lydia niemals ablegte, nicht einmal am Samstag, wenn sie nach ihren Kindern kurz in den lauwarmen Zuber stieg, um sich mit Schichtseife zu waschen. Annas O-Beine wurden ihr wohl direkt von der Mutter vererbt, aber nicht die Zähne. Lydias Gebiss war das eines Mäuschens, mit winzig kleinen und scharfkantigen Zähnen, fast wie die eines kleinen Kindes. Ludmillas Mutter erklärte Anna, warum ihre Mutter so arm war, denn niemand im Dorf wollte darüber reden. Alle wussten, dass die Krobaths seit Generationen

Keuschler waren und dass Lydias Mutter ein uneheliches Kind war, das später angenommen wurde. Warum also darüber reden?

„Deine Großmutter, Gott hab sie selig, war noch sehr jung, als sie mit deiner Mutter schwanger wurde. Ich meine erst sechzehn Jahre alt. Geheiratet hat sie dann den Krobath, einen Holzknecht vom Schreinerhof. Es kamen noch elf Kinder nach, die du aber alle nicht kennst, weil sie fortgezogen sind. Jedes Jahr ging eines weg. Ich glaube sogar bis nach Kanada. Hauptsache weg von dem Loch hier. Da war kein Erbteil zum Auszahlen, nur deine Mutter hat die Keusche bekommen und mit ihr die beiden Krobatheltern, die an der Schwindsucht litten. Alle beide. Aber die sind schon lange unter der Erde. Nein, ein gutes Leben war das nie für die Lydia.“

Anna registrierte als Kind, dass ihre Mutter niemals über ihre Geschwister oder Eltern sprach, nur Annas Vater meinte einmal im Zorn in der Nacht zur Mutter: „Stell dich nicht so an, deine Mutter hat zwölf Kinder geworfen, da musst du wohl nicht so kindisch sein!“

Danach raschelte es in den Strohbetten, dem folgte ein kurzes Keuchen und Stöhnen. Dann war es wieder still und Lydia wischte sich stumm eine Träne aus dem Augenwinkel.

Ob ihre Eltern eine glückliche Ehe führten, meint Anna rückblickend zu bezweifeln, aber insgesamt respektierten sie einander. Es gab kein lautes Wort zwischen den beiden, Egon und Lydia Blasnig schwiegen nebeneinander her. Der Vater sprach wenig mit den Kindern, ermahnte sie aber am Tisch ruhig zu sitzen und die Gebete vor dem Schlafengehen nicht zu vergessen. Oft saß er und blätterte in den Tageszeitungen, die der Gemeindebeamte ihm schenkte, wenn sie schon einige Wochen alt waren. Anna hat nicht viele Erinnerungen an ihn, er lebte sein eigenes Leben. Sie sieht ihn manchmal noch vor sich beim Holz hacken und den Garten umstechen, aber sie kann sich an keine besondere Eigenheit oder Eigenschaft ihres Vaters erinnern. Er redete so wenig, dass es keine Töne in ihrem Kopf gibt, nur Bilder. Egon Blasnig stammte aus der Steiermark und hatte italienische Wurzeln. Woher genau er 1919 kam, wusste auch Ludmillas Mutter nicht zu sagen. Er war beliebt bei seinen Kollegen, weil man sich auf ihn verlassen konnte, und ein aktives Mitglied beim Männergesangsverein, aber er verzichtete auf Saufereien und ließ sich nichts zu Schulden kommen. Er verschwand nach seinem Tod von der Bildfläche des Dorfes, so wie er gekommen war, ohne nennenswerte Erinnerung. Eine Grabinschrift blieb und ein einziges Foto von der Hochzeit der beiden, auf dem er einen großen schwarzen Hut trägt, der auf seinen dunklen Haaren gut sitzt. Sein Schnäuzer ist buschig und nach der Mode der 1930er-Jahre getrimmt. Egons Hemd scheint ein wenig zu groß, aber der Anzug sitzt. Daneben und ungefähr gleich klein wie der Mann steht Lydia, das Gesicht von einem Schleier halb bedeckt. Sie hat viele Sommersprossen, die selbst auf der Schwarz-Weiß-Fotografie zu erkennen sind, und lächelt vorsichtig glücklich. Zu dem Zeitpunkt ist sie schon mit Egon schwanger, der sieben Monate nach der Hochzeit auf die Welt kommt.

Es ist November, als der kleine Gottlieb krank wird. Er überlebt den Winter nicht. Zu Weihnachten ist er schon so schwach, dass er kaum noch von der Mutterbrust trinken kann. Oft erbricht er mit dem Husten das wenige Essen wieder. Anna und die anderen drei Blasnigkinder sind am Vormittag in der Schule, alle in derselben Klasse, aber in unterschiedlichen Abteilungen, als der Mesner in die Klasse kommt, um ihnen zu erzählen:
„Der Arzt hat mich geschickt das Sterbeglöckchen läuten."
Das war Ende Jänner und noch nicht in der Fastenzeit. Die beginnt erst danach so richtig, denn Annas Mutter ist vor Kummer kaum noch in der Lage einzuheizen und etwas zu kochen. Sie ist so schwach, dass sie sich bloß über ein paar Stunden auf den Beinen halten kann und schläft am frühen Abend noch

vor den Kindern ein. Innerhalb eines halben Jahres hat Lydia ihren Mann und ihr jüngstes Kind verloren. Als die beiden Ältesten übernehmen Egon und Anna den Haushalt und die zwei kleineren Geschwister. Egon wird der Mann im Haus, hackt Holz und repariert den Zaun. Anna versucht, so gut es geht, zu kochen und Brot zu backen. Manchmal läuft sie weinend zu Ludmillas Mutter und bettelt um ein paar Eier oder etwas Mehl. Wie man Socken stopft, weiß Anna nicht und auch nicht, was für Hausaufgaben die jüngeren Brüder zu erledigen haben. Den Besen nimmt sie manchmal zur Hand, und auch die Reibbürste. Ihre Mutter gibt ihr Anweisungen vom Bett aus, wenn sie wach ist. Das geht so lange gut, bis der Bürgermeister eines Tages in der Tür steht, denn es stehen Wahlen an und er besucht alle Dorfbewohner persönlich, um sie von seinem Programm zu überzeugen.

„Herrgott noch einmal, wie schaut es denn da aus?", ruft der korpulente Herr mit Glatze. Lydia erhebt sich schwankend aus dem Bett und fällt dem Mann fast in die Arme, der sie vorsichtig auf einen Stuhl setzt und die vorbereitete nationale Parteirede augenblicklich vergisst.

„Lydia, so geht das nicht weiter!"

Es dauert nicht lange, bis der Bürgermeister mit dem Lehrer und dem Gendarm am Wirtshaustisch eine Konferenz einberuft. Über den ihm sonst so verhassten Pfaffen findet man die noch lebenden Geschwister von Lydia. In der Steiermark wohnt eine gewisse Genovefa Gammlig, geborene Blasnig, aus Arnoldstein. Ihr telegrafiert man und bittet um die Obsorge für eines oder mehrere Kinder. Die Antwort lässt nicht lange auf sich warten und so steht im Mai 1934 ein Automobil vor dem Haus der Blasnigs, aus dem eine attraktive Frau um die Dreißig aussteigt. Anna hat erst wenige Autos gesehen, im Dorf hat nur der Kaufmann einen Lieferwagen und dann gibt es noch den Postautobus.

„So ein schönes Auto kann nur einem Grafen gehören", da sind sich sie und Ludmilla sicher, als sie das Geschehen vom Apfelbaum in Ludmillas Garten aus beobachten. Die schöne fremde Frau geht zielstrebig und ohne zu klopfen ins Haus. Sie nimmt die beiden Buben an der Hand mit ins Auto, jedes Kind trägt einen winzigen Stoffsack mit Habseligkeiten bei sich. Darin befindet sich nichts Besonderes, nur Unterwäsche und ein Taschentuch, das die Mutter mit ihren Initialen bestickt hat. Franz ist gerade neun und Michael acht Jahre alt, als sie das Elternhaus für immer verlassen. Die Buben weinen nicht, bleiben dicht beieinander sitzen und blicken neugierig durch die Autoscheiben hinauf zu Anna, die noch einmal winkt, als sich der Wagen in Bewegung setzt.

„Wie die Grafen", flüstert Anna nach einer Weile. Egon will seine geliebten jüngeren Brüder nicht verabschieden, dem Schmerz nicht begegnen. Er ist in den Wald auf die Jagd gegangen, mit den anderen jungen Männern aus dem Dorf. Als er Stunden später heimkommt, sitzt seine Mutter Lydia noch immer bewegungslos auf dem Küchenstuhl und starrt zur offenen Tür hinaus. So verbleibt sie noch bis zum nächsten Morgen, bis sie dann zum Herrgottswinkel geht und wortlos das Kreuz mit dem Heiland abnimmt. Sie bricht es auseinander und wirft es in den Ofen. Lydia zündet ein Feuer an, hebt die schweren Bottiche auf den Herd und beginnt Wäsche zu waschen. Das tut sie dann die darauffolgenden Jahre fast ohne Unterbrechung.

Anna sollte erst viel später erfahren, dass ihre Brüder nicht zu den Grafen fahren, sondern als sogenannte Kostkinder bei einem großen Bauern abgeliefert werden, wo sie schwer für ihr tägliches Brot arbeiten müssen, bis beide sehr jung in den Krieg ziehen. Mit der Abfahrt dieses Automobils verschwinden noch zwei weitere Geschwister aus ihrem Leben. So verliert Anna innerhalb von zwei Jahren insgesamt vier Familienmitglieder.

Auch Egon zieht in den Krieg, aber er beginnt bereits Jahre vor dem Kriegsausbruch mit dem Marschieren und lässt keine Kundgebung der verbotenen Partei aus.

„Ein Illegaler", flüstert der Lehrer eines Tages dem Pfarrer zu, als man über Egons häufige Abwesenheit spricht. Stolz schwingt in seiner Stimme mit. Er selbst hat ihn bei den Geheimtreffen schon gesehen und Egon als einen begeisterten jungen Mann erlebt. Mit knapp fünfzehn ist Egon fast ausgewachsen und hat noch immer feuerrotes Haar wie seine Mutter. An eine fixe Arbeit ist nicht zu denken. Wo fast die Hälfte aller Männer arbeitslos ist, bevorzugt man die Väter, wenn man Tagelöhner für die harte Arbeit im Bergbau auswählt. Für einen Flößer ist Egon noch nicht kräftig genug, aber für Gelegenheitsarbeiten bei den Bauern während der Ernte und dem Dreschen reicht es. Egon treibt sich nächtelang mit den Genossen von der illegalen Partei herum, was Anna nicht weiter verzagt, denn wenn er zuhause ist, protzt er frech und kommandiert sie und die Mutter wie Hunde. Von der Mutter hat Egon keinen Widerstand zu erwarten und Anna fürchtet sich zu sehr, um aufzubegehren. Wegen seinem Verhalten ist sie froh, dass sie nach der achten Klasse Volksschule weggeschickt wird, obwohl sie sehr unter der Trennung von ihrer besten Freundin leidet.

Die Magd
1934

Anna ist vierzehn Jahre alt, als sie beim Manditsch-Bauern in Oberdrauburg in den Dienst geht. Weiter zur Schule hätte Anna gar nicht gehen wollen, sie mochte nie lernen und um für eine weitere Ausbildung täglich mit dem Zug nach Villach zu fahren, gab es kein Geld. Und wie hätte das gehen sollen? Die Mutter alleine lassen? Sie erhält vor ihrer Abreise noch ein schönes Paar halbhohe Stiefel, die sie beim Schuster anfertigen lassen darf. Die Mutter gibt ihr das Geld dafür mit. Stolz steigt sie auf das Pferdefuhrwerk, das mit einer Holzlieferung in Richtung Lienz unterwegs ist und auf dem sie bis nach Oberdrauburg mitreisen darf. Der Manditsch ist ein entfernter Verwandter eines Sangeskollegen ihres Vaters. Sie hat den Hof nie gesehen und weiß auch nichts über das obere Drautal und den Bauern, außer dass er sehr reich und sehr einflussreich sein soll.

„Und dass du mir ja brav bist und alles tust, was man verlangt! Verstehst du?" Zucht und Ordnung werden Anna aber nicht von ihrer Mutter, sondern vom Bruder eingetrichtert. Einen großen Empfang gibt es nicht für die inzwischen zu einem hübschen Fräulein Herangereifte, als sie am Manditsch-Hof aussteigt. Ein großes Haus mit sechs Fenstern in einer Reihe und einem breiten Balkon im oberen Stockwerk wirkt herrschaftlich und zudem angsteinflößend. Im Stall stehen zehn Milchkühe und ein Stier, weiter hinten noch die drei Kälber. Nebenan sind hinter einem Verschlag acht Schweine untergebracht, die durch ein niedriges Loch ins Freie laufen können. Hinter dem Hof wohnen Hühner in einem eigenen Verschlag, die Hundehütte davor steht leer. Der Hofhund ist vor einem Jahr gestorben, erklärt man ihr später. Wie viele Äcker und wieviel Hektar Wald zum Manditsch gehören, sollte sie auch erst mit der Zeit herausfinden. Für Anna ist das der größte Bauernhof, den sie je gesehen hat, und er liegt auf der Sonnenseite des Tales, mit flachen Wiesen ohne Steine. Es ist so ganz anders als daheim und sie fühlt sich so furchtbar klein und wertlos. Ihren Rucksack und ein Leintuch mit ein paar eingewickelten Habseligkeiten lässt sie nicht aus der Hand, als ihr die Bäuerin mit sauertöpfischem Gesicht ihre Kammer zeigt. Darin sitzt ein etwa vierjähriges Mädchen, welches sich als Fini vorstellt. Man weist sie an, sich sofort umzuziehen und arbeiten zu gehen, das schöne Paar Schuhe bleibt in der Ecke stehen. Zum Putzen des Saustalles und zum Füttern der Hühner kann sie diese Schuhe nicht gebrauchen, der scharfe Urin und Kot fressen das Leder sofort an, sie machen es spröde und löchrig. So marschiert sie mit bloßen Füßen über das Stoppelfeld am Getreideacker, bis ihre Fußsohlen blutig zerschnitten sind.

Anna ist fasziniert von dem riesigen Backofen, in dem Brot für zwei Wochen gebacken wird, und von dem Duft, der durch das ganze Haus strömt, wenn Backtag ist. Vorher muss das Getreide aber in einem gewaltigen Kupferkessel gekocht werden und kommt danach in einen Korb. Mit einer Schaufel schleudert es die Bäuerin zum Rösten in den heißen Ofen. Danach ist es Finis Aufgabe, in den noch lauwarmen Ofen zu kriechen, um die restlichen Körner mit einem Besen aus der letzten Ecke herauszukehren. Nur sie kann das, weil sie klein genug ist. Das Korn muss man mahlen und Sauerteig daraus fertigen, der aufgeht und in große Laibe geformt wird. Schließlich bäckt man das Brot, es kommt erst ausgekühlt in die Speisekammer. Bei all diesen Arbeiten muss Anna anpacken und mithelfen, andere darf sie völlig alleine erledigen. Im Sommer schickt sie der Bauer auf die Alm, um der Sennerin Brot und etwas geselchtes

Fleisch zu bringen. Ihr Rucksack ist schwer und duftet, dennoch darf sie sich nichts davon nehmen. Auf der Alm schenkt ihr die alte Sennerin frische Buttermilch, dazu gibt es ein köstliches Schwarzbeer-Omelett. Auf dem Rückweg trägt sie Butter und Käse ins Tal, über einen Fußmarsch von zehn Kilometern und ohne eine Pause, weil sonst die Butter schmilzt. Ein anderes Mal macht sie sich mit Fini gemeinsam auf den Weg, um Schwarzbeeren zu sammeln, die sie in große Milchkannen pflücken. Das kleine Mädchen kennt alle guten Sammelplätze und genießt diese Ausflüge fernab vom Hof, auch weil man sich dabei richtig satt essen kann. Am Hof werden die Beeren gewaschen und eingekocht. Mit blauen Fingern dürfen die beiden dann die erste Marmelade kosten, freilich nur, wenn es die Bäuerin nicht sieht.

Der Hunger
1936

„Es ist kein Geheimnis, dass der Manditsch einer der besten Schwarzbrenner im ganzen Drautal ist", sagt die Bäuerin nicht ohne Stolz.

Das hat ihn nicht reich gemacht, aber satt. Viele andere sind das in jenen Jahren nicht. Immer öfter kommen Hausierer und immer mehr Kinder auf dem Fahrrad von Spittal/Drau herauf, mit leerem Rucksack und hungrigen Augen. Die alte Manditsch bleibt unbeugsam, unbarmherzig und kalt wie ein Stein, wenn sie Anna oder dem Knecht Lois aufträgt, die Fratzen zu verjagen, mit Stöcken und Steinen, falls notwendig. Die Bäuerin selbst macht sich die Hände nicht schmutzig. Dafür sind Anna und Lois da. Und der Bauer selbst, wenngleich der Schmutz an seinen Händen ein gedachter bleibt. Als schon im ersten Krieg Unabkömmlicher hat er sich dann auch dem Einsatz im zweiten so geschickt wie möglich entzogen, denn er ist als Arbeitskraft für den Erhalt der Truppen im Hinterland verantwortlich. Und er hat Freunde, gute und einflussreiche Freunde. Freunde mit Abzeichen, Freunde mit Papieren, mit Stempeln, mit Hakenkreuzfahnen, schon lange bevor der Führer einmarschiert. Damals ist Anna noch nicht beim Manditsch, aber Lois erzählt ihr beim Dreschen auf dem Tennboden, wer der alte Manditsch wirklich ist. Anna muss am eigenen Leib erfahren, wer er ist, als sie ihm das erste Mal beim Schnapsbrennen das Nachtmahl in den Mostkeller bringt. Sie ist erst einige Wochen am Hof. Verbunden mit einem unterdrückten Würgen, bleibt ihr jener Abend für immer im Gedächtnis.

Mit glasigen Augen beobachtet der Bauer ihr Eintreten und wischt sich mit dem Handrücken seiner gewaltigen Pranke über den Schnauzbart. Wulstige Finger nesteln am Kragen, als er die junge Anna auf sich zukommen sieht. Der beißende Gestank des verdunstenden Alkohols verschlägt Anna beinahe den Atem, als der alte Manditsch ihr befiehlt, den Jausenkorb abzustellen.

„Setz dich nieder. Hast du Hunger?"
Was für eine Frage! Noch nie war sie nicht hungrig. Anna erinnert sich nicht an das Gefühl satt zu sein. Sollte sie es als Kind einmal gewesen sein, was sie bei ihrer Mutter nicht vermutet, so gibt es keine Erinnerung daran. Der Bauer deutet auf einen leeren Stuhl dem seinen gegenüber. Direkt neben dem Brenner ist es warm, viel wärmer als in ihrer winzigen Dachkammer, in der die Eisblumen wie Häkelmaschen die Fenster schmücken. Der Bauer lächelt die Magd wie ein gütiger Priester vor der Kommunion an und holt ein Stück Speck aus dem Korb. So einen sauberen Speck hat Anna beim Manditsch noch nie bekommen. Ganz selten passiert es, dass sie der Lois ein Stück gelben, madigen und schon ranzig stinkenden Speck kosten lässt. Meist nur, wenn die beiden zum Holzsammeln in den Wald gehen, weil kaum noch Anzündholz da ist. Der Bauer braucht viel Holz.

Dass dem Bauern auch noch anders heiß wird, versteht Anna, als er ihr mit jedem Stück Speck, das er genüsslich abschneidet, ein wenig mehr nackte Haut abverlangt. Es ist November und Anna ist warm angezogen, so warm es eben geht, wenn man noch in der Dunkelheit in den Stall muss. Zumindest zwischen den Kühen ist es warm und wenn das Heu nicht feucht ist, strahlt es auch ein wenig Behaglichkeit aus.

Anna soll dem alten Manditsch nun in dem Brennkammerl ihre Knöchel zeigen, die Schuhe aufschnüren und die dicken gestrickten Strümpfe von den Strumpfhaltern lösen. Dem gierigen Blick des Großbauern ist jede Güte entschwunden. Es ist pure Lust, die sie, so abscheulich eingefordert, nicht kennt. Er tauscht Fleisch gegen Fleisch. Anna ist trotz der Arbeit mit den Knechten auf dem Feld und ihrer oft liederlichen Reden nie derartig angestarrt worden. Nicht einmal die Nachbarsburschen verlangten je im Spiel von ihr, dass sie sich vor ihnen entblößte. Als Mädchen ging sie im Unterhemdchen in der Drau schwimmen, mehr Haut zu zeigen, geziemte sich nicht. Ein Mädchen war sie nicht mehr, das war ihr bewusst, aber auch noch keine Frau. Eben darum war die verbotene Wollust des Bauern umso süßer.

„Ja, meine Güte, Dirndl. Da ist doch nichts dahinter", grinst der Betrunkene.

Im Dunst des Hochprozentigen, mit brennend roten Wangen von der Hitze und vor Scham, nimmt Anna wahr, wie ihr der Speichel im Mund zusammenrinnt. Nicht plötzlich, aber langsam steigt der Fleischgeruch, die holzige Würze des Geselchten, in ihre Nase und ihr Bauch fängt an zu rumoren. Seit drei Monaten hat sie nur Polenta und Milch gegessen, abwechselnd mit hartem Brot und Krautsuppe. Der Geruch ist verführerisch, der alte Mann der leibhaftige Teufel.

„Brav. So ist es richtig."

Anna schnürt die Stallschuhe auf, die ihr viel zu groß sind, aber wenigstens warm und wasserdicht. Der Bauer beugt sich weiter nach vorne, um sie genau zu beobachten, wie sie mit den grauen, geflickten Strümpfen aus den klobigen Schuhen schlüpft. Sehr langsam. Der Bauer beginnt schneller zu atmen, schneidet ihr ein kleines Stück Speck ab, das Anna begierig von der Messerschneide schnappt und hastig in den Mund stopft. Zu schnell, fast verschluckt sie sich. Mit einem Nicken macht der fette Mann deutlich, dass sie fortfahren soll. Anna rafft den Saum ihres Leinenkleides langsam nach oben, damit sie zu ihren Strumpfhaltern gelangt. Mit jedem Zentimeter in Richtung ihrer Oberschenkel schaut sie in die gerötete Fratze des Bauern, der den Mund schon etwas öffnet und leise keucht. Ohne hinzusehen, schneidet er Kante um Kante vom Speck ab und reicht ihn Anna, die zugreift und es in den Mund stopft, das Kleid schiebt, den Speck in den Mund stopft, den Bauer die Beine breiter machen sieht und sich fast erbricht, aber kaut. Ihre Strumpfbänder blitzen heraus, die Halter sind ausgeleiert und locker, aber sie schaffen es, die kratzigen grauen Strümpfe oben zu halten. Knapp über dem Knie sind sie festgemacht, weit entfernt von der Unterhose, die der Bauer zu erspähen hofft. Anna ist noch nicht satt und noch ist nichts passiert.

„Zieh die Strümpfe hinunter. Komm schon!" Sein Atem ist flach geworden, seine Hose spannt unter dem gewaltigen Bauch, der unter der Weste schon fast herauszuquellen droht. Der Krieg bedeutet keine Entbehrungen für ihn. Er fasst sich auf den Hosenschlitz und knetet mit seiner gewaltigen Hand an seinem Geschlecht. Anna ist fassungslos, zugleich neugierig. Während er sich reibt, hat der Bauer Messer und Speck wieder in den Korb gelegt. Anna lässt den Korb nicht aus den Augen, Manditsch nicht die Strumpfhalter. Anna reagiert wie ein sehr hungriger Mensch, obwohl sie sich zutiefst ekelt: „Bauer, lass mich essen und mach du die Strümpfe auf!"

Die Geilheit übermannt ihn. Manditsch entfährt ein grollendes Stöhnen, tief aus dem dicken Bauch brummt es keuchend herauf. Er steht auf und knöpft sich den Hosenschlitz auf, ist nicht mehr zu halten.

„Nimm! Und schleich dich!", stöhnt er.

Alles geht ganz schnell. Anna langt in den Korb wie eine Straßendiebin, springt auf, nimmt die Schuhe in die Hand und rennt so schnell sie kann davon. Das schnelle harte Stöhnen des Bauern kann sie bis zum Stall hinüber hören. Sie hält sich die Ohren zu und versteckt sich hinter ihrer Lieblingskuh Moni, als sie wieder in die Schuhe steigt. Schon als sie sich die Schuhe zubindet und sich nach vorne beugt, wird ihr entsetzlich übel und sie übergibt sich in einem Schwall auf das Stroh. Den Geruch von Speck kann sie noch lange Zeit danach nicht ertragen und schenkt ihr „gestohlenes" Selchfleisch der kleinen Fini, die als Findelkind ein noch härteres Los beim Manditsch fristet.

Der Angriff
1939–1944

Der Angriff kommt unerwartet und plötzlich. Ein Zischen und Dröhnen aus östlicher Richtung und dann das Beben. Eine Bombe fällt in der Nähe des Bahnhofes, die andere landet in der Drau, der Fluss verschluckt sie. Der Lois rennt sofort aus dem Stall, als er die Flieger hört. Alle Seelen des Dorfes halten gleichzeitig die Luft an. Eine gespenstische Ruhe liegt über dem Tal. Der Knecht läuft, ohne die alte Manditsch um Erlaubnis zu fragen, direkt zum Bahnhof. Er muss es mit eigenen Augen sehen. Niemand ist verletzt worden, nur der Nationalstolz. Man ist jetzt nicht mehr Hunderte Kilometer weit weg von der Front, der lange und große Krieg ist in die Täler gekommen. Wie schon der erste Krieg, der die Großväter und Väter gefressen hat, kommt auch dieser mit noch mehr Lärm direkt ins Reich.

Immer öfter hört man von den Versehrten und Kriegsheimkehrern hinter vorgehaltener Hand: „Der Endsieg ist wohl nicht mehr weit. Aber es wird uns viel kosten." „Vor allem unsere jüngsten Söhne", entgegnet dann die Manditsch, der nur noch ihr Andreas geblieben ist. Ihre älteren Söhne rückten schon früh ein. Von beiden hat sie seit Monaten nichts mehr gehört, was sie aber dennoch nicht zu einem gläubigen Menschen macht, der für sie betet, sondern vielleicht noch härter. Der Gottglaube ist nichts zum Festhalten. Anna versteht das Wort „gottgläubig" nicht, denn es verbietet eigentlich den Glauben an Gott. Gottläubige sind fortan alle aus der

Kirche Ausgetretenen. Den Gang zur Kirche erlauben sich die Gottgläubigen freilich nicht, selbst wenn sie das manchmal gerne täten, denn die Pfarrer verhetzen das Volk. So meinen es zumindest der Führer, der Manditsch und viele andere. Der Pfarrer predigt schon seit Monaten in der leeren Kirche, nur ein paar alte Weiblein lassen sich den Kirchgang nicht verbieten. Sie ignorieren den Standesbeamten und den Bürgermeister genauso wie den Führer. Immerhin haben sie schon einen Krieg überlebt, der ihnen viel genommen hat. Viele Söhne, viele Opfer und viel Lebenszeit. Durch dieses Gottesdienstverbot fallen auch alle ehemals so schönen Feste aus, wie die Christmette oder die Fronleichnamsprozession. Es gibt keinen Kirchtag mehr, dafür ein Fest der Jugend und den Führergeburtstag, der sehr groß begangen wird. Die Kinder singen und sagen voll Inbrunst ihre Gedichte auf, auch der kleine Andreas Manditsch, der im selben Alter wie Fini ist und mit ihr die Schulbank drückt, aber ohne sie auch nur anzusehen. Bloß auf dem Heimweg ist sie ihm gut genug. Kommt ein anderer Bub dazu, neckt und beschimpft er sie als „Balg".

Die kleine Fini bleibt am liebsten am Hof und diesen politischen Anlässen fern. Es ist, als spürte sie, dass sie auf einer Abschussliste steht. Denn ohne einen Ahnenpass und ohne nachweisbare Herkunft ist sie ein Nichts. Weil der alte Manditsch seine Hand über das Kind hält und seinen Parteifreunden die Wichtigkeit dieser billigen Arbeitskraft erörtert, lässt man sie unbeachtet in den amtlichen Verzeichnissen des Ortes und produziert einen Ahnenpass, demzufolge die kleine Fini bis acht Generationen zurück ausschließlich germanische Vorfahren hatte. Die Herren im Amtszimmer haben ihren Spaß bei der Namensfindung und den errechneten Geburtsdaten, am Ende entsteht ein vorzeigbares Dokument mit Reichsadler und allem Drum und Dran. Fini selbst ahnt nichts von diesem Papier, denn der Pass bleibt bei der alten Manditsch in der Küchenkredenz versteckt, bis man tatsächlich einmal danach fragt. Fini bläut man indes täglich ein, dass sie dankbar zu sein hat, für alles, was man für sie tut. Wo sie doch ein zusätzlicher Esser ist, unwissend und noch nicht kräftig genug zum Anpacken. Manchmal kommt sie dann doch aus den vier Wänden des Manditsch-Hofs. Wenn es der alte Bauer anordnet, zwängt sie sich in ihr zu enges Sonntagsdirndl, welches sie von einem Nachbarmädchen aufträgt. Sie bleibt stets ganz nahe bei Anna in der Reihe stehen, manchmal nimmt sie ihre Hand, um sich sicherer zu fühlen. Von Annas Platz aus kann man die Buben mit den großen roten Fahnen gut beobachten und die Rede des Bürgermeisters hören. Es geht immer ums Vaterland und die Treue und ums Durchhalten. Was soll Fini noch aushalten? Schlechter als ihr kann es wohl niemandem im Dorf gehen. Sie hat niemanden und kann nicht wie Anna fortfahren zur Mutter. Selbst wenn ihre Mutter verrückt ist, wie Anna es der Kleinen einmal am Abend vor dem Zubettgehen erzählt, als diese bitterlich über ihr Schicksal weint. „Ich habe niemanden auf der Welt. Ich bin weniger wert wie die Schweine im Stall."

Man zwingt Anna nicht, aus der Kirche auszutreten, aber der weitere Kirchenbesuch ist schon bald nach ihrer Ankunft am Manditsch-Hof nicht erwünscht. Wäre sie doch hingegangen, hätte man sie sofort gemeldet. So darf Anna am Sonntag stattdessen ins Dorf wandern, um mit den anderen jungen Frauen die Deutsche Tagesschau beim Wirt zu sehen. In Annas neuntem Jahr in Oberdrauburg sind fast nur mehr Kinder und junge Mädchen da. Die Pimpfe müssen getrennt von den Mädchen in einer Reihe ganz vorne Platz nehmen. Dort sitzt auch der neunjährige Andreas Manditsch. Ein Dazwischenreden oder sich umschauen während der Tagesschau ist streng verboten. Mit großen Augen sitzt Anna auf dem harten Stuhl und bewundert die feschen Soldaten und die tollkühnen Flieger, die lächeln und winken. Sie zuckt beim Geräusch der Bomben, die große Löcher in die Erde fressen, zusammen. Darauf folgen die Märsche der Kriegsgefangenen, die auf Lkws verladen werden, untermalt von Marschmusik und dem „Horst-Wessel-Lied", das jedes Kind im Raum laut mitsingt. So auch Anna.

Am Hof kann man die schwere Arbeit nun besser aufteilen, seitdem der Manditsch beim Ortsgauleiter um einen Zwangsarbeiter angesucht hat und diesen auch prompt erhalten hat. Der neue Mann am Gesindetisch stellt sich als Jozip vor. Ein Ungar, der recht gut Deutsch spricht und gut mit den Tieren umgehen kann.

Der ehemalige Standesbeamte bringt den Ungarn persönlich bei seinem alten Freund Manditsch vorbei. In kurzer Zeit zur wichtigsten Persönlichkeit im Ort aufgestiegen, hatte er die Umverteilung von Arbeitskräften aus dem scheinbar gut befüllten Topf mit Kriegsgefangenen über. Zunächst waren es Polen und Ungarn, die im Tal ankamen, dann sah man aber auch Russen. Bei dem Huber-Bauern sind zwei Franzosen mit lustigen Mützen, die sie frech schräg auf dem Kopf tragen. Ein wenig weiter hinauf ins Drautal begegnet ihr auf der alten Bundesstraße ein Leiterwagen mit einem hiesigen Knecht und einem Italiener, der ihr freundlich zuzwinkert und „Ciao, Bella!" ruft. Beschämt in den Boden starrend, marschiert Anna weiter.

Der alte Manditsch liest seiner Frau am Abend in der Stube immer laut aus der Zeitung vor und erklärt, welches Land nun in das tausendjährige Reich eingegangen ist. Alle anderen sind zum Zuhören verpflichtet. Anna lauscht, während sie Socken stopft oder strickt. Für die Winterhilfe und für die braven Soldaten an der Front. Zuerst war es Polen, dann Finnland und Norwegen wohin die Wollsocken ihre Reise antraten. Eine Reise, die sich Anna überhaupt nicht vorstellen kann. Beim Bund Deutscher Mädchen, zu deren Treffen sie am Donnerstagabend in den Pfarrhof geht, erklärte die Zugführerin, stolz und beflissen mit dem Finger über eine Karte fahrend, die enormen Ausmaße des neuen, großen Deutschen Reiches, das über 1.000 Jahre andauern würde. Die Helga ist nicht nur Zugführerin, sondern auch das klügste Mädchen im Dorf und kann am besten erzählen. Sie ist dabei viel überzeugender als Annas alter Lehrer in Arnoldstein.

Auf den umliegenden Bauernhöfen kann Anna gelegentlich die Zwangsarbeiter bei der Arbeit beobachten, die ganz wild und hungrig aussehen und ihr Furcht einflößen, weil sie sich ganz anders verhalten als der Lois oder der Jozip. Sie hält Respektabstand, nicht nur weil der Verkehr mit den Untermenschen als eine Schande gilt. Sie hat kein Bedürfnis, mit ihnen zu verkehren, wie sie überhaupt den Männern gegenüber sehr verhalten ist. Das hat nicht nur mit dem Erlebnis in der Brennstube zu tun, sondern auch mit den Erzählungen von Ludmilla schon Jahre zuvor. Sie erklärte ihr bildhaft, wie sich die Männer in der Gaststube benahmen und was sie mit der Kellnerin taten. Den alten Bauern hat sie sich über die Jahre mit ihrem starren Blick vom Leib gehalten, dass sie bisher unversehrt blieb, hatte aber auch damit zu tun, dass er ab und an nach Villach fuhr, um sich zu vergnügen. Was er dort genau mit seinen Freunden von der SA unternahm, wusste sie nicht und wollte es auch nicht wissen. Nur dass die Bäuerin keine Freude mit solchen Ausflügen hat, bekam sie mit. Sie und alle anderen am Hof.

Mit dem Lois ist der Umgang anders, mehr väterlich-freundschaftlich. Auch weil der Lois schon graue Haare hat, empfindet sie ihn als ungefährlich. Sie haben über die Jahre immer gut zusammengearbeitet. Oft hieß er sie schneller zuzugreifen oder ordentlicher zu werden, aber nach acht Jahren geht ein Handgriff ganz automatisch in den anderen über. Sie ist sehr froh, dass der Ungar Jozip nun mit dem Lois die Ernte im Herbst übernimmt und beim Dreschen des Getreides auf der Tenne hilft. Sie muss mit der kleinen Fini nur mehr das aufheben, was beim Getreideschnitt danebenfällt. Sie müssen nicht mehr auf die Bäume klettern und die Äpfel herunterbeuteln, das machen die beiden Männer. Die säuerlichen Äpfel lesen sie vom Boden auf, um sie nach ihrem Reifegrad für den Most auszusortieren. Die Zwetschken braucht der Manditsch nach wie vor für den Schnaps, der sich weithin gut verkauft und zum Zahlungsmittel wird.

Während Anna und Lois am Feld stehen, kommen immer mehr Hamsterer aus der Stadt bis ins Dorf. Das Vertreiben hat keinen Zweck mehr. Am Bahnhof steigen Verwandte aus, die hungrig bei der alten Manditsch um Essen oder Unterkunft bitten.

„In der Stadt wird es bald nichts mehr geben, wir haben die Lebensmittelkarten, aber wie sollst du da satt werden?"

Tatsächlich sieht die feine Tante Trude in ihrem einst so eleganten Kostüm verloren aus. An den Schultern zu weit geworden, schlabbert die Jacke rund um die Hüften und der Rock wird mit einem Gürtel festgehalten, um nicht herunterzufallen. Die Manditsch, mit dem Schlüsselbund in der Küche auf- und abmarschierend, hört der Tante zu, bevor sie sich endlich ein Herz fasst und ein Stück Brot und Käse aus der Speisekammer holt. Im Tausch dafür nimmt sie der Tante Ohrringe und die Armbanduhr ab.

„Schnell, schaut's, dass wieder weiter kummt's! Wenn der Bauer euch sieht, schimpft er euch heim!" Selbstverständlich spart sie das Essen dann bei ihren Angestellten ein.

Der Fremdarbeiter Jozip aus Ungarn schläft beim Lois in der Kammer unter Dach. Ihm erzählt er von seiner Familie und seinem kleinen Hof, der enteignet wurde. In Gefangenschaft kam er schon früh und wurde in einem Lager festgehalten. Der Abtransport in die Ostmark war für ihn ein wahrer Segen, denn im Lager hätte er wohl nicht mehr lange überlebt. Entsprechend dankbar war er über jede Mehlsuppe mit einem kleinen bisschen Fett oder über Zwetschenknödel mit Bröseln, die es im Herbst manchmal zu essen gab.

Zu Anna ins Zimmer kommt im November 1944 die hübsche Zwangsarbeiterin Julischka aus Polen, die sich nun mit ihr und der kleinen Fini einrichtet. Viel Gepäck bringt sie nicht mit, nur einen Seesack aus Jute, in dem sich eine Bibel und ein wenig Wäsche befinden. Auch sie hat der alte Manditsch in Villach am Bahnhof abgeholt, wie schon den Jozip davor. Wie auf einem Viehmarkt werden die Leute den Bauern und Unternehmern zugeteilt. Man schätzt noch auf den Gleisen stehend ab, ob man die Sklaven gut für diese oder jene Arbeit gebrauchen kann. Dem Manditsch stand der Sinn wohl nicht nach Arbeit, als er die Julischka heimbrachte. Fortan ist sie sein Lieblingsspielzeug in der Schnapsbrennerei. Sie muss oft dort schlafen und kommt erst im Morgengrauen in die Kammer. Sie weint bald nicht mehr, sondern schreibt in ein Heft, das sie unter der Matratze verbirgt. Einmal versucht Anna, darin zu lesen, aber es ist freilich nicht zu verstehen. Sie kann sich aber denken, was darinsteht. Tagsüber hilft die Julischka in der Küche und im Stall, sie macht Anna einfach alles nach und spricht nie.

„Vielleicht ein Schock, oder sie will einfach nicht!", meint die alte Manditsch. Ihr ist es auch egal, denn Dirnen, die nicht sprechen, hatte sie früher schon. Finis Mutter war so eine, die nicht reden wollte oder konnte, bis sie eines Tages verschwand und das Kind einfach daließ. Erst drei Monate alt, brüllte der Säugling in der leeren Stube, bis sie ihn fand und dann für zwei Jahre bei einer Amme unterbrachte, bevor sie das Kind wieder auf den Hof holte. Wer Finis Vater war, blieb unbekannt. Ihre Mutter meldete sich nie wieder und war auch durch eine polizeiliche Suche nicht mehr zu finden. Wahrscheinlich ging sie über den Plöckenpass hinunter nach Italien. Die Bäuerin bekommt von Julischkas nächtlichen Ausflügen zunächst nichts mit, weil sie schon früh einschläft. Oder sie will es einfach nicht wahrhaben, wie schon so oft davor. Bis eines Abends plötzlich der Fliegeralarm losgeht und sie in allen Kammern das Licht löschen muss. Die Julischka ist dann plötzlich wieder fort, so überraschend, wie sie gekommen war.

Lydia

Es ist ein windiger Tag, als man Anna ruft, um ihre Mutter zu holen, bevor es die Nazis machen. „Sie hat den Verstand verloren", spricht der Dorfpriester zunächst Ludmillas Mutter darauf an.

„Das geht so nicht weiter. Wenn sie nicht bald behandelt wird, holen sie die Blasnig ab und sie wird in ein Irrenhaus gebracht. Jetzt ist es noch ruhig, aber passt nur auf. Sie werden sie suchen gehen. Alle, die nicht hineinpassen in das Bild vom schönen Menschen."

Ludmillas Mutter ruft Anna aus Oberdrauburg dringend nach Hause. Sie erklärt ihr in einem Brief, dass die Lage zu Hause zunehmend ernst wird. Sehr ernst sogar. Ihr Bruder Egon ist schon vor Kriegsbeginn eingerückt und ihre Mutter komplett verwahrlost in dem alten Haus zurückgeblieben. Anna erhält nach langem Bitten und Betteln einen Tag frei. Die Bahnreise nach Hause ist ihre erste Fahrt seit Jahren. Sie blickt sich kaum in dem heruntergekommenen Haus um, zu sehr schmerzt sie das Heimweh, aber sie weiß auch um die Unmöglichkeit hier zu bleiben. Eilig, fahrig und besorgt packt Anna die Habseligkeiten ihrer Mutter zusammen und begleitet sie im Postautobus bis ins Krankenhaus nach Villach. Immer hoffend, dass man sie nicht aufhält und ihre verrückte Mutter nicht sofort in eine Irrenanstalt abtransportiert.

Anna zerrt ihre Mutter hinter sich her wie ein störrisches Kind. Vom Bahnhof fragt sie sich bis zum Krankenhaus durch und findet endlich die Ambulanz, wo sie nach langem Warten vorsprechen darf und vorsichtig von Lydias Zustand berichtet. „Eine so starke Depression ist kein Spaziergang. Sie muss in der Nähe vom Krankenhaus bleiben."

Der junge Arzt blickte Anna sehr genau an. „Meinen Sie, dass sie das alleine schafft?"

Anna nickt, Lydia schaut versonnen und abwesend aus dem Fenster ins Nichts. Es ist unwahrscheinlich, dass sie den Arzt oder die Untersuchung überhaupt registriert.

„Sie wissen, dass ich das eigentlich melden müsste?", fährt der Arzt fort. „Dann bringt man sie nach Klagenfurt ins Krankenhaus auf die geschlossene Abteilung." Er stockt.

„Von dort ist in den letzten Monaten keiner mehr heimgekommen."

Anna antwortet hastig: „Ja. Sie wird das schaffen. Keine Sorge, Herr Doktor." Der junge Arzt schreibt ihr ein Medikament für den Notfall auf, wenn es Lydia ganz besonders schlecht geht. Die beiden verlassen das Krankenhaus, in dem es kaum noch Ärzte gibt. Die meisten dienen an der Front, die wenigsten aus Überzeugung.

Kurze Zeit danach, im Herbst 1944, treibt Ludmillas Mutter für ihre Nachbarin einen Posten als Haushälterin bei einem Kaufleutepaar in Villach auf. Es handelt sich um entfernte Verwandte von Ludmillas Vater. In der Stadt kann Lydia noch einmal neu anfangen, aber ihre Trauer würde ihr niemand nehmen können. Sie bleibt also bei dem Ehepaar, weil die noch genug zu essen haben, aber niemanden für die grobe Arbeit im Haus und Garten finden. Obwohl die Kaufmannsgattin in Lydias Alter ist, kommandiert sie sie wie ein junges Dienstmädchen. Sie sind streng zu ihr, aber genau diese Strenge und einen strikten Tagesablauf braucht Lydia nun. Lydias Tage werden fortan eine Ansammlung aus kleinsten Ereignissen, die sich aneinanderreihen und die man nicht mit Unerwartetem durchbrechen darf. Ihr Wecker ist am Nachttisch so aufgestellt, dass sie ihn vom Küchentisch und von der Waschschüssel, sogar von dem

Zustellbett aus, sieht. Sie weiß immer, wie spät es gerade ist. Die Herrschaften haben fixe Zeiten, in denen man Lydia in der Villa erwartet. Pünktlich wird gegessen und das Haus gewischt, alles hat seine Ordnung. Für Lydia ist das zu Beginn eine Qual, denn egal, wie schnell sie ist, immer kommt ihr der Zeitrahmen zu kurz vor. Sie hat seit dem Tod ihres Mannes nie mehr die Uhr in der Küche gestellt und in der alten Heimat brauchte sie auch keine, denn an der Kirchturmuhr und an den Glocken orientierte sich das ganze Dorfleben. Aber das Dorf ist nun Vergangenheit, sie kann nicht mehr zurück. Manchmal vermisst sie die Obstbäume und die weiten Flächen hinter dem Acker, aber meistens ist sie froh über ihre neue Bleibe. Einen freien Vormittag gibt es am Sonntag und ein paar Reichsmark als Lohn. Anna schreibt Lydia ein paar Zeilen von der Arbeit in Oberdrauburg und wünscht ihr alles Gute, aber bald schon bleiben die Briefe aus. Viel Zeit bleibt Anna nicht, um über das Schicksal ihrer Mutter nachzudenken, denn die Ereignisse sollen sich bald überschlagen.

Der letzte Kriegswinter ist grausamer als alle, die Anna in ihrer Kindheit erleben musste. Der Wind pfeift wochenlang eiskalt und der Januar bringt so viel Schnee, dass die Männer Tag und Nacht den Schnee zwischen Stall und Haus ausschaufeln, um den Weg freizuhalten. Innerhalb einer Nacht schneit es über zwei Meter, sodass die Schneewechte an der Nordseite des Hauses auf dreieinhalb Meter anwächst. Man kann aus dem ersten Stock gerade hinausgehen, um dann komplett im Weiß zu versinken. In der Zeitung schreibt man von einem Jahrhundertwinter, auch der Pfarrer sagt das. Minus dreiundzwanzig Grad werden auf dem Thermometer beim Bahnhof angezeigt. Nur die Kinder finden das lustig, holen die Schlitten heraus und bauen Schneemänner. Selbst Fini, die sogar unter den Fäustlingen immer noch fürchterlich friert, gesellt sich zu den Dorfkindern auf den Hügel. Ein paar Momente Frieden empfinden alle als ein Geschenk. Dem Manditsch allerdings vergeht die Freude, denn der Schnee stickt den Roggen ab, der im Frühjahr zum Füttern der Schweine gebraucht wird.

„Gegrüßet seist du Maria, voll der Gnade, der Herr ist mit dir. Du bist gebenedeit unter den Frauen und gebenedeit ist die Frucht deines Leibes Christi." Anna murmelt ihre Gebete weiter vor dem Einschlafen. Zum einen für die Mutter, damit es ihr gut geht, zum anderen für das Ende des Krieges. Am meisten aber betet sie für ihr eigenes Überleben.

Noch im Februar beginnen die Bomben zu fallen und setzen einen großen Holzlagerplatz in Oberdrauburg in Brand. Der helle Schein erleuchtet das ganze Tal. Die Eisenbahn kann viele Tage nicht mehr durchs Tal fahren, weil die Bomben die Schienen getroffen haben, oder sie von der Erde verschüttet bleiben. Die Explosionen decken Dächer ab und zerstören die Fenster. In vielen Häusern ist es eiskalt, denn obwohl man mit Holzbrettern die Löcher zunagelt, zieht es dort weiter herein. Manche Keuschen sind überhaupt unbewohnbar geworden. Die Wirtsstube nimmt die Flüchtlinge auf, sie ist für viele der einzige Ort, an dem man sich aufwärmen kann. Auch vor der seelischen Kälte und Verzweiflung. Der Wirt Pontiller schenkt über das Winterhilfswerk warme Suppe aus. Nicht nur ein Dutzend Häuser sind zerstört, auch die Ställe werden durch die vielen Fliegerangriffe schwer beschädigt. Anna kann das Brüllen der Stiere und Schweine nicht vergessen, als der Stall beim vulgo Mar abbrennt. Keiner ist mehr da zum Löschen, die alten Spritzpumpen schaffen es nicht mehr, das Wasser aus dem vereisten Dorfbach zu pumpen. Die Versehrten, die Greise und die Kinder hören mit dem Löschen auf, als die Schreie der Rinder endlich verstummen. Der Schnee stoppt den Brand erst in den Morgenstunden, der Geruch vom verkohlten Fleisch bleibt lange in der Luft.

Als der Frühling zaghaft anklopft, gehen die Kinder schon nicht mehr richtig in die Schule, weil die vielen Bombenalarme den Unterricht unmöglich machen. Im Keller des Schulgebäudes hat man einen Schutzraum eingerichtet, in den auch die Bewohner aus den umliegenden Häusern fliehen. Man hat schon eine Routine entwickelt und binnen Sekunden sind Postamt, Geschäft, Fleischhauer und Molkerei geschlossen, weil alle in den Schutzkeller stürmen. Obwohl der Bürgermeister das Beten verboten hat, kann er es in der Karwoche nicht mehr unterbinden. Die Kinder singen keine deutschen Volksweisen mehr, keiner will ein Gedicht zur Lobpreisung des Führers aufsagen und niemand glaubt mehr an den Endsieg. Am Nachmittag des Gründonnerstags wird das Nachbarhaus durch eine Brandbombe eingeäschert. Die Explosion ist so gewaltig, dass Anna, die mit der Bäuerin im Mostkeller wartet, an die Wand gedrückt wird. Gleichzeitig zerbersten viele Mostflaschen. Den Frauen passiert nichts, aber das Summen in ihren Ohren will tagelang nicht vergehen. Als man nach der Explosion wieder in die Küche hinaufsteigt, rückt der alte Manditsch resigniert das Porträt des Führers gerade.

Der Volksempfänger brüllt noch immer Durchhalteparolen, als man Ende April die letzten Bomben abwirft und viele, wenn auch nicht alle, auf das Ende dieses sinnlosen Krieges warten. Niemand wünscht sich mehr ausreichend Land im Osten für das Volk und eine reine Rasse, niemand besteht mehr auf Treue und Vaterland. Die Pimpfe bleiben am Hof und helfen ihren Müttern, die Mädchen rund um die Helga treffen sich nicht mehr, die Wochenschau wird schlecht besucht. Die Ausgangssperre hat längst jede Art von gesellschaftlichem Leben beendet. Die neugeborenen Buben muss man nicht mehr automatisch Adolf nennen und überhaupt tauft und verheiratet der Pfarrer die Dorfbewohner wieder. Auf der Beerdigung darf er wieder anwesend sein, sogar beim Wirt duldet man ihn, wohl aber etwas abseits vom Stammtisch der Parteigenossen und SA-Leute.

Langsam kehrt der Glaube zurück, wenn auch nicht zum Manditsch auf den Hof. Ein Dutzend Frauen sitzen nun wieder in den eiskalten Bänken, denn die Bomben haben die buntbemalten Kirchenfenster fortgeblasen. Jozip liebäugelt mit dem Gedanken, bald wieder in die Heimat zurückzukehren, auch wenn er nicht weiß, wie das gehen könnte. Die abendlich vorgetragenen Zeitungsmeldungen geben kaum mehr Anlass zur Freude, der Bauer wird mürrisch. „Vielleicht wird es ja nicht so schlimm", hofft die Manditsch und dreht an den Bändern ihrer Schürze.

„Doch, das wird es. Dafür war ich zu lange bei der Partei! Ich werde verschwinden müssen, bevor der Feind kommt."

Als einer der Wenigen hat er das Kriegsgeschehen über die Zeitungen stets verfolgt und rechtzeitig bei seinem alten Freund von der Polizei nachgefragt. Der ehemalige Postenkommandant, der seit der Einsetzung der SA-Offiziere keine Rechte mehr besitzt und sowohl die Gestapo als auch seine Nachfolger insgeheim verachtet, rät ihm in einer vertraulichen Besprechung im Brennstüberl: „Du musst verschwinden, wenn das schief geht. Dann versteck dich in den Bergen. Stell dich schon jetzt darauf ein! Ich werde dich nicht suchen gehen oder verraten, aber ich weiß nicht, was noch kommt!"

Der Manditsch flüchtet kurz nach dem Führergeburtstag am 20. April mit einem großen Rucksack vollgepackt mit Essen und Schnaps und mit der alten Schrotflinte seines Großvaters auf die Alm. Dort ist um die Jahreszeit weder Almvieh noch eine Sennerin. Zudem liegt die Hütte recht weit abseits von der Straße. Wer den Weg dorthin nicht kennt, findet sie nicht. Keiner ist traurig, als er den Hof verlässt, nur der kleine Andreas wischt ein paar Tränen mit dem Handrücken fort, bevor er sich frech vor seiner Mutter aufpflanzt:

„Und wie wollt ihr das geheim halten, wenn die Fini immer gleich plärrt, wenn sie jemand was fragt?"

Die Bäuerin nimmt sich des Mädchens sofort an und droht ihr mit Prügel, wie sie sie noch niemals bekommen hat, wenn sie auch nur ein Wort über den Verbleib des Bauern spricht. Nachdem sie einen Schwur leistet, bleibt sie die Lieferantin für den Bewohner der Almhütte und geht brav einmal in der Woche die vielen Stunden bergauf und bergab, um Brot, ein wenig Speck und Eier auf den Berg zu tragen.

Das Ende
1945

Es ist windstill am Morgen des 8. Mai. Die kleine Fini rennt schon um neun Uhr wieder von der Schule nach Hause, im Schlepptau den atemlosen Andreas.

„Bäuerin, Manditschin! Der Krieg ist aus!"

Sich fast überschlagend schreit ihr Sohn bei der Türe herein. „Die Schule ist auch aus. Der Lehrer hat gesagt, ihr könnt's heimgehen."

Die Manditsch schaltet sofort den Volksempfänger ein und setzt sich ganz nahe an den Apparat, noch viel näher als sonst. Tatsächlich hat man bedingungslos kapituliert. Sogar Anna und Lois setzen sich für einen Moment, nur Jozip will im Türrahmen stehen bleiben, durch den die Frühlingssonne schon viel Licht in die Küche lässt. „Es ist aus. Dann pfiati und gute Nacht."

Die Bäuerin will plötzlich einen Brief schreiben und nachfragen, wie es den Verwandten in der Stadt geht, doch das Telefonnetz ist zusammengebrochen. Auf dem Postamt kann Anna keinen Brief mehr aufgeben, nicht einmal nach Villach. Das Bahnnetz ist stillgelegt, kein Rattern mehr seit Tagen. Ein Besuch der Mutter kommt also nicht infrage – Anna hofft, dass es ihr gut geht. Anna belauscht einen SA-Soldaten, der sich am Brunnen mit dem Manditsch unterhält. Er erzählt, dass Villach schwer bombardiert wurde. Nachdem der Führer tot ist, nimmt man seine Porträts ab. Vorsichtige Dorfbewohner verbrennen ihre Ausgehuniformen, andere warten einfach ab. Die Hakenkreuzfahnen werden umgenäht in Vorhänge. Die

Bäuerin schafft die wertvollen Dinge auf den Dachboden und auf den Tennenboden im Stall, die ganzen schönen Löffel und die alte Uhr. Anna soll alles unter dem Heu begraben.

In diesen Tagen beginnt der graue Strom zu fließen. Die bedrückende Stimmung einer Wanderung vieler Menschen, die ohne Hoffnung auf ein unbekanntes Ziel hin marschieren, breitet sich wie eine Seuche aus. Es ist ein Geistermarsch. In der Nacht bleibt es ruhig, aber von früh am Morgen, wenn Anna in den Stall geht, bis spät am Abend, wenn sie wieder zum Melken den Hof überquert, marschieren Soldaten auf der Landstraße. Immer von Lienz kommend in Richtung Spittal an der Drau. Sie sind hungrig und zerlumpt, viele humpeln und tragen nur mehr Fetzen an den Füßen, wo einst Schuhe waren. Andere sitzen auf Leiterwagen mit eingebundenem Kopf oder stützen sich auf Handstümpfe, die in schmutzige Tücher eingewickelt sind. Gezogen werden die Wagen von den noch kräftigeren Kameraden, weil schon lange keine Pferde mehr da sind. Manchmal überholt ein Motorrad der Wehrmacht die Kolonne, oder ein LKW mit einem großen roten Kreuz auf den Bordwänden. Der Treck der grauen Uniformen ist still, man schweigt und setzt Schritt für Schritt in eine Heimat, von der man nicht mehr weiß, ob sie noch so aussieht wie vor Kriegsbeginn, und zu Kindern, die man gar nicht mehr kennt oder noch nicht kennengelernt hat. Womit soll man zu Hause wieder anfangen, wo schon vor dem Krieg nichts war? Selten kommen ein paar Soldaten zum Hof und bitten um Wasser oder Brot. Manchmal gibt die Bäuerin ihnen ein Stück altes Brot mit und fragt nach der Kompanie-Nummer und woher die Soldaten kommen. Die meisten sind vor Kriegsende im Raum Italien stationiert gewesen, wo sie am Schluss gegen die Partisanen kämpften. Sie stammen aus der Steiermark, aus Wien und aus Sachsen. Aus den abgerissenen Uniformen hängen Fäden und Fetzen, die Haare mancher junger Männer sind grau. Ihre Augen sind tot und stumpf. Manche blicken sich fortwährend ängstlich um. Es fehlen Zähne, Finger, Füße, Arme und Augen. Es fehlen Jahre voll Leben und es fehlt jede Freude in den Gesichtern. Zitternd fragt ein blasser Offizier um eine Zigarette, aber damit konnte man beim Manditsch im Haus nie dienen.

„In der Gefangenschaft haben wir das Rauchen gelernt, gegen den Hunger", erklärt ein großer Bayer mit Halbglatze.

„Wir hatten Glück, dass wir davonlaufen konnten."

Man hat die Kriegsgewinner nicht aus der Nähe gesehen, die würden erst kommen, versprach man der Bäuerin:

„Nein, nicht der Russe. Der Engländer wird kommen."

Keiner der Heimkehrer trägt noch seine Waffe, die hat man auf dem Weg entsorgt. Lois erzählt, dass es große Haufen mit Granaten und Sturmgewehren entlang der Drau gibt, die einfach liegen gelassen werden. Ein Bub aus dem Nachbardorf hat ein Gewehr zum Spielen genommen und sich damit in den Fuß geschossen. Die Bäuerin schickt den Lois eines Nachts um ein paar Gewehre, denn man kann ja nicht wissen, ob man sich nicht doch schützen muss. Anna soll sich in den drei Wochen des grauen Geisterstromes nicht zeigen, sondern hinter dem Hühnerstall oder am Dachboden verstecken, sobald sich jemand dem Hof nähert. Die Bäuerin erklärt ihr deutlich, dass man nicht weiß, was das für Menschen sind. Auch wenn es die eigenen Leute sind. „Du bist ein fesches Kind. Versteck dich, wo es nur geht. Ins Dorf schicke ich den Lois. Du bleibst da!"

Zu gerne hätte Anna etwas von ihrer Mutter erfahren und von Ludmilla in Arnoldstein, aber es gibt noch immer keine Postzustellung und die Transportmittel und Wege sind verstopft. Es bleibt nur ein Hoffen und Bangen, wie es ihnen geht. Anna erfährt erst viel später, wie grausam die Bombardierungen in Villach tatsächlich waren. Irgendwann bricht der graue Strom ab, wie ein Fluss, der kein Hochwasser mehr führt, wird die Straße wieder leer. Dem Zug der Wehrmachtssoldaten und

Deserteure folgen alsbald zwei weitere, die aber nicht diese Dimensionen erreichen. Den ersten nennt Anna „gestreift", den anderen „kariert".

Es durchfährt Anna schauernd, als sie die ausgemergelten Gesichter sieht, die wie lebende Tote über die Straße schlurfen. Noch nie zuvor hat sie derart dünne Menschen gesehen, deren Knochen unter der Haut hervorstehen wie bei alten Gäulen, denen man den Gnadenschuss setzt. Im Gegensatz zu den Soldatenkolonnen in den Tagen und Wochen vorher sind hier auch Frauen unterwegs, die Anna aber nicht sofort als solche erkennt. In einer Gruppe von etwa dreißig Personen ziehen die ehemaligen KZ-Häftlinge in Richtung Osten. Große Augen blinzeln nicht mehr im Sonnenlicht, sondern lassen es durchscheinen. Anna wartet, ob das Licht vielleicht aus ihren dünnhäutigen Hinterköpfen wieder austritt. Nichts geschieht, gar nichts. Auch nicht, als die dünnen Menschen in den weiß-blau gestreiften Jacken und Hosen am Ortsende angekommen sind. Keiner mag fragen, woher diese Leute kommen und was ihnen geschehen ist. Ein gestreifter Leichenzug mit sich selbst befördernden Leichnamen verschwindet stumm.

Schon wenige Tage nach der Kapitulation erscheinen die ersten Späher in Oberdrauburg. „Die Briten sind da!", rufen die Kinder am Ortsanfang lautstark, als der erste Militärjeep eintrifft. Wie alle Kinder sind sie neugierig, wenn ein neues Auto ankommt, vor allem eines mit einer so lustigen Flagge. Nach einer Erkundungsfahrt, bei der die gesamte Dorfjugend dem offenen Auto hinterherläuft, gilt der erste offizielle Besuch der englischen Besatzer der Wirtsstube, die gleichzeitig Amtsstube ist und Sitz des ehemaligen Ortsleiters, der zugleich Standesbeamter war. Der glänzt jedoch durch Abwesenheit, weil er, so wie der Manditsch, in die Berge verschwunden ist. Nur auf die Schattseite des Drautales hinauf und mit weniger Schnaps im Proviant. Der Bürgermeister wird durch einen Dolmetscher aufgefordert, die Wohnadresse des Herrn Standesbeamten zu notieren, weil man eine Hausdurchsuchung plant. Der durch den Lärm aufmerksam gewordene Pfarrer eilt zum Wirtshaus, nicht ohne die Kinder vor dem Haus zu verscheuchen.

„Verschwindet nach Hause! Es ist kein Zustand, dass ihr keine Schule habt, wo ihr eigentlich sein solltet! Das geht euch gar nichts an."

Die Kinder ziehen die Köpfe ein und verstecken sich im Wirtshausgarten, um dort abzuwarten. Die englischen Soldaten entdecken die Kinder und lächeln, dann holen sie aus dem Jeep eine Papiertüte voll Kaugummis, die sie gerecht auf die Kleinen verteilen. Vorsichtig werden sie von der erwachsenen Dorfgemeinschaft hinter zugezogenen Gardinen dabei beobachtet. Die Hausdurchsuchung ist zwecklos, da der Standesbeamte bereits alle Dokumente über die Parteimitglieder vernichtet hat, nicht zuletzt deswegen, weil seine gesamte Großfamilie dort eingetragen war. Ein Meldeverzeichnis kann man auch nicht finden, so müssen die Engländer eine Art Volkszählung durchführen, indem sie in den darauffolgenden Tagen von Haus zu Haus fahren und eine Bestandsaufnahme machen. Wieder werden sie dabei von den Kindern, mit etwas Abstand zum Jeep, begleitet. Beim Manditsch angekommen, lädt die Bäuerin die sehr höflichen Engländer an den Küchentisch und holt ganz automatisch die Ahnenpässe hervor, dann werden Fremdarbeiter, Dienstboten und Findelkinder in separate Listen eingetragen. Die Familie mit ihren abgängigen Männern wird in eine andere Liste aufgenommen, begleitet von der Frage, wo denn der werte Gatte verblieben sei. Die Bäuerin bleibt wortkarg und ausweichend. Niemand im Raum atmet, alle starren auf den Boden. Die anschließende Speisekammerkontrolle bringt reiche Schätze zum Vorschein. Von größtem Wert scheint der Schnapsvorrat zu sein, denn die genaue Anzahl der Flaschen wird in einer weiteren Liste notiert. „Thank you, M'am. We will check."

Der kleine Andreas plaudert wie ein Papagei: „Thank you, thank you."

Wobei es bei ihm wie „Sänng jo" klingt und nicht nur Fini unterhält, sondern auch Anna. Schon lange hat sie nicht mehr geschmunzelt oder gelacht. Ab sofort bedankt er sich nur mehr mit „Sänng jo".

Im Laufe der Zeit stellt sich heraus, dass die Engländer gar keine Engländer sind, sondern Schotten und dass sie einen anderen Akzent haben als die Engländer im Radio. Inzwischen hat man den Volksempfänger auf den Empfang von Fremdradiostationen eingestellt und bittet den Lehrer um Übersetzung, der so gut es geht berichtet. Der Lehrer wird in diesen Tagen von den Engländern sehr genau vernommen und muss die Schulbücher allesamt abliefern. Man erklärt ihm seine Rolle als Verbreiter des nationalsozialistischen Gedankengutes und dass ihm noch eine Überprüfung anstünde. Man werde bei Bedarf Teile der Schule als Amtsstube für die Engländer requirieren. Die Wiesen hinter dem Gasthaus Pontiller werden zu einem Autopark. Zwischen der ehemaligen Holzsäge und dem Bahnhof richten die Engländer, die eigentlich Schotten sind, einen großen Fußballplatz her. Sehr zur Freude des jungen Andreas Manditsch, der mit seinen Freunden über Stunden dort ausharrt und den Kickern zusieht, bevor man den Kindern einen alten Ball aus Lederfetzen schenkt. Später kommt sogar noch ein Reitplatz dorthin.

Mit einem Mal ist wieder Leben im Dorf und die Angst, sich nicht frei bewegen zu können, verschwindet. So darf auch Anna wieder ins Geschäft und zum Postamt gehen, obwohl ihr die alte Manditsch noch immer einschärft, vorsichtig zu sein. Annas erster Weg führt sie zum Postamt, in dem eine betagte Postbeamtin ihren Brief entgegennimmt:

„Weißt eh, dass alles zensuriert wird? Hast du da Geld für die Mutter hineingetan? Ich kann dir nicht versprechen, dass es ankommt. Die Engländer machen jeden Brief auf, egal wie unwichtig."

Es ist kein Geld im Kuvert, weil es keinen Lohn mehr gibt, seitdem der Bauer auf der Alm ist. Aber nicht nur für Anna ist nichts mehr da, keiner erhält mehr seinen Sold. Man weiß ja nicht einmal, wie viel das Geld wert ist, seitdem der Schilling wieder eingeführt wurde. Zuerst mit Blechmünzen aus billigem Aluminium, weil kein Metall mehr dafür zur Verfügung steht. Alles Metall steckt in den Kanonen und Kugeln, die auf der halben Welt von den Wehrmachtssoldaten verteilt wurden, um Not und Elend anzurichten, um Land für das Volk zu erkämpfen.

„Schick den Brief ab, sei so gut."

Anna möchte bald nach Villach fahren, um die Mutter zu besuchen. Vielleicht auch, um den Dienst beim Manditsch für immer zu beenden. Sie wäre schon viel früher gegangen, wenn nicht der Krieg dazwischengekommen wäre und die Fini, für die sie sich verantwortlich fühlt wie für eine kleine Schwester, die sie nie hatte.

Ein paar wenige Autos fahren neben den Soldaten, die erst nach den Engländern wieder in ihrer Heimat ankommen, weil sie sich von einem weit entfernten Kriegsschauplatz auf die Heimreise gemacht haben. Ins inzwischen besetzte Dorf ist ein verloren geglaubter Sohn heimgekehrt. Der Pfarrer hält eine Dankmesse für den tapferen Helden, der über sein Heldentum nicht sprechen möchte, sondern abwartend auf der Eckbank seiner Eltern sitzt, während ihn der wieder eingesetzte Gendarm befragt. Er würde sich bei den Engländern melden müssen, um einen Entlassungsschein zu bekommen, wird er aufmerksam gemacht. In der Zwischenzeit hält er sich versteckt, wie der alte Manditsch hoch über dem Tal. Ob der Bauer von seinem Aussichtplatz aus die Pferde sehen kann? Bevor das Beben anfängt?

Die Hufe

Die Hufe von 6.000 kräftigen Pferden, die über Jahre hinweg ihre Besitzer quer durch halb Asien und das südliche Europa gebracht haben, wirbeln keinen Staub auf. Sie stecken im Morast fest, als sich die Kolonne wieder langsam in Bewegung setzt. Über den Plöckenpass ziehen 30.000 Menschen. Nur schrittweise kommt der Tross, den der greise General Karsnow in einem Auto anführt, auf der stark ansteigenden Straße voran. Der Invalide kann nicht mehr reiten, genießt aber noch immer höchstes Ansehen bei seinem Gefolge.

Kurz vor der Passhöhe will das Auto nicht mehr funktionieren und raucht unter der Motorhaube in die eisige Kälte hinaus. Stumm vor dem alten Auto wartend, beobachtet er den Tross, grüßt und ermutigt die Menschen, nicht aufzugeben. General Karsnow überquert den Pass in einem Schneesturm, der ihn an die kalten Winter in der Heimat am Don erinnert. Nur, dass der beißend kalte Wind dort trockener ist und nicht mit der feuchten Meeresluft aus dem Süden nasse Kälte mit sich bringt. Und viel Schnee, dabei ist es schon Anfang Mai. Seit ihrer Abreise in Italien hat sie der Dauerregen begleitet, alle Kleidung ist nass und es gibt keine Möglichkeit, in den Stanizen etwas zu trocknen. Das Essen wird knapp und Frauen und Alte zunehmend müder. Jeder Schritt fällt schwer, denn das dichte Schneetreiben nimmt ihnen die Sicht. Der einsetzende Sturm lässt sie fürchten, in den Abgrund zu fallen, tief in die Schluchten des Passes, die den Weg säumen. Die Verzweiflung wächst mit jedem Meter, den man sich durch den schweren Schnee erkämpft. Viele sind am Boden liegen geblieben. Die Schwächsten nimmt Gott nun zu sich, nachdem sie über Jahre mitgehalten haben und eine Tausende Kilometer lange Reise durch Asien und Südeuropa hinter sich gebracht haben.

Ein junger Reiter hilft einem etwa sechsjährigen Jungen, zu ihm auf sein Pferd zu steigen. Er hält den Buben warm in seinem Fellmantel eingewickelt. Kuzma sieht sich nach seiner Mutter Olga um, die ihm ein Handzeichen im dichten Schneetreiben gibt. Er soll nicht rasten, sondern vorangehen. Ihr langer roter Mantel blitzt wie ein Blutstropfen auf ihrem Schimmel im dichten Schneegestöber. Die Pferde kämpfen sich vorwärts, während man auf den von den Rindern gezogenen Fuhrwerken indessen mehr Platz für die Mütter macht, die es nicht mehr schaffen, ihre Kinder zu tragen. Zuweilen ertönen Schüsse von Partisanentrupps, die immer noch hinter den Kosaken her sind und auf die schon zusammengebrochenen Menschen feuern, bevor sie feige davonlaufen. Bei Anbruch der Nacht erreichen die Kräftigsten die ehemalige österreichische Grenze. Obwohl General Krasnow keinen anderen Befehl erhalten hat, als Italien weiterhin zu verteidigen, führt er seine Truppen in die Ostmark. In der Hoffnung auf Aufnahme und weitere Befehle. Der Weg abwärts bis nach Kötschach-Mauthen verläuft vergleichsweise einfach, wenn auch die Wägen und Pferde auf dem eisigen Untergrund nach einer Möglichkeit zu bremsen suchen müssen. Je weiter man ins Gailtal hinunterkommt, desto wärmer und angenehmer wird es.

Niemand hatte allerdings damit gerechnet, was die Truppen hier erwarten sollte. Der General wird vom Kreisleiter der NSDAP begrüßt. Die Übersetzung übernimmt Olga, die als einzige Frau zwischen den bewaffneten Männern steht.

„Der Krieg ist aus. An allen Fronten sind die Kämpfe eingestellt worden", übersetzt die großgewachsene Frau und blickt den alten General mit weit aufgerissenen Augen an. Das muss der erfahrene Kriegsmann erst verinnerlichen. Nach fünfein-halb Jahren ist der Krieg momentan aus.

„Und was wird aus uns?", lässt er Olga fragen.

Der Kreisleiter zuckt mit den Schultern.

„Wie soll ich Ihnen das sagen, wenn wir selbst nicht wissen, wie es weitergeht?"

Es dauert einige Stunden, die der General mit seinem Stab im Bahnhofshotel in Kötschach-Mauthen verbringt, bis ihm der Kreisleiter die Anweisung der britischen Besatzungsmacht überbringt. Darin heißt es, dass die im Gailtal Gestrandeten nun ins Drautal und bis nach Lienz weiterziehen sollen, weil sich die kleinen Dörfer nicht in der Lage sehen, eine so gro-ße Menschenmenge mit ihren Pferden zu versorgen. Der General rückt seine runde Brille zurecht und fährt sich über den Schnauzbart. Noch traut er der Sache nicht und fühlt sich erneut abgewiesen und vertrieben. Er befürchtet als ein Spielball zwischen den Siegermächten von den Engländern an die Russen ausgeliefert zu werden, da der Krieg nun vorüber ist. Seine Warnungen werden von den Kosakenoffizieren nicht gehört, denn man schätzt die Engländer als faire Genossen ein. Dennoch diktiert der alte General einen Brief an Feldmarschall Alexander, den Oberbefehlshaber der Briten, den Olga mit sau-berer Schrift auf ein Stück Papier schreibt, das mit dem Siegel des Bahnhofshotels Kötschach-Mauthen verziert ist.

Somit steht fest: Die 25.000 Kosaken und 5.000 Kaukasier sollen sich auf Lager zwischen Lienz und Oberdrauburg auftei-len. Man zieht in Richtung Norden weiter.

Das Beben

Nachdem die vielen Luftangriffe aus dem Westen endlich zu Ende sind, kommt nun die Gefahr aus dem Osten. Es ist nicht wie bei den anderen Zügen mit Kriegsheimkehrern oder wie bei den Besatzern, es ist eine Invasion. Genauso hatte man das in den Filmen in der Tagesschau sehen können. Eine riesige bedrohliche Menschenmenge, die aus dem Osten kommt. Es dauert Tage, bis endlich alle Pferde und Wägen im Drautal eingetroffen sind. Nun ist er doch gekommen: der Russe.

Durch Oberdrauburg donnern zunächst viele Lastwägen, Jeeps und andere schwere Fahrzeuge. Ihnen folgen Hunderte von Soldaten mit sehr auffälligen Gewändern, allesamt schwer bewaffnet. Die Männer sitzen auf wunderschönen, edlen Pferden, von denen viele schöne Geschirre tragen. Sie sitzen in den Sätteln wie Fürsten und blicken auf die Frauen und Alten im Dorf herab. Dabei zwirbeln manche ihre langen Schnauzbärte, unter denen man kaum die Lippen erkennen kann. Auf den Köpfen sitzt bei vielen eine hohe schwarze Fellmütze, andere wieder tragen eine Schirmmütze der Wehrmacht. Mancher Reiter lässt einen langen Säbel zur Seite seines Pferdes und neben den hohen schwarzen Reiterstiefeln herunterbaumeln. Dem Tross voran reiten einige ältere Männer mit bunten Orden und Schleifen, die jüngeren unterscheiden sich vom Hals bis zum Gürtel nicht von den heimischen Wehrmachtssoldaten – nur durch ihre fremdartigen Gesichtszüge. Einzig ihre schwarzen Hosen mit roten Streifen an der Naht gehören nicht zur allseits bekannten Uniform des 1000-jährigen Reiches, das es nun nicht mehr gibt. Etliche Reiter tragen sehr weite weiße Hosen, ähnlich der langen Unterhose vom alten Manditsch. Fast alle Männer haben unter der Jacke einen braunen Gürtel schräg über die Brust geschnallt.

Anna steht inmitten der Schaulustigen am Dorfplatz und hört dem Getuschel der Bauern und Dienstboten zu.

„Der Kosak wird sich alles nehmen, was er kriegen kann!"

„Die plündern und vergewaltigen."

„Der Russe ist ein Söldner, dem ist es egal, für wen er mordet. Der wird die Engländer vertreiben. Dann aber Gute Nacht und Pfiati Gott!"

Anna fällt es schwer zu verstehen, was hier geschieht, denn im Unterricht über die Rassenlehre beim Bund Deutscher Mädchen hat man ihr eingebläut, dass der Russe ein Feind ist und ein Untermensch. Der unterste überhaupt. Wie war es dann möglich, dass diese Truppen für den Führer kämpften, noch dazu auf so edlen Pferden?

Dass diese Männer in Jugoslawien für die Deutschen „gegen Tito" gekämpft hatten und ebenso in Italien, weiß sie. Das hat der Pfarrer erklärt, als man sich einmal zum Rosenkranzbeten traf. Nur eine einzige von den Frauen betete wirklich, um den Schein zu wahren. Die anderen hörten dem Priester aufmerksam zu, als er von den bärtigen Männern hoch zu Ross erzählte. Es war kein schönes Bild, das er in ihre Köpfe zeichnete, sondern ein brutales und in Blut getränktes. Auch die Religion der Kosaken unterscheidet sich von der eigenen in vielen Dingen, aber so fremd ist man sich doch nicht im Glauben. Von unten zum Reitertross hochblickend, beobachtet Anna die harten Gesichter und die orientalischen Trachten. Nie zuvor hat sie so einen prächtigen Umzug gesehen, so eine gewaltige Parade.

Den Männern folgen die Frauen und Kinder, die Säuglinge, die Alten und Schwachen auf Leiterwägen und von Ochsen gezogenen Kutschen. Die Frauen aller Altersschichten tragen Kopftücher, die einst sehr bunt gewesen sein mochten, aber nun von der vielen Sonne ausgebleicht sind. Manche schützen ihren Kopf mit einer Fellmütze, unter der sehr dicke Zöpfe hervorlugen. Viele Frauen sind blond und haben blaue Augen. Das hätte dem Führer gefallen. Weite, gleichfalls bunte Röcke bauschen sich über lange Unterhosen, die wie bei den Männern in hohen Stiefeln stecken. Die alten Frauen sind ganz in Schwarz oder in braune lange Kleider gewandet. Manche Weibsleute tragen lange Mäntel über den Kleidern, die aus einem dicken Stoff gefertigt sind, dem man die Strapazen der Reise ansehen kann, weil sie sehr zerschlissen sind. Und die vielen Kinder! Anna kann nicht schätzen, wie viele Babys sie in diesem Tross hat weinen hören, aber es müssen viele kleine Menschen sein, die ihr Leben mitten im Krieg begonnen haben. Kleine Mädchen laufen neben den Fuhrwerken und wischen sich den laufenden Rotz aus der Nase in die Ärmel der Wolljacken. Plötzlich reitet eine Frau schnell und wendig zwischen den zu Fuß gehenden Alten und Frauen hindurch, sehr aufrecht und elegant. Sie ist groß und wirkt auf dem Pferd noch größer, hat breite Schultern und ist in einen roten gesteppten Wollhaarmantel gehüllt, der ihr bis auf die Knöchel hinab reicht. Ein massiver schwarzer Patronengürtel hält den Mantel um die Mitte der schlanken Frau fest zusammen. Die braunen Haare sind unter einer Fellmütze mit einem roten Band fest zusammengebunden. Ihr Blick bleibt starr nach vorne gerichtet, als hielte sie nach etwas Ausschau. Diese Frau ist ein Soldat. Alle Dorfbewohner starren dieser imposanten Erscheinung hinterher.

Und dann kommen die Pferde, die unzähligen Pferde. Die Wiesen sind voll schwarzer, weißer und brauner Flecken. Auch auf den Pachtflächen des Manditsch grasen sie, dort, wo das Futter für die Kühe gemäht werden soll, wächst schon nach wenigen Tagen nichts mehr. Diese Tiere sind schön und kräftig, hochgewachsen und schlank. So ganz anders als die Haflinger und Noriker der Bauern und Pferdefuhrwerkbesitzer.

„Diese Pferde sind Krieger, die kannst du nicht vergleichen mit unseren", erklärt Jozip nicht ohne Stolz.

„In der Puszta, in meiner Heimat, gibt es auch so schöne Tiere. Aber bei Weitem nicht so viele."

Seine Landsleute können sehr gut reiten und vermögen manches Kunststück auf dem Pferderücken zu zeigen, aber was die Kosaken in den folgenden Tagen hinten auf den Wiesen mit ihren Pferden vorzeigen, lässt den Zwangsarbeiter mit offenem Mund zurück. Ohne Sättel und sich nur an der Mähne festhaltend, steigen junge Männer auf und spornen die Tiere an, als gäbe es kein Morgen. In vollem Galopp klettern sie auf den Pferderücken und hocken dort, stehen sogar auf, stoppen das Ross abrupt, um sich dann elegant wieder an dessen Flanke hinuntergleiten zu lassen und leichtfüßig abzusteigen.

Viele solcher Start- und Stoppmanöver üben sie mit ihren gehorsamen Tieren, die auf sehr leise Kommandos reagieren. Ohne einen Zaun bleiben sie stets in der Nähe ihrer Besitzer. Kein einziges Pferd reißt aus. Nicht einmal die jungen Hengste. Anna ist fasziniert von so viel Treue. Das tut ja nicht einmal ein Hund, sich so an seinen Herrn zu binden.

Der Schotte

Bernie Mason ist unter den Highlandern in der 78. Britischen Infanteriedivision bereits seit Osoppo als Lagerist verpflichtet. Sorgfältig zählt er in der Vorratskammer die Konservendosen mit Bohnen, Linsen und Brot. Er schiebt sie in Reih und Glied auf den Regalen zurecht. Jede ordentlich an ihren Platz. Das Notwendigste ist noch da, aber wie lange noch? In Lienz muss er sich erst ein Bild von der Versorgungslage machen.

In seine Zuständigkeit fällt es, diverse Bedürfnisse der höchsten Offiziere und von Major Davis zu erfüllen, wobei der Wunsch nach Zigaretten und Whiskey am Ende eines so langen und sinnlosen Krieges am dringlichsten scheint. In Italien gab es genug Zigaretten, fast so viel wie einsame Witwen, die zwar nicht immer ganz ehrlich waren, aber insgesamt harmlos. Immer wieder entdeckte er ein bisschen ranzigen Speck zwischen den Dielenböden der friulanischen Bauern versteckt, dafür hat er inzwischen einen sicheren Blick und einen guten Riecher. Diese Italiener haben insgesamt wenig Rückgrat, befindet er, dafür haben ihre Frauen viel Charme und üppige Hüften. Nach diesem Geben-und-Nehmen-Prinzip funktionierte das Miteinander die paar Monate von Oktober bis April in Oberitalien ganz gut, doch nun ist man endlich bis ins Deutsche Reich gekommen. Aber nicht nur die Alliierten sind immer weiter vorgerückt, auch Verbündete und Feinde des NS-Regimes.

Bernie erlebt die Tage nach der deutschen Kapitulation als Lagerist nur am Rande mit. Und dennoch: Der Stellungskrieg mit den Partisanen und den letzten verbliebenen Wehrmachtssoldaten scheint Ende April 1945 endgültig geschlagen. Die Verstärkung durch die kosakischen Truppen setzt sich als große Masse in Richtung Plöckenpass in Bewegung. Aus ihrem Traum von einem eigenen Staat namens Kosakia auf italienischem Boden ist nichts geworden. Die Italiener waren sich wie selten zuvor einig, dass man dieses Volk nicht hier haben will. Sie haben sich auch einiges zu Schulden kommen lassen, sie plündern und vergewaltigen und nehmen, was sie kriegen können, als sie erkennen, dass ihr Zug wieder weiterziehen muss. Zuerst versuchen sie noch, bei den Bauern im Eintausch gegen Sättel oder Zaumzeug an Essen zu kommen, aber bald will man nicht mehr tauschen. Zu Essen brauchen diese gewaltigen Menschenmassen, Sättel dagegen nicht. Diese wilden Teufel reiten ohne Sättel fast noch eleganter als mit ihnen.

Oberkrain ist zu dem Zeitpunkt noch lange nicht von den Partisanen befreit. Durch seine kargen Deutschkenntnisse vermag Bernie die letzten Radioansprachen des Gauleiters Rainer zu übersetzen. Der Empfang in Italien ist schlecht und voller Störgeräusche, aber der Inhalt zeugt von einem letzten Aufbegehren, in dem man noch die Jüngsten aus der Hitlerjugend als Kanonenfutter verpulvert. Bernie hat trotz seines Hasses auf die Krauts, die auch seine Heimatstadt bombardiert haben und so viele Länder in Schutt und Asche gelegt haben, doch Mitleid mit diesen halben Kindern.

Anders verhält sich das mit den Kosaken, die seinem Regiment schon in Oberitalien immer wieder Probleme bereiten. Stur sind sie weder zu einem Rückzug noch zur Niederlegung der Waffen bereit. Mit Kind und Kegel und mit ihren vielen Pferden wollen sie einfach weitermachen, wo schon lange alles verloren scheint. Es sind so viele, dass man es nur mehr schätzen kann.

„Dazu die vielen Pferde, vielleicht 5.000 oder 6.000. Aber schöne Tiere sind das!", hört er einen Kameraden laut spekulieren, als dieser zu ihm in die Vorratskammer kommt. Bernie ist weniger angetan von den Gäulen. Er macht sich mehr Gedanken über ihre Besitzer.

„Die Scheiß-Kosaken haben Wägen und … wie viele Kinder und Frauen darin sind? … Keine Ahnung. Wir sind doch auch nicht mit den Kindern in den Krieg gezogen! Das ist doch ein Wahnsinn!"

Das 8. Schottische „Argyll and Suthersland Highlander Batallion", welches der 78. Infanteriedivision zugehörig ist, bekommt Anfang Mai von Brigardegeneral Musson den Befehl die Stadt Lienz zu besetzen. Das bedeutet, neben der Kaserne, viele private Wohnungen, die Schule und das Hotel zu beschlagnahmen. Mit der Kapitulation der Deutschen ziehen, von den Highlandern beobachtet, viele Truppen der Wehrmacht durch Lienz in Richtung Heimat, wo auch immer das sein mag.

Die Kaserne in Lienz steht nun seit wenigen Tagen unter britischer Flagge, damit sind alle bestehenden Vorräte der Wehrmacht an die Armee des Vereinigten Königreichs übergegangen. Bohnen, Erbsen und Kondensmilch, dazu ein bisschen Mehl und Grieß lassen den Speiseplan vielleicht etwas interessanter werden, als er in den Wochen zuvor in Italien war. Der Wunschtraum, hier so gediegene und feine Mehlspeisen, wie er sie von seiner deutschen Großmutter kennt, zu finden, verblasst rasch als Hirngespinst in diesem fast leeren Magazin. Diese Lebensmittel heißt es wieder einzuteilen, denn der Krieg hat alle hungrig gemacht, egal, ob Freund oder Feind. Obwohl man im Frühling auf Nachschub aus der Umgebung hofft, haben seine Kameraden das Corned Beef und das feuchte Brot aus der Dose satt. In der Heimat hätte er das nicht einmal an einen Hund verfüttert. Wehmütig denkt er an den Braten auf einem festlich gedeckten Tisch seines Elternhauses in Edinburgh, garniert mit Cranberrys und Minzgelee. Was würde er jetzt für einen winzigen Bissen davon geben?

Es ist Abend und Zeit für Bernie, das Magazin abzusperren. Neben der knarzenden schweren Tür zur Kammer hängt ein kleiner Spiegel, in den er einen prüfenden Blick wirft. Er bückt sich etwas, damit er sein Gesicht genau betrachten kann, und nimmt das Barett ab. Das schwarze Haar sitzt perfekt zum Seitenscheitel gekämmt. Sein Schnäuzer ist so schmal getrimmt wie bei Clark Gable und seine blauen Augen wirken nicht mehr so müde wie in den Wochen zuvor. Keine Krähenfüße, keine Narben, Bernie hat den Krieg unversehrt überstanden, aber mager ist er geworden. Er lächelt und gefällt sich. Vielleicht geht es bald wieder in die Heimat? Vielleicht.

Der Kosak

Die Staubwolke hat sich gelegt, das Beben hört auf und die großen Weideflächen des Manditsch sind gesprenkelt mit weißen, schwarzen und braunen Pferden. Etwa fünfhundert Meter südlich des Stalles ist nun ein Stacheldrahtzaun, der zwar nicht die gesamte Zeltstadt umrundet, aber dafür sorgt, dass keine Wildtiere an die Vorräte in den Planwägen gelangen. Spitze Zeltstangen recken sich unter dem weißen schweren Zeltstoff in Richtung Himmel. Dort und da wird schon gekocht und am Fluss Wasser geholt und Wäsche gewaschen. Es herrscht laute Bewegung, ein ständiges Arbeiten in dieser neu entstandenen Siedlung. Die alte Manditsch hockt perplex am Fenster und starrt immer wieder hinunter zu den kosakischen Truppen und ihren vielen Frauen in weiten Röcken. Sie beobachtet die schmutzigen Kinder, die barfuß laufen, obwohl der morgendliche Tau noch eiskalt auf den Stoffzelten liegt. Die Männer mit ihren Patronengürteln, den großen Schnauzbärten und wilden Augen unter buschigen Augenbrauen flößen ihr Angst ein. Schauernd fallen ihr die Zeitungsmeldungen ein, die ihr Ehemann noch vor nicht allzu langer Zeit laut vorgelesen hat:

„Deutsche Einheiten und Kosaken schlagen im Stellungskrieg den Partisanen. Der Tito wird nicht bis ins Reich gelangen, dafür werde man sorgen!"

Weder wusste die Manditsch so genau, wer der Tito war, noch gelangten andere Informationen über die russischen Söldner auf schnellen Pferden bis ins Drautal.

Aber nun sind sie einfach da, über Nacht. Es ist nicht klar wie lange.

„Wie die Zigeuner", murmelt die Manditsch ständig. „Wie die Zigeuner sind die, dreckig und verlogen. Das sind keine Wehrmachtssoldaten, auch wenn sie die Uniform tragen."

Anna und Fini schleichen etwas abseits der Stacheldrahtbefestigung um diese eigenartige Zeltstadt, Andreas folgt ihnen heimlich. Es ist verführerische Neugierde, die sie dazu bringt, sich diese Zigeuner näher anzuschauen. Tatsächlich hat Anna nur ein einziges Mal eine Gruppe Zigeuner auf der Durchfahrt gesehen, als kleines Kind in Arnoldstein. Damals mussten alle Kinder des Dorfes sofort nach Hause gehen, alle Mütter riefen sie zugleich heim. Lydia hatte einen bitteren Ton angeschlagen: „Die klauen wie die Raben und verschleppen die Kinder. Das weiß man." Anna wusste das nicht, genauso wenig wie Milli oder ein anderes Kind im Dorf. Die dunkelhäutigen Menschen auf den Pferdewägen reisten im Tross und hielten gar nicht an. Einzig an die großen glitzernden Ohrringe einer Frau mit einem bunten Kopftuch erinnert sich Anna und an die bellenden Hunde am Ortseingang. Mehr nicht.

Unzählige Male haben Anna und Fini in dem kleinen Wäldchen Verstecken gespielt, vorsichtig und ganz leise darauf achtend, kein Ästchen zu knicken, um sich nicht zu verraten. Es gibt hier sonst nichts außer Vogelgezwitscher im Unterholz und Eichhörnchen in den Baumwipfeln. Leise zu sein, ist nun nicht notwendig, denn ein Stimmengewirr voll fremdartiger Laute liegt in der Luft und der Geruch von Krautsuppe, der aus heißen Kesseln dampft. Anna und Fini legen sich flach auf den kalten Waldboden und lauschen. Fini fragt: „Was machen die da?" Immer wieder will sie von Anna hören, was denn die Menschen zwischen den Zelten gerade tun. Anna legt den Zeigefinger auf die Lippen und ermahnt sie, still zu sein. Große Leute sind das ja nicht, stellt sie fest, aber dick angezogen mit dicken Fellmänteln. Die Frau mit dem langen, gefütterten roten Mantel wandert zwischen den Zelten und begleitet eine Gruppe von vier englischen Soldaten. Sie spricht sehr viel mit ihren eigenen Leuten und dann wieder mit einem großgewachsenen, schlanken Engländer, der wohl das Sagen hat. Irgendwann nehmen die Männer im Lager die Gewehre in die Hand. Anna zieht den Kopf noch mehr ein und hofft, dass sie damit nicht schießen werden. Tatsächlich bleibt es ganz ruhig und die Männer legen ihre Waffen in einen Leiterwagen, den ein britischer Soldat widerwillig hinter sich herzieht.

Plötzlich raschelt es hinter Anna im Gebüsch, erschrocken fährt sie hoch. Fini kreischt auf, woraufhin Anna ihr den Mund fest zuhält. „Pscht! Leise! Fini." Andreas läuft augenblicklich davon, in Richtung Hof. Ihm nachzurufen oder nachzulaufen, ist sinnlos. Hinter den Büschen lugt zunächst ein einzelner schwarzer, hoher Reiterstiefel hervor, in dem eine schwarze Hose mit einem seitlichen roten Streifen steckt. Sekundenbruchteile später steht ein junger Mann aus dem Kosakenlager vor den beiden am Boden Liegenden und schaut ungläubig auf sie herab. Über seinem schmutzigen weißen Hemd trägt er einen Gürtel quer über die Brust. Anna schätzt, dass er etwa so groß wie sie ist. Der junge Mann hat stark gelockte braune Haare, die ihm fast bis zu den Schultern reichen. Sein zunächst ernster Blick wandert von Finis Schopf zu Anna und dann wieder retour. Plötzlich ein sehr breites Lächeln. Niemand spricht, Anna wagt es kaum zu atmen. Fini haucht ängstlich in Annas vorgehaltene Hand.

„Privet. Challo", sagt er in gebrochenem Deutsch. „Wie gett es Ihnnen?"

Es scheint nur so aus ihm herauszusprudeln:

„Mirr geht gut. Ich cheiße Kuzma. Ich komme von Russland. Und Sie? Wocher Sie?"

Anna starrt fassungslos auf die Lippen des jungen Mannes, dessen Stimme etwas rau klingt. Melodisch zwar, aber mit einem harten Akzent und fremd. Nicht ganz so wie bei Jozip und doch ein wenig ähnlich. Kuzmas hohe Wangenknochen heben sich beim Lächeln. Auf dem spitzen Kinn, wo ein freches Bärtchen wächst, entsteht ein Grübchen. Da ist noch kein Bart, das ist noch kein Mann. Ein Junge steht da vor ihnen, dessen Neugierde ebenso groß wie die ihre ist. Während Anna endlich die Hand von Finis Mund nimmt und diese tief einatmet, erheben sich die beiden langsam vom moosigen Waldboden.

Sie antwortet sehr leise: „Anna."

Dann deutet sie mit dem Kopf nach rechts.

„Das ist die Fini."

Anna blickt dann wieder zu Boden und schiebt das Kind vorsichtig vor sich her in Richtung Hof, dann nimmt sie Finis Hand und prescht mit ihr davon, ohne sich umzudrehen. Außer Atem kommen die beiden am Stall an. Anna warnt Andreas, sie diesmal nicht bei seiner Mutter zu verpetzen, wobei er sowieso nichts gesehen hat. Dafür war der Hasenfuß zu schnell fortgelaufen.

Schon am darauffolgenden Tag ist irgendetwas in dem Lager anders, es gibt laute Streitereien und Männer gehen auf und ab, dann setzen sie sich wieder und rauchen lange Pfeifen. Ein bunt angezogener Pfarrer mischt sich ein, bevor sich mehrere Männer der Frau im roten Mantel anschließen und sich bepackt mit Säcken in Richtung Manditsch-Hof aufmachen. Die Bäuerin ruft laut nach Lois und Jozip, es klingt verzweifelt. Als das Grüppchen zwischen Stall und Haus anhält, tritt die Bäuerin aus der Haustüre, begleitet von ihren beiden Knechten. In sehr höflichem Ton beginnt die Frau im roten Mantel:

„Wir möchten Essen kaufen. Haben Sie Kartoffeln? Wir können gut bezahlen." Gleichzeitig zieht sie aus einem Sack silbernes Besteck und lässt es klirrend wieder hineinfallen. Dem folgt das Klirren des Speisekammer-Schlüsselbundes der Bäuerin, die noch immer mehr Vorräte besitzt als viele andere im Dorf. Nicht nur, weil sie so geizig ist, sondern weil ihr Mann so viele Lebensmittelmarken über die Partei ergaunert hat. Aber ob sie die letzten Kartoffeln noch verkaufen will, weiß sie nicht. Als die Manditsch störrisch und wortlos im Türrahmen stehen bleibt, murren die Kosaken und ihre Augen verengen sich. Es ist kein Betteln und Handeln wie mit den verzweifelten und ausgehungerten Hamsterern aus der Stadt, sondern eine Forderung, bei der es der Anstand gebietet, eine Gegenleistung dazulassen. Anna ist inzwischen in der Küche und schneidet Krautköpfe ein. Ihre blaue Schürze trägt sie fest um den Bauch gewickelt, um das Werktagsgewand darunter zu schützen, als vier fremde Männer und die beiden Knechte an ihr vorbeimarschieren und vor der Speisekammer warten. Den Abschluss dieser Kolonne macht ein gutaussehender junger Mann, der Anna zuflüstert:

„Privet Annuschka. Wie gett es Ihnnen?"

Das Messer fällt aus ihrer Hand auf den Boden, es bleibt mit der Klinge senkrecht in den alten Holzdielen stecken. Kuzma bückt sich und legt es wieder auf den Tisch. Langsam mustert er sie dabei von oben bis unten. Niemand bekommt davon etwas mit.

Als sich die Abordnung aus dem Lager verabschiedet, bleibt ein Leinensack mit dem Besteck in der Küche stehen. Die Frau im roten langen Mantel erklärt der alten Manditsch, dass ihr Sohn Kuzma in den kommenden Tagen wiederkommen würde. Er spreche Deutsch und werde etwas bringen. Ob man denn vielleicht ein Pferd gebrauchen könne? Die Bäuerin nickt sofort, die beiden Knechte ebenso. Ein so schönes Pferd könne man immer gebrauchen, selbst wenn es schwächer ist als ein Noriker, so würde es im Notfall noch immer ausgezeichnet schmecken. Jozip läuft das Wasser im Mund zusammen, wenn er an die Pferdesalami in seiner ungarischen Heimat denkt.

Es ist ein Sonntagmorgen, als die Männer aus dem Zeltlager wieder auftauchen und diesmal einen Sattel gegen Mehl und Kartoffeln tauschen, noch gibt die Speisekammer etwas her.

Den Schnaps begutachtet man diesmal genauer und bietet der Bäuerin dafür ein Pferd an. Anna steht hinter dem Haus und füttert die Hühner, als sie die Männer kommen sieht. Unverhohlen grinst Kuzma sie an. Sie errötet und tut geschäftig, doch als die Männer abziehen, schaut sie ihm lange hinterher. Selbst Fini bemerkt das.

Auf dem Weg zur Kirche, nur zwei Stunden später, müssen die beiden im Sonntagsdirndl und sauber frisiert an dem Lager vorbeimarschieren und starren neugierig hinter den Stacheldrahtzaun. Einige Männer machen sich für ein seltsames Spektakel fertig und versammeln sich dafür in der Nähe der Pferde. Lachen, Scherzen und Übermut sind zu bemerken, dafür muss man diese Sprache nicht verstehen. Vielleicht haben die Männer Schnaps getrunken? Sie treiben die Pferde nur durch Pfeifen und ruhige Kommandos zusammen. Dann schwingen sie sich mit einem Satz auf die Rücken der Tiere. Kein Sattel, kein Zaumzeug, sich nur an der Mähne festkrallend, lenken sie diese edlen Tiere, wohin immer ihre Reiter es wollen. Ein Tier bäumt sich auf, ein Schimmelhengst, der nun vom Trab in den Galopp fällt und dem alle anderen Reiter nachjagen. Ein Wettstreit um Meter, quer über die Felder, begleitet von Johlen und Rufen. Wie weit ins Tal hinunter sie reiten, kann Anna nicht erkennen, denn sie verliert die Gruppe aus den Augen, während sie versonnen am Zaun steht. Die Glocken rufen schon zur Messe im Dorf, als Kuzma an den Zaun tritt und Anna direkt in die Augen blickt:

„Annuschka. Schönes Mädchen. Schenschina. Möchten Sie essen mit uns?"

Wie grün seine Augen sind! Aus der Nähe kann sie nun eine lange, dünne Narbe auf der linken Wange erkennen, die ihr bisher nicht aufgefallen ist. Wie alt mag Kuzma sein? Etwa in meinem Alter, schätzt Anna. Es ist wie ein unsichtbares Band, mit dem er Anna zu sich zieht. Mitten hinein in eine andere Welt, die sie nun nach Tagen der unmittelbaren Nachbarschaft nicht mehr fürchtet, die immer faszinierender wird.

„Anna, nein! Das dürfen wir nicht", protestiert Fini, als sie die Kleine raunend an der Hand mit ins Innere der Lagerstadt nimmt.

„Das passt schon so", antwortete Anna kaum hörbar.

Niemand beachtet die beiden Mädchen mit den festgeflochtenen Zöpfen, als sie Kuzma folgen. Zu sehr ist man mit dem Ausgang des Wettbewerbs beschäftigt und mit dem Kochen und Trinken. Kuzma geht ein wenig vor Anna her, was ihr die Gelegenheit gibt, seinen aufrechten Gang und festen Schritt zu bemerken. Nicht so wie der Lois, der stets gebückt geht. Er lotst sie zu einem Zelt, vor dessen Eingang aus einer Feuerstelle Rauch aufsteigt. Dort sitzt die große Frau im roten Mantel und kocht.

„Mein Mamuschka", grinst Kuzma.

Sie richtet sich etwas überrascht auf und bietet den beiden Mädchen einen Platz auf einem Fell neben dem offenen Feuer an. Sie deutet nur mit einem Kopfnicken an, dass die beiden willkommen sind. Während die anderen Dorfbewohner in der Kirche sitzen, erfahren Anna und Fini, dass Kuzmas Mutter Olga heißt und die Übersetzerin für dieses Lager ist. Sie spricht sehr gut Deutsch, ohne den starken Akzent ihres Sohnes. Während sie in einem Topf rührt, erzählt sie mit leiser Stimme.

Vor dem Krieg arbeitete Olga in einem Diplomatenhaushalt. Wie übrigens auch Kuzmas Vater, der auf der langen Reise verstorben ist. Eine Lungenentzündung hatte ihn binnen weniger Tage dahingerafft, wie viele andere im Lager. Es war nicht der ehrenvolle Tod im Sattel, den sich ein hochdekorierter Kosakenführer gewünscht hätte. Anna und Fini lauschen schweigend, nicken manchmal, verstehen nicht viel. Fini blickt immer wieder neugierig ins dunkle Zelt. Was sich darin verstecken mag? Olga spricht ebenso ehrfürchtig über ihren Mann wie von ihrem Anführer. Kuzmas Vater muss wohl ein enger Vertrauter des Generals gewesen sein. Ihn hat Anna einmal vom Fenster beim Manditsch aus gesehen. Er wurde auf einer Art Sänfte getragen. Die Frauen und Männer verneigten sich ehrfurchtsvoll vor ihm wie vor der Mutter Gottes bei der Fronleichnamsprozession. Olga rührt in einem Kessel eine dicke rote Suppe, die wunderbar nach Paprika duftet. Kohl und Kartoffeln sind noch nicht durchgegart und sie nutzt die Zeit, um Anna begreiflich zu machen, dass man nicht mehr oft zur Bäuerin hinaufgehen müsse, um Essen zu kaufen, denn bald würden sich die Familien wieder auf den Weg machen. Die Engländer hätten ihnen Land und Arbeit in den Kolonien angeboten, wahrscheinlich in Australien. Es werde wohl nicht mehr lange dauern, bis sie wieder abreisen und ihre Pferde mitnehmen. Vielleicht nicht alle, aber sehr viele. Im Lager in Lienz gibt es sogar Kamele, die können die Hitze in Australien sehr gut aushalten. Wie wohl so ein Kamel aussieht, fragt sich Anna.

Sie lauscht und fühlt sich durch Olgas Vertraulichkeit etwas unwohl, aber sie bleibt neben Fini und Kuzma sitzen. Der schneidet mit der kleinen Fini Gesichter und lacht dabei herzlich. Er räuspert sich:

„Meine kleine Schwester ist tot, wie mein Vater. Es gibt nur mehr Mutter und mich. Meine kleine Natascha war wie du, kleines Kind. Liebes Rebenok[1]."

Anna nimmt die Blechschüssel mit der dampfenden Suppe mit beiden Händen und bedankt sich kopfnickend. Fini kann so viel Großzügigkeit kaum fassen, vor allem, weil sie als Erste einen Teller gereicht bekommt und nicht wie sonst immer als Letzte in der Runde. Sie fühlt sich wie eine Prinzessin. Während des Essens kehren die Reiter zurück und werden bejubelt und beklatscht. Sie verschwinden dann in den Zelten, um zu essen und zu schlafen. Das kennt Anna nur von sehr alten Leuten, kein junger Mann darf im Dorf nach dem Mittagessen

---

[1] Rebenok = Kind

ruhen, nicht einmal am Sonntag. Olga steht nach dem Essen auf und entschuldigt sich. Sie hätte noch viel zu tun. Anna und Fini erheben sich ebenso und werden von Kuzma aus dem Lager begleitet.

„Bitte Annuschka, kommst du wieder?", seine Frage ist fast flehentlich.

„Ich weiß nicht. Ich darf nicht."

Viel Traurigkeit liegt in seinem Blick, eine seltsame Melancholie.

„Kleine Fini, du kommst? Wir reiten?"

Damit hat er seine Verbündete gefunden. Fini liebt Pferde, sitzt im Stall oft unter dem alten Wallach im Verschlag und streichelt das von der Arbeit geschundene Tier.

„Ja. Ja. Bitte. Darf ich? Anna, bitte!"

Anna schmunzelt und weiß nur zu gut, dass sie ein großes Geheimnis mit ihr teilen und viel lügen wird müssen, um das zu schaffen. Und lügen ist eine Sünde.

„Wir sagen es dir morgen. Wir müssen gehen, die Kirche ist schon aus. Die Bäuerin wartet auf uns. Danke dir."

Das angehängte „Kuzma" hat einen völlig anderen Klang bekommen, es ist gütiger geworden, wärmer und vertrauter.

Über die folgenden Tage erhält Fini ihre Reitstunde weiter unten im Tal, versteckt auf einem uneinsichtigen Acker. Dort dürfen die Kosaken mit Erlaubnis der Engländer ihre Pferde trainieren. Hier sind die beiden Mädels vom Manditsch-Bauern vor den neugierigen Blicken der Dorfbewohner sicher. Während Kuzma sich mit Anna an den Zaun gelehnt unterhält, trabt Fini auf einem sehr alten Pferd brav ihre Runden im Kreis. Es braucht kaum Anweisungen, denn diese treue Seele will keine Kunststücke mehr vorzeigen.

Anna hört gebannt zu, als Kuzma ihr berichtet, wie weit die Reise von seiner Heimat bis hierher war. Viele fremde Namen und Orte schwirren in ihrem Kopf herum. Neue Gerüche und

Geräusche erfüllen das Tal, alles ist exotisch und abenteuerlich geworden. Dennoch fehlt ihr, die beschützt von Manditschs Parteibuch über die letzten Jahre in einer Blase gelebt hat, die Vorstellung von Größenordnungen und Landesgrenzen. Das war ihr bisher einerlei, sie war noch nie weiter als bis zur italienischen Grenze gekommen. Sie kann sich kaum vorstellen, dass man seine Heimat für immer verlassen muss und sich einer völlig fremden Armee anschließt.

„Wir waren immer Söldner, das hat man uns übel genommen."

Kein Kommunist konnte aus ihnen Bauern und Sklaven machen, egal, wieviel sie ihnen genommen haben, wie viele von ihnen sie umbrachten. Sie blieben frei und warteten und hofften in den Stanitzen auf das Eintreffen der Deutschen. Als sie den Don überquerten, ritten sie ihnen mit weißen Fahnen entgegen.

„Aus diesem Land wollten wir fort, solange es noch geht. Keiner war stärker als Stalin, bis Hitler kam."

Anna erzählt Kuzma von ihrem Bruder Egon und seiner Begeisterung für den Führer. Viel anders war es nicht, als sich so viele Burschen aus dem Heimatdorf und später in Oberdrauburg der Partei anschlossen. Sie wollten etwas Besseres. Nur, dass es bisher nicht wirklich besser ist.

Anna ist verwirrt und geschmeichelt. So viel wie dieser junge Mann hatte ihr in ihrem ganzen Leben noch niemand erzählen wollen. Nicht einmal der Pfarrer spricht so viel. Schon bald fällt ihr Kuzmas Akzent nicht mehr auf.

Anna lauscht ihm aufmerksam und lässt die kleine Fini dabei selten aus den Augen. Wenn sie den Blick doch Kuzma zuwendet, lächelt sie ein ganz kleines bisschen. Seltsam, denkt sie bei sich. Trotz all den vielen gestrickten Socken für die Wehrmachtssoldaten und geblendet von den vielen Kinofilmen über die tapferen deutschen Helden, war es ihr nie gelungen, einen einzigen Soldaten kennenzulernen. Sie blieb den gesamten

Krieg hindurch ohne einen Brief vom Liebsten an der Front, dabei war Anna inzwischen nicht mehr so jung. Ausgerechnet ein Fremder aus dem Osten, ein Untermensch, ein Überläufer, sollte es sein, der ihr Herz das erste Mal laut zum Pochen brachte. Nicht weil sie immer nach Hause rennen muss, wenn die Reitstunde vorüber ist, sondern weil ihr seltsam ist. Sie stellt sich vor dem Einschlafen vor, wie Kuzma sie küsst. Sehr lange und auf den Mund. Und der Mund ist dabei so schief offen. So wie im Film. Das ist kein Busserl wie beim Kirchtag, das einem gestohlen wird. Das ist ein ganz anderer Kuss. Vielleicht hätte Anna ihn küssen mögen, aber nicht, wie es Milli ihr von der Kellnerin zu Hause in Arnoldstein erzählte, die dann immer geschrien hat, wenn ein Mann bei ihr am Zimmer war. Immer gekreischt und geschrien und geschnauft und dann wieder die Türe auf und zurück zur Arbeit hinter der Theke. Das findet Anna abstoßend, es ist sicher nicht das, was der Herrgott gewollt hat. Ohne Heiraten und ohne Ehre. So einen Kuss will Anna nicht.

Major Davis

Wenn Major Davis vom Gailbergsattel nach Oberdrauburg hinuntersieht, liegt das breite und fruchtbare Tal halb im aufsteigenden Dunst verborgen. Wendet man sich in Richtung Lienz nach Nordosten, sieht man die Kosaken. Hunderte Pferdewägen haben sich zwischen die Straße und den Fluss geschoben. Der Atem von Tausenden Pferden mischt sich mit dem Morgennebel. Verstreute Gruppen von Offizieren mit Fellmützen und langen schwarzen Mänteln spazieren die Straße entlang. Langsam erwachen Frauen und Kinder. Die Alten versammeln sich um den Pope, der seine erste Andacht hält. Es ist der 7. Mai 1945, der Tag des orthodoxen Osterfestes.

Rings um Lienz entsteht in der warmen Frühlingssonne eine Lagerstadt mit 21.000 Männern, Frauen und Kinder, in der sich die Vertriebenen einrichten und für die Vielzahl ihrer Tiere Platz finden. Zusätzlich wachsen in den ersten Maitagen Zeltstädte in kleinen Lagern bis nach Oberdrauburg aus den Wiesen, die von den vielen Pferden abgegrast werden. Major Davis wird als britischer Verbindungsoffizier eingesetzt, um sich jeden Tag mit General Krasnow zu treffen und ihm zu versichern, dass man sich keinerlei Sorgen über eine Auslieferung an Russland machen müsse. Im Gegenteil: Man suche nach einer Möglichkeit, die ausgezeichneten Reiter in Australien oder einer anderen Kolonie anzusiedeln, als Söldner unter britischer Flagge.

Schon spricht man in der requirierten Kaserne in Lienz vorsichtig vom Evakuieren der Kosaken, denn seit Februar gilt laut dem Vertrag von Jalta die Auslieferung der abtrünnigen Kosaken als fix. Nur wann genau das geschehen wird, soll sich noch zeigen. Im Gespräch mit den kosakischen Führern lässt man das freilich nicht durchklingen, sondern versucht, sich freundschaftlich zu begegnen. Wie das geht, darf Bernie bei seinen Ausflügen ins Lager Oberdrauburg erleben.

Verwundert beobachtet Bernie das Treiben im Lager. Diese Selbstverständlichkeit unter freiem Himmel zu leben, die beinahe rituellen Abläufe in den Bewegungen der Männer und Frauen, ganz aufeinander eingespielt. Fast glaubt er, in ein mittelalterliches Märchen in der Zeit zurück versetzt zu sein, in dem eine Zirkustruppe vor einer englischen Stadt haust. Es mutet alles sehr unwirklich an, als hätte es nie Wasserklosetts gegeben oder Essen, das auf Küchenherden gekocht wird. Er kann sich keine Kultur ohne Radiogeräte und Strom, ohne Bücher und Schulen in echten Häusern vorstellen. Bernies Aufgabe ist, über die Lagerbestände der Kosaken Auskunft zu geben, damit man abschätzen kann, wie lange Tausende Menschen gut verpflegt sind, bevor sie rebellieren. Während er im Kopf Listen führt über Rinder, Mehlsäcke und Trockenfleisch, folgt er der kleinen Abordnung unter Major Davis stets vorsichtig, umsichtig und interessiert. Gott, wie viele Frauen und Kinder es hier gibt! Wann hatte er zuletzt so viele Frauen auf einem Haufen gesehen?

Die Kosaken verhalten sich ruhig, lassen sich entwaffnen und blicken hoffnungsvoll einer Zukunft in Australien entgegen. Lediglich ihre Pistolen und Säbel wollen die Reiter behalten. Sie nehmen ein friedliches Leben innerhalb ihrer Stanizen auf, veranstalten Reitwettbewerbe und singen in kleinen Grüppchen melancholische Lieder. Der Pope hält seine Gottesdienste ab, während angenehme Stille im Talboden herrscht. Unter den Kosaken gibt es zahlreiche gebildete Menschen, Schriftsteller, Künstler und Musiker, auch ein paar Journalisten, die sich Major Davis anbieten, eine Zeitschrift herauszugeben, in der die Freundschaft zwischen Engländern und Kosaken beschrieben werden soll. Der Verbindungsmann überredet sie sogar, einen Kosakenchor zu gründen, was von vielen begrüßt wird. Endlich erschallen wieder Stimmen über den Feldern des Drautales, auch wenn sie fremd und nach Heimweh klingen.

Überall sind die Kosaken unterwegs, von Lienz bis Oberdrauburg. Sie dürfen sich entlang der Drau außerhalb ihrer Zeltlager frei bewegen.

Bernie findet nicht, dass sie hungern müssen. Es gibt immer etwas zu essen im Lager. Die Frauen holen am frühen Nachmittag Korn und getrocknetes Fleisch von den Planwägen, auf denen sie ihre Vorräte vor Ameisen und anderem Getier schützen. Bernie beobachtet einige Dorfbewohner, die das erste Gemüse der Saison über den Zaun verkaufen. Obwohl das nicht viel ist, wird es zu duftenden Suppen verarbeitet. Auf Dreibeinen werden dafür große Kessel an Ketten befestigt, um darin dicke Eintöpfe zu kochen. Kleine Messer und Säbel, Ringe und Tücher werden bald ein beliebtes Zahlungsmittel bei den Bauern. Ältere Pferde müssen zum Eintausch gegen Essbares herhalten. Bernie bringt bei einem Kontrollbesuch mit Major Davis in einem kleinen Leiterwagen zwar einige Dosen Bohnen und Erbsen mit ins Lager, aber das reicht lange nicht, um die vielen Mäuler zu stopfen. Für die Versorgung von so vielen Menschen waren die Briten nicht zuständig und auch nicht vorbereitet.

Major Davis verspricht den Kosakengenerälen zwar, dass man sie nicht an die Russen ausliefern würde, aber wohin sollte man sonst mit den vielen Leuten? „Wir werden den Vertrag von Jalta einhalten", erklärte Generalmajor Arbuthnott dem ihm gegenübersitzenden Major Davis beim Abendessen in der Kaserne.

„Der Befehl zur Auslieferung wird kommen. Wir werden evakuieren. Bald schon."

Befehle

Sergant Mason ist in einem der langsameren Lastwagen hinauf nach Oberdrauburg mitgefahren. Seitdem sein Vorgesetzter erfahren hat, dass Bernie mäßig Deutsch spricht, teilt er ihn fix für den Außendienst ein. Man kann ja nie wissen, wozu das nützlich ist. Zuerst soll Bernie nur die Auflistung der Lebensmittel übernehmen, aber nun ist er täglich als Begleitung von Major Davis in den Kosakenlagern. Auf mehrere Lager aufgeteilt sind rund 30.000 Menschen in der Gegend. Alleine in Oberdrauburg schätzt er, dass sich rund 4.000 Zivilisten und 500 Offiziere befinden. Mittlerweile kann der Verbindungsmann nicht mehr alleine in die Lager gehen, denn die britisch-kosakische Freundschaft scheint jeden Tag mehr zu bröckeln. Den Grund dafür kennt Bernie nicht so genau, aber er vermutet, dass man eine so gewaltige Horde Menschen schlicht wieder loswerden will. Wie schon zuvor in Norditalien und wie überall auf der Welt, wo zu viele zu unterschiedliche Menschen zusammenleben müssen.

Am Morgen des 26. Mai lautet der Marschbefehl für die Sergeants, die Kosaken zu enteignen, das heißt ihnen die Kriegskasse abzunehmen. Ungläubig verfolgt Bernie, wie der uralte General Krasnow aus seinem Zelt getragen wird, bei sich auf der Trage eine Schatzkiste voll Geld: Deutsche Reichsmark und wohl ein paar Millionen italienische Lira befinden sich darin. Das Blutgeld der Söldner, das nun dem Vereinigten Königreich gehört. Zwei seiner Kameraden umfassen die seitlichen Griffe und tragen die Kiste zum Jeep. Wie kann ein Volk sein gesamtes Vermögen in einer Kiste mit sich führen? Wie im alten Rom?

Bernie verlässt genauso still und grußlos das Lager wie seine Kameraden. Die Kosakenoffiziere blicken ihnen zornig hinterher. Bernie schläft wenig in dieser Nacht.

Der Abschied

Anna ist am Vormittag des 27. Mai 1945 mit Fini auf dem Weg zur Reitstunde. Der alten Manditsch erzählen die beiden, dass sie Wiesenkräuter sammeln wollen, die nun schon üppig aus dem Boden sprießen. Überhaupt ist die Bäuerin durch die Anwesenheit der Fremden sehr abgelenkt, es scheint, als hätte sie keine rechte Handhabe, keinen bewährten Plan. Zugleich zeigt ihre Habgier neue Auswüchse. Sie wundert sich über ihren Nachbarn, den Fanzott-Bauern, der Fleisch gegen einen Teppich eingetauscht hat. Dessen Frau wettert zu recht, was ihn da wohl für ein Teufel geritten hatte, das gute Fleisch für einen Teppich herzugeben. Wohl muss sie zugeben, dass er elegant ausschaut, sehr farbenfroh, aber wichtiger wäre es gewesen, selbst noch etwas zum Beißen zu behalten. „Geh, hör auf! Sowas kommt nicht wieder!", verteidigt sich der Fanzott.

Die Manditsch schöpft keinen Verdacht und ist auch viel zu beschäftigt damit, zu hören, wie es ihrem Mann auf der Alm geht, denn der Fanzott hat ihn durch Zufall im Wald angetroffen. Er berichtet der Bäuerin in der Küche, während sich Fini und Anna davonstehlen.

„Ich bin so wie die Gouvernante der kleinen Prinzessin, die zur Reitstunde gebracht wird", denkt Anna laut.

In einer Radiosendung hat sie einmal ein Hörspiel gehört, in dem so eine Szene beschrieben wurde. Es gefällt ihr und Kuzma gefällt ihr ebenfalls. Des Nachts kann sie nicht mehr schlafen, wälzt sich unruhig hin und her und tappt leise zum Fenster, um Fini nicht zu wecken. Sie schaut hinunter zum Lager und sieht Rauchwolken aufsteigen, während die Pferde im Stehen schlafen. Was mag Kuzma tun? Schläft er oder denkt er an sie? Immer intensiver wünscht sie sich, dass er sie küsst und festhält. Hitze steigt aus ihrem Bauch nach oben und färbt ihre Wangen rot. Dann kriecht die Hitze unter ihren Nabel und bleibt dort. Sie will Kuzmas Schultern umfassen, nur für einen Augenblick. Fini hüpft, an ihrer Hand laufend, gelegentlich auf und ab und summt ein Liedchen. Sie ist voller Vorfreude. Aufgeregt Kuzma wiederzutreffen, steht Anna vor dem Zaun, hinter dem viel weniger Pferde grasen als am Tag zuvor. Überhaupt ist niemand da, der sich wie sonst um die Tiere kümmert. Irgendetwas stimmt nicht.

Fini dreht sich suchend um, als Kuzma in kompletter Gardeuniform und außer Atem auf die beiden zugelaufen kommt. Nach Luft ringend flüstert er: „Es ist etwas passiert, Annuschka. Ich muss mit den anderen Männern zu einer Konferenz fahren. Man nimmt uns das Geld weg und die Waffen, sogar die Messer! Wir müssen mit den Engländern reden!"

Anna nimmt seine Hand. „Was?"

Sie fühlt seine Aufregung und Furcht, seine Hand schwitzt. „Wohin fährst du?"

„Ich muss mitfahren. Den Ort habe ich mir nicht gemerkt. Sie wollen alle Offiziere dabei haben! Stell dir das vor. Alle 2.000 Mann!"

Lärm zieht vom Lager hinunter zu den Koppeln.

„Schon gestern haben sie gesagt, dass die Pferde nicht mehr uns gehören. Unsere Loshadi!"

Stammelnd erzählt er von einem Gespräch, das seine Mutter in der Stadt Lienz belauscht hat. Ein Bauer beschwerte sich bei Major Davis über die Pferde und dass sie ihm alles Gras abfressen würden. Der Major meinte, das seien nun englische Pferde, denn Kriegsgefangenen gehöre nun mal nichts.

„Annuschka ich bin mir sicher, hier stimmt etwas nicht! Ich muss mitfahren."

Eine Kolonne Lastwägen fährt an der Koppel vorbei in Richtung Oberdrauburg. Die Fahrer weichen den tiefen Schlaglöchern aus, während fröhliche englische Schlagermusik aus der Fahrerkabine ins Freie dringt.

Kuzma dreht den Kopf in Richtung der vorbeifahrenden Transporter, dann nimmt er Annas Hand und presst einen Kuss darauf. Seine Lippen sind weich, viel weicher als Annas gegerbte, schwielige Handflächen.

„Annuschka. Wir sehen uns wieder", flüstert er. Anna ist erstarrt, kann sich nicht bewegen. Kurz streicht Kuzma über Finis Kopf, dann macht er kehrt und rennt zurück zum Lager.

Anna ist sprachlos, verwirrt und fühlt eine beklemmende Angst aufsteigen. Angst, ihn nie wiederzusehen, aber auch Angst um Fini und sich selbst.

„Komm, Anna! Wir müssen sehen, was da passiert! Komm jetzt endlich!"

Fini zerrt sie heftig vom Zaun weg. Über einen Feldweg laufen die beiden rasch nach Hause und schleichen an der Manditsch vorbei in die gemeinsame Kammer hinauf. Von dort aus beobachten sie, wie sich eine Gruppe Engländer, die eigentlich Schotten sind, im Lager hin und her bewegt und viele Lastwägen vor dem Lager parken. Etliche Fahrzeuge fahren weiter in Richtung Lienz.

Entwaffnung

„Ihr werdet schießen, wenn sie die Waffen nicht abgeben!", befiehlt Davis, kurz bevor sie das Lager betreten. Dazu kommt es nicht. Am frühen Morgen des 27. Mai 1945 ist Bernie, hinter Major Davis stehend, erneut vor den versammelten Kosakentruppen in Oberdrauburg. Davis überbringt den Befehl, ihm und seinen Sergeants alle Waffen auszuliefern. Bis zu diesem Zeitpunkt glauben die Kosaken, ihre Pistolen zur Verteidigung gegen die noch womöglich auftauchenden Partisanen behalten zu dürfen. Wieder versichert Major Davis, dass die Niederlegung aller Waffen nur ein erster Schritt wäre, damit man sie in die Reihen der britischen Krone aufnehmen könne. Noch einmal schenken sie ihm Glauben und geben alle Waffen und Munition ab.

Dem Kosakenfürsten Krasnow gegenüber spricht Davis ruhig und freundlich, wie schon die Wochen zuvor. Dann folgt die Einladung zur Konferenz in der Nähe von Oberdrauburg.

„Der große britische Feldmarschall Alexander wird Sie alle persönlich empfangen und Ihnen eine Mitteilung über die Zukunft Ihres Volkes überbringen."

Diesmal übersetzt nicht die großgewachsene Olga, sondern ein junger Kosakenoffizier. Ihm ist das Misstrauen anzumerken, denn es erscheint ihm schon merkwürdig, als Major Davis 60 Lastkraftwagen für den Transport der etwa 2.000 kosakischen Offiziere zu der Konferenz ankündigt. Wäre es nicht einfacher, den britischen Stab ins Lager zu holen? Man verlangt Major Davis Ehrenwort und verlässt sich erneut auf das

Wohlwollen der Briten, denn schließlich hatte man dem obersten Marschall einen Brief geschrieben, auf den er nun wohl endlich reagierte.

General Krasnow folgt entschlossen der Einladung und verabschiedet sich von den Frauen. Er tritt fein herausgemacht in seiner schönsten Uniform, dekoriert mit Orden des Zarenreiches und der deutschen Wehrmacht, diesen schwierigen Weg an. Bedeutsam wiegen Orden und Verantwortung auf seiner Brust und behindern ihn beim Atmen. Er darf mit seinem Übersetzer in einen Jeep steigen und winkt seinen gerade abfahrenden Offizieren hoffnungsvoll zu.

Stickig empfinden die festlich gekleideten gewöhnlichen Kosakenoffiziere die Luft auf den LKW, auf denen sie nun zusammengepfercht sitzen. Erste Zweifel an einer ernstgemeinten und höflichen Einladung treten auf und werden heftig unter den Männern diskutiert. Eng aneinander gedrängt blicken viele auf den staubigen Boden des Fahrzeuges. Die Stimmen werden immer lauter, je weiter sie sich von ihren Familien entfernen.

„Das ist doch nicht so weit!"

„Ich glaube, das ist eine Falle! Wir sind unbewaffnet!"

In diesem Augenblick gesellen sich zu den 60 LKW, die in einer Kolonne in Richtung Spittal an der Drau fahren, noch etliche Panzerwagen hinzu. Als der Konvoi auf dem Weg über Greifenburg, Steinfeld und Möllbrücke in Richtung Spittal einen kurzen Halt macht, springen fünf junge Kosakenoffiziere aus dem letzten Transporter ab. Sie laufen so schnell sie können in die nahen Wälder. Die Briten starten keinen Versuch sie einzufangen, sie schießen auch nicht. Die vorderen Fahrzeuge bekommen gar nicht mit, was ganz hinten geschieht.

Während die einfachen Offiziere schon fast die von den Briten übernommene Türkkaserne in der Kreisstadt Spittal an der Drau erreichen, fährt man Krasnows Jeep nach Oberdrauburg zum Gefechtsstand der Briten. Dort empfängt ihn der Brigardegeneral Musson, der ihm aber weder die Hand reicht noch einen Sitzplatz anbietet. Sein Gesicht bleibt völlig ausdruckslos, als er dem alten General mitteilt, dass man alle Kosaken auszuliefern habe. An die Russen. An den Erzfeind. Die Evakuierung und Übergabe an die Sowjets sei beschlossene Sache.

„Es tut mir leid, Ihnen das so sagen zu müssen. Aber wir haben den kategorischen Befehl erhalten!"

Krasnow schafft es nicht, General Musson zu erklären, wie unmöglich eine Rückkehr in die alte Heimat ist. Man würde sie sofort ermorden oder noch schlimmer: in den Gulag stecken. Die Briten zeigen kein Verständnis. Sie schweigen nicht einmal sonderlich betroffen. Wann und wo genau die Übergabe passieren soll, würden sie noch erfahren.

Der Ataman hat über so viele Jahre des Krieges und der Flucht seinen Mut nie verloren, doch nun sitzt Krasnow aschfahl im Wagen, der ihn in Richtung Spittal fährt. Er soll der Überbringer des Todesurteils für seine Truppen sein. Als der alte General den Hof der Türkkaserne in Spittal an der Drau betritt und mit leiser Stimme spricht, bricht ein einziger Schrei des Entsetzens los. Die Männer brüllen und beschuldigen sich gegenseitig. Alle Generäle hätten Schuld, nur aufgrund ihrer Gutgläubigkeit sei es so weit gekommen. Manche Offiziere reißen ihre Orden von den Schultern und schleudern sie zu Boden. Dem gebrochenen General Krasnow gelingt es irgendwann doch, die tobende Meute zu beruhigen, indem er ihnen befiehlt, mit Würde in den bevorstehenden Tod zu gehen.

Wieder schreibt der alte General Briefe, diesmal direkt an den Papst, an den Marschall Alexander und an den englischen König Georg VI. Er bittet darin lediglich um Gnade für die Familien, denn er werde sein Schicksal und das seiner Männer akzeptieren. Diese Nacht verbringen die Männer in den Baracken der Kaserne.

Die vier Meter hohen Mauern und der Stacheldraht machen eine Flucht undenkbar. Selbst für die jungen Männer. Es sind einfach zu viele Briten zur Bewachung abgestellt. Ohne Waffen und stets in Grüppchen aufgeteilt, ist jeder Widerstand zwecklos. Akzeptanz tritt ein, gepaart mit Traurigkeit. Die vollständige Resignation der Männer vertreibt den Zorn.

Die Falle

Für viele sollte es der letzte Gottesdienst werden, den der Pope frühmorgens am 29. Mai abhält, inmitten des Kasernenhofes. Bernie schaut nach oben. Über den Köpfen der Kosaken kreist kein Vogel so früh, es ist, als ob selbst die Natur einen Moment lang in Todesstille verharrt. Vor einem einfachen Holzkreuz kauern die einst so stolzen Offiziere am Boden. Kein britischer Soldat wagt über den Hof zu patrouillieren. Man bündelt die Kräfte, für das, was nun kommen sollte. Bernie steht stramm in der Reihe. Ein Brüllen im Dienstzimmer.

„Gewaltanwendung wird sich nicht vermeiden lassen, Männer. Ihr wisst, was zu tun ist. Die bringen sich selbst um, passt auf! Und die nehmen euch mit in den Tod. Die haben nichts mehr zu verlieren."

Ein klarer Befehl des Majors an seine Männer im Dienstzimmer der Türkkaserne. So klar, dass Bernie Mason bewusst wird, dass er zum ersten Mal in seiner Besatzungszeit in Österreich die Waffe in die Hand nehmen und sie auch einsetzen muss. Bisher ist er in seinem Lebensmittellager nur der Ausgeber von Vorräten gewesen. Selten musste er im Waffenarsenal einspringen. Er händigte zwar oft die Munition aus, aber seine eigene Waffe hat er lange Zeit nicht gebraucht. Um 6.30 Uhr sollen die ersten Gefangenen für Judenburg verladen werden. Die Fahrzeuge, die am Tag zuvor die Ladung von Oberdrauburg und Lienz hergefahren haben, stehen abfahrbereit im Hof.

„Antreten, Männer. Es geht los!"

Es ist kein Moment des Zauderns mehr, sondern des Handelns. Bernie steht zunächst in einer der ersten Reihen, die dann aufbricht, um die am Boden Sitzenden aufzuzerren und in Richtung der LKW zu stoßen, mit der geladenen Maschinenpistole im Rücken. Als sie sich wehren, stößt man sie mit dem Gewehrkolben weiter vorwärts. Ein unglaubliches Gerangel und Gebrülle hebt an. Keiner weiß mehr, wo oben und unten ist. Schüsse folgen, zunächst in die Luft, dann mitten in die Reihen der Kriegsgefangenen. Manche fallen um, andere versuchen davonzulaufen. Sinnlos, denn von der zweiten und dritten Reihe der Briten werden sie erneut in Richtung der LKW getrieben. Ein älterer kosakischer Offizier will Bernie die Waffe entreißen, woraufhin der all seine Kraft zusammennimmt und ihm mit dem Kolben ins Gesicht schlägt. Schmerzverzerrt krümmt er sich vor ihm am Boden. Bernie wartet nicht, sondern schiebt ihm das aufgepflanzte Bajonett in den Magen. Er wendet sich um, schlägt wieder zu und brüllt. Rund um Bernie herum liegen gegen Mittag Menschen wie Schlachtvieh. Es ist eine ungleiche Schlacht. Die bereits leblosen Körper werden einfach auf die Wagenflächen geworfen, einige dürften vielleicht noch gelebt haben. Nicht nur Bernie ist das egal, auch seinen Waffenbrüdern. Es dauert Stunden, bis man alle 2.000 Männer auf den Transportern hat. Bis Ruhe einkehrt und bis die Verletzten, geprügelt und geschunden, unfähig sind, noch einmal die Flucht zu ergreifen. Langsam kippt man die Bordwände nach oben und dann fahren die Wägen ab, jeder einzelne wird jeweils von einem Panzerfahrzeug und zwei Motorrädern begleitet. Bernies Auftrag ist erledigt und zum ersten Mal an diesem Tag blickt er an sich selbst herab. Er zieht zitternd eine Zigarette aus der Brusttasche und sieht, dass seine Uniform blutüberströmt ist. So schlimm ist es nicht einmal in Italien gewesen, an den brutalsten Tagen im Schützengraben. Er zündet eine Zigarette an und wischt das Blut mit dem Ärmelrücken von seiner Waffe. Als ihn der Oberst zur Kontrolle der Baracken ruft, um zu prüfen, ob man denn niemanden übersehen hat, ist

Bernie von den Szenen der letzten Stunden noch immer wie betäubt. Er tritt in die finstere Holzbaracke und sieht viel Blut am Boden, bräunlich in Pfützen gestockt. Einige der Offiziere hatten sich mit Glasscherben die Puls- und Halsschlagadern aufgeschnitten, um ihre übereinander gefallenen Körper bildeten die Blutlachen einen großen Kreis. Wieder andere rissen in der Nacht die wenigen Elektrokabel von der Decke und erhängten sich damit an den Fenstergriffen. Ihre toten Augen starren Bernie an. So sollte kein Soldat enden, egal, für welche Seite er kämpft. Bernie muss langsam rückwärts wankend die Baracke verlassen und hinaus auf den Hof, um sich zu übergeben, was ihm einen Tadel seines Vorgesetzten einbringt. Doch es ist ihm egal. Er will nur mehr schlafen oder trinken und am besten beides, aber nichts mehr wissen von den Verbündeten der Nazis. Sie sollen doch endlich verschwinden.

Doch Bernie ist noch nicht entlassen, er muss aufräumen helfen. Überall im staubigen Kasernenhof liegen Hüte aus Fell, verlorene Zähne, in Blut getränkte Kleidungstücke und einzelne Schuhe herum. Der alte Pope hat sein Kreuz verloren. Bernie bückt sich und holt den großen Besen, um aufzukehren. Er hofft auf die baldige Rückkehr der eigenen Kameraden und will eigentlich nicht wissen, was mit den Kosaken geschieht, wenn man sie den Rotarmisten übergibt.

Dennoch erfährt er es am selben Abend in der Kantine. Mit einem Höllentempo sind die Wägen bis Judenburg an der Mur gefahren, das liegt schon in der russischen Besatzungszone. So weit war Bernie noch nie in den Norden von Österreich gekommen.

„Wir haben die Wägen bloß abgestellt und uns zurückgezogen.", erzählt ihm Douglas aus London.

„Der General hat noch ein paar Worte mit den Russen gewechselt."

Als sie dann endlich in den Jeeps saßen, folgten Schüsse. Viele Schüsse.

Die Nachricht

Die Nacht bleibt ruhig und der Tag bricht früh mit Tau auf den Feldern an. Noch immer warten die Frauen im Lager auf die Rückkehr ihrer Männer. Sie sind kaum je eine Nacht ihres Lebens ohne ihre Männer, Söhne oder Väter gewesen. Umso mehr wächst die Sorge. Unruhe macht sich bei denen, die schon zeitig wach sind, breit. Viele sind noch in den Zelten. Bereits früh am Morgen bahnt sich ein Trupp mit zwanzig britischen Soldaten und Offizieren den Weg durch die Stanizen bis zum Zelt von Olga und Kuzma. Major Davis spricht direkt mit ihr, während sie den roten Mantel mit den Händen vor ihrer Brust fest zusammenhält.

Olga übersetzt den neben ihr stehenden Frauen und versteht schon bald, dass es bloß eine Ausrede war, die Offiziere zu einer Konferenz zu bringen, und man die Männer wohl in ein anderes Lager überstellt hat. Schließlich erträgt der Major die vorwurfsvollen und verzweifelten Blicke der Frauen nicht mehr und gesteht die grausame Wahrheit:

„Man hat sie nach Spittal gebracht. Von dort aus auf Lastwägen verladen und in Judenburg den Russen ausgeliefert. Sie kommen nicht wieder zurück."

Olga schluckt, bevor sie übersetzt und inmitten ihrer langsam formulierten Worte um ihre Fassung ringt. Ungläubig und zunächst verhalten schauen die Frauen Davis an. Sie können nicht fassen, dass er sie so belogen hat. Er war doch der Gute. Nun ist er der Verräter. Panik und Bestürzung brechen aus, als die Frauen und Kinder von Zelt zu Zelt laufen, um die grauenhafte Botschaft weiterzutragen, bis schließlich alle 4.000

Menschen in dem Lager auf den Beinen sind und durcheinanderrufen und schreien.

Es ist der Morgen des 31. Mai, als Bernie den inzwischen hochgradig nervösen Major erneut begleitet. „Leute, das ist der schlimmste Gang meines Lebens!", räuspert er sich beim Absitzen vom Jeep. Schlimmer als der Abtransport der Männer konnte es wohl kaum sein, denkt Bernie. Er mag nicht mehr zwischen die Zelte hineingehen. Er hält es bald nicht mehr aus, die Kleinkinder auf dem Boden krabbeln zu sehen, weil ihn der Gedanke quält, dass es vielleicht deren Vater war, den er mit dem Bajonett auf den Lastwagen gestoßen hat. Wenn die kleinen Buben mit den geschnitzten Holzmessern am Rockzipfel ihrer Mütter ängstlich zu ihm aufblicken, fühlt er sich schmutzig und schäbig. Dennoch muss er jeden verdammten Tag auf diesem elenden Jeep sitzen. Immer mit dem Gefühl, eine Bombe befindet sich unter dem Getriebe, stets diese Vorahnung mit im Gepäck, dass etwas wirklich Schlimmes mit den Frauen passiert. Seit dem Abtransport der Männer vor zwei Tagen wird er fortwährend von einer seltsamen Übelkeit geplagt.

Vom Lagerzaun in Oberdrauburg bis zum Zelt der Übersetzerin sind es nur 200 Meter. Als der Major den Frauen und Kindern, den Alten und Gebrechlichen mitteilt, dass sie wieder in ihre Heimat zurückkehren müssen, und zwar alle, verfallen die zusammenströmenden Menschen in Entsetzen. Ein einziger ohrenbetäubender Aufschrei fährt durch die Menge. Der Major steht nur noch stumm da und reagiert nicht mehr auf die Vorwürfe und auf das Betteln um Gnade. Er erträgt diese Verzweiflung nicht mehr und will schweigend das Gelände verlassen. Das große Klagen beginnt, ein furchtbares Geräusch. Viel schlimmer als Maschinengewehrsalven. Bernie hätte viel darum gegeben, wieder im Schützengraben zu liegen und sich dort, die Ohren mit Watte zugestopft, vor den Gewehrsalven zu verstecken.

Eine alte Frau bedrängt Bernie, reißt ihn am Ärmel und wedelt mit Dokumenten vor seinen Augen herum, die er nicht lesen kann, weil sie in kyrillischer Schrift geschrieben sind. Er versteht nur Olgas Flehen und Erklärungen, dass sie keine sowjetischen Staatsbürger sind, sondern Heimatlose. „Das ist ja nicht unsere Heimat, das ist der Tod!", rufen die Frauen. Am 1. Juni soll der Abtransport starten, immer in Gruppen von 2.000 Menschen. Dass die Russen nicht mehr auf einmal abwickeln können, verschweigt man tunlichst. „Lieber sterben wir. Was auf uns zukommt, könnt ihr euch gar nicht vorstellen!" Olga ruft ihnen hinterher: „Das ist Mord! Keine Rückkehr! Euch ist das gleichgültig. Ihr zuckt nur mit den Schultern."

Nicht nur Bernie, auch seine Kameraden bemerken, wie nach dem Schock das Abschiednehmen beginnt, voneinander und von allem, was einmal so wichtig war. Was das Leben ausmacht. Es muss unvorstellbar für die alten Männer sein, die Pferde zurückzulassen. Vielleicht würden sie sie töten, um danach sich selbst zu richten? Wie in den Baracken in Spittal. Aber wie? Es war doch keine Munition mehr da.

Bernie und seine Kameraden sehen im Rückspiegel des Jeeps, wie zwei junge Frauen eine zerfetzte schwarze Flagge über dem Lager hissen. Solche Flaggen befinden sich im Laufe des Nachmittags über den gesamten Talboden verteilt, von Oberdrauburg bis Lienz.

Die Auslieferung

Es ist ein herrlicher Frühsommertag, der sich mit sanften Sonnenstrahlen über dem Bergrücken ankündigt. Anna hat die Kühe gemolken und starrt zum wiederholten Mal durch das Stallfenster hinaus in Richtung der Zeltstadt. Mit schmutzigen, nackten Füßen steht sie auf einem Strohballen, um etwas zu erkennen. In dieser Nacht hat sie nicht geschlafen, sondern die sich unruhig windende Fini im Bett neben dem ihren betrachtet. Der Lärm machte es ihr unmöglich, sich auszuruhen. Nächte hindurch schon beten die Frauen im Lager, Kinder weinen, Hunde bellen. Die Pferde stehen unruhig auf den Koppeln. Anna wagt es nicht, ins Lager zu schleichen, obwohl sie Olga fragen möchte, was mit Kuzma geschehen ist und wo die Männer hingebracht wurden. Sie hat Angst vor den englischen Soldaten, die immer öfter ins Camp kommen und schlechte Nachrichten bringen. Verlassen sie die Stanizen wieder, bricht ein Wehklagen los, wie eine gewaltige Welle, von einer Seite des Tales zur anderen. Anna grübelt seit zwei Tagen unaufhörlich, während sie ihre täglichen Arbeiten erledigt. Auch der Lois nimmt ihre Fahrigkeit und Unruhe wahr, fragt aber nicht nach der Ursache. Selbst die alte Manditsch ist friedfertiger als sonst, wohl ahnend oder hoffend, dass der Spuk ein baldiges Ende finden wird. Keiner ist mehr nach dem Schnaps fragen gekommen, niemand braucht mehr Kartoffeln. Andreas versteckt sich bei ihr in der Schlafkammer, während der junge Pope den Gebetsmarathon anleitet, der die gesamte Nacht vom 31. Mai auf den 1. Juni andauern soll. Die Menschen umarmen einander innig. Niemand zweifelt mehr daran, dass etwas Furchtbares passieren wird. Niemand will etwas dagegen tun. Anna ist so ein Niemand.

Mit etwas Spucke auf einem Melktuch reibt Anna den Fliegendreck von dem kleinen Stallfenster. Von Weitem sieht sie die Waggons kommen. Zehn oder mehr Viehwaggons aus Holz und ohne Aufschrift rollen langsam in den Oberdrauburger Bahnhof ein. Auf der Straße aus dem Osten schlängelt sich ein grünbrauner Wurm, viele Panzer und Jeeps nähern sich knapp hintereinander dem Dorf. Eine britische Flagge thront protzig auf dem Panzer, der knirschend zwischen den Manditsch-Hof und den Lagerzaun rollt. Durch die Erschütterung des Erdbodens scheppern die Milcheimer hinter Anna metallisch aufeinander. Janos wiehert und scharrt mit den Vorderhufen. Der Schimmel stammt aus dem Lager und gehört nun der alten Manditsch. Er ist ein Schnapspfand – das arme Tier, wo es so weit gereist ist. Sein Schicksal ist ungewiss, genauso wie das von Tausenden Frauen und Kindern im Lager. Anna sieht die Fahrzeugkolonne der Briten immer näher rücken. Bewaffnete Soldaten in ihren braunen Uniformen steigen aus, springen von den Wägen und adjustieren ihre Gewehre. Es müssen wohl zweihundert oder mehr sein, die sich rings um das Lager aufteilen und es einkreisen.

Anna ist wie hypnotisiert, sie badet im Gebetsmeer der Frauen. Wie eine einzige Woge hebt und senkt sich der Tonfall. Der braune Wurm hat sich wie eine Würgeschlange um die Maus gewickelt. Wartend, während Anna unbeteiligte Zuschauerin bleibt. Machtlos, wie so oft in ihrem Leben, sieht sie den Tod lauern. Freilich hätte sie sich verstecken können, wie die anderen Bewohner im Haus, aber sie schafft es nicht. Als ob sich Körper und Geist getrennt hätten, als ob sie ebenfalls der braune Wurm fressen würde, verharrt sie in einer Art Totenstarre am schmutzigen Stallfenster. Machtlos wie gegen die Bomben, gegen den Tod des Vaters und des Bruders, machtlos gegen den

Irrsinn der Mutter, gegen den Abtransport ihrer Brüder, machtlos wie gegen den alten Manditsch und ohne die Chance, dem zu entkommen. Sie erlebte nichts im Vergleich zu dem Leid, dem sie nun zuschauen muss. Kein Gebet fällt ihr ein, Gott ist nicht hier. Gott hat trotz der vielen Gebete auf dieses Volk vergessen, Gott wohnt nicht im Herzen von Engländern.

Als der Morgen hereinbricht, bildet sich ein tausendstimmiger Chor. Der Pope kniet im festlichen Ornat vor einem provisorischen Altar. Ein Meer gefalteter Hände streckt sich zum Himmel empor und bittet um Beistand.

Die Soldaten sind bereits in Angriffstellung, aber wie gelähmt von dieser Szene der Einigkeit im Gebet. Das monotone Gemurmel hält sie zurück, bis ein sehr wichtig aussehender Engländer aus dem Jeep steigt und hinzukommt. Selbst der verharrt staunend einen Augenblick schweigend, bleibt schweigend vor der knienden Menge. Dann herrscht er einen Soldaten barsch an, den Anna sehr oft im Lager gesehen hat. Der nickt mit dem Kopf. Die Motoren der geparkten Lastwägen werden gleichzeitig angeworfen. All das geht regungslos an den betenden Kosakenfrauen vorbei. Niemand weint, niemand bewegt sich und niemand reagiert auf die lauten und groben Anweisungen der Briten. Eine erste Gewehrsalve donnert in die Luft und zerreißt die Stille der Umgebung des Lagers. Daraufhin folgen viele Schüsse, die auf den Boden vor den Betenden peitschen. Anna geht hinter ihrem Stallfenster kurz in die Hocke und duckt sich instinktiv, obwohl ihr hinter den dicken Stallmauern nichts passieren kann.

Als die Soldaten den Kreis um die Betenden enger schließen und vorrücken, fassen sich die Menschen an den Händen. Dann bricht der Alptraum los. Plötzlich stürmen die Engländer auf die wehrlose Menschenmenge zu und schlagen mit Holzknüppeln auf Frauen und Kinder ein. Sie zertrümmern den

Altar, zerschlitzen mit Bajonetten die Ikonen darauf und bedrohen den Priester mit der Waffe, während sie gleichzeitig sein Messgewand zerfetzen. Sie fassen den Pope und verladen ihn unsanft auf einen Wagen. Hysterisch schreien Frauen mit grellen Stimmen, als man auf sie einschlägt, manche fallen auf andere und zerdrücken dabei deren kleine Kinder. Die sich retten können, laufen verzweifelt zu ihren Müttern, klammern sich an deren Beine und weinen herzzerreißend. Es ist ein Orkan, der zwischen den Zelten des Lagers tobt und brüllt. Über allem liegt der Geruch von Schweiß und Blut. Bis auf den Hof der Manditsch herauf lässt sich diese Angst riechen. Geschrei, Geklapper von Geschirr, Fluchen und hysterisches Weinen ballen sich zu einem gewaltigen Rumoren. Quer durch das gesamte Tal hallt es und wird immer lauter, während die Soldaten die wenigen sich widersetzenden Männer in Richtung Lastkraftwagen prügeln und zerren. Die Gesichter nicht mehr erkennbar, nur mehr blutige Klumpen.

Anna kann den Blick nicht abwenden, sie weiß nicht, wieviel Zeit vergangen ist, seitdem sie das Stallfenster sauber gemacht hat. Es ist wie damals, als ihr Vater im Sarg vor ihr lag. Das Grauen macht es ihr unmöglich, den Blick abzuwenden. Die Zeit steht still. Für einen kurzen Augenblick meint sie, Kuzma zu sehen, irgendwo zwischen Beinen und Armen, die sich wehren, strampeln, treten, und Körpern, die fallen.

Die Meute drängt und presst die Opfer an die Zäune des Lagers, sodass dieser zusammenbricht und einige zu flüchten versuchen. Die inzwischen noch näher herangerückten englischen Panzerfahrzeuge versperren ihnen den Weg. Auf deren Dächern sitzen junge Soldaten, die nun wild in die Menge schießen. Das Chaos bricht aus und die britischen Soldaten drehen durch, teilweise werden sie auch selbst getroffen oder verletzt. Jene Flüchtenden, die es schaffen, dem Kugelhagel und den Panzern auszuweichen, laufen wie von Sinnen zum Ufer der eiskalten Drau und springen hinein. Anna fährt ein Schauer durch den Körper bis in alle Knochen, es zieht ihr die Organe zusammen. Wackelig balanciert sie weiter auf ihrem Strohballen und denkt fröstelnd daran, wie bitterkalt der Fluss von der Schneeschmelze ist. Er führt Hochwasser und ein Sprung ins Wasser bedeutet den fast sicheren Tod. Weiter flussabwärts warten andere Soldaten, um die Gesprungenen wieder herauszuziehen, auch das kann Anna sehen. Aber selbst wenn jemand entkommt, drosselt das eiskalte Wasser die Körpertemperatur derart, dass man sich kaum noch wärmen kann. Binnen weniger Stunden erfriert man.

Neben Anna steht nun plötzlich Fini und weint bitterlich. „Die Mütter. Sie ziehen ihre Kinder hinter sich in Richtung Wasser und küssen sie. Anna. Bitte hilf!", schluchzt sie. Anna hebt sie zu sich hoch auf den Strohballen und umfasst sie fest. Noch lange ist der Abtransport nicht zu Ende. Anna beobachtet eine Frau, die ihr Kind mit einem Brotmesser ersticht, bevor sie ins Wasser springt. Ein alter Mann findet eine Pistole am Boden liegend und erschießt zuerst seine Frau, bevor er sich selbst richtet. Anna entsinnt sich eines Buches, das in der Kirche in Arnoldstein liegt. Es gibt darin viele Bilder. Eine große Zeichnung zeigt den Untergang der Menschheit. Armageddon stand dort. Das ist es, was hier geschieht. Nichts anderes.

Den ganzen Tag lang säubern die Briten das Lager, kriechen in die Zelte, sehen unter den Planwägen nach und verfolgen die Geflohenen in die Berge hinauf oder der Drau entlang. Sie schießen ins Wasser, wenn sie einen Haarschopf bemerken. Der Fluss färbt sich rot. Die Toten fischt man mit Stangen aus dem Fluss.

Erbarmungslos wüten die einst so höflichen und zuvorkommenden Engländer inmitten der wehrlosen Opfer. Es dauert viele Stunden, bis es ihnen schließlich gelingt, die Frauen und Alten, die Greise und Witwen regelrecht auf die Wägen zu schleudern. Vor allem die Kinder werden hart gepackt und mit voller Wucht geworfen. Ein gewaltiges und nicht enden wollendes Gerangel entsteht, während sie von den Soldaten mit Tritten und Schimpfen, mit Fluchen und wuchtigen Schlägen des Gewehrkolbens in das Innere der Waggons verfrachtet werden. Anna laufen unaufhaltsam Tränen über die Wangen, die auf ihre Fußsohlen platschen, um im Stroh zu versickern. Tonlos weint sie mit den Frauen und Kindern, mit den wenigen alten Männern, die wie Vieh zusammengetrieben werden. Begleitet von Schmerzens- und Angstschreien, die aus der gemeinsamen Urkehle aller Menschen stammen. Es braucht keine Sprache, um zu verstehen, was die Seele nicht mehr verkraften kann.

„Da, Anna! Schau! Der rote Mantel!", flüstert Fini, neben Anna stehend. Olga hat sich bis zuletzt gewehrt, als alle anderen schon in Teilnahmslosigkeit verfallen sind. Ihre Gesichter sind erstarrt und die Augen tot. Olga aber tritt die Flucht durch einen offenen Korridor zwischen den Besatzern an, brüllt und rauft sich die Haare. Sie kommt fast ganz bis zum Draufluss, als sie zwei Soldaten an ihrem Mantel packen und zu Boden werfen. Sie erhebt die Faust und schlägt wild um sich, bis sie schließlich von vier Männern überwältigt wird. Sie zerren die fluchende Frau gemeinsam in den Viehwaggon, von dem es ihr trotzdem noch einmal gelingt zu fliehen. Als sie am Zugende über die Gleise läuft, erfassen sie die Gewehrschüsse eines jungen Soldaten von hinten. Sie bricht augenblicklich zusammen.

„Nein, nein!", Fini schreit ein letztes Mal, dann wird sie stumm.

Das Versteck

Der letzte Waggon ist abgefahren. Staubwolken hängen in der Luft. Einen kurzen Augenblick lang füllt die Stille schmerzhaft Annas Gedärme. Erst als die Kühe brüllen und die alte Manditsch deswegen aus dem Haus stapft, ist sie vorüber. Den kleinen Andreas führt sie an der einen Hand, den Daumen der anderen Hand hat er im Mund. Das hat er seit Jahren nicht mehr gemacht. Seine Mutter schlägt ihm unsanft auf die Hand.

„Schäm dich! Du wärst mir ein tapferer Soldat geworden!"

Fini verkriecht sich hinter Anna auf dem Strohballen, auf dem die beiden immer noch stehen. Wie zwei Statuen ineinander verkrampft und sich stützend durch einen Tag, den es noch nie gegeben hat. Zornig pfaucht die Manditsch zu ihnen aufschauend:

„Anna. Was ist? Die Kühe, die dicken Euter! Melk das Vieh. Und dann füttern! Fang an!"

Es ist tatsächlich ein ganzer Tag vergangen, den Anna nicht wahrgenommen hat. Fast zwölf Stunden ist sie am schmutzigen Fensterbrett gestanden, ohne zu essen, zu trinken oder sich zu erleichtern. Erst jetzt merkt sie, wie ihre Beine zitternd nachgeben und sie fällt auf die Knie. Fini kommt aus dem Gleichgewicht und kippt mit Anna zusammen auf den harten Stallboden in den Mist. Während sie sich den Dreck von den Schürzen und aus den Haaren klopfen, kommt langsam wieder Leben in Annas Beine.

„Schaut's nicht so blöd! Meinst, mir hat das gefallen? Das Leben geht weiter! Hörst du?", raunt die Manditsch beim Verlassen des Stalles.

Anna setzt sich auf den Schemel und melkt zitternd die Kühe, so wie alle Tage. Fini steht daneben und sagt nichts.

Zum Abendessen schöpft die Manditsch einen dicken Brei in die Schüsseln von Anna, Fini, Andreas, dem Lois und dem Ungarn, aber keiner rührt ihn an, bis sie zornig schreit, dass sie alle besser froh sein sollten, weil diese Bande weg sei. Man wäre sich seines Lebens nicht mehr sicher gewesen.

„Jetzt esst's! Aber flott!"

Jozip trägt sie nach dem Essen auf, mit ihr gemeinsam ins Lager zu gehen, um nach brauchbaren Dingen zu suchen. Einen so schönen Teppich wie die Fanzott hätte sie auch gerne und noch mehr Besteck oder Gold. Wer weiß, was es da alles so gäbe? Anna muss tief Luft holen, würgt ein paar Bissen hinunter, schluckt schwer und geht wieder hinaus in den Stall zu Janos. Sie streichelt den Hengst und entschuldigt sich dafür, ihn nicht beachtet zu haben.

„Bist du traurig?", fragt sie ihn leise zwischen seine Ohren hinein.

„Da. Ich meine: Ja", antwortet jemand.

In der finstersten Ecke des Kuhstalles nimmt Anna ein schweres Atmen wahr. Vorsichtig greift sie nach der an die Mauer gelehnten Mistgabel und hält sie mit den Zacken voraus schützend vor ihren Körper, um nachzusehen, was oder wer sich im Halbdunkeln versteckt. Schrittweise bewegt sie sich vorwärts. Ein weißes Hemd, dreckig und blutverschmiert, und ein Paar schwarze Stiefel sind zu erkennen. Unter glucksendem Würgen beugt er sich nach vorne. Kuzma sitzt schwer verletzt an die Bordwand des Kälberstalles gelehnt und blickt Anna mit vom Schmerz verengten Augen an, bevor ihm die Lider zufallen. Die Mistgabel gleitet langsam aus ihrer Hand, sie eilt auf ihn zu und drückt ihn fest an sich. Zu fest, denn Kuzma stöhnt schmerzlich auf. „Annuschka."

Immer wieder flüstert Anna „Mein Gott, mein Gott!", während sie seinen Oberkörper sanft weiter nach vorne beugt. Das blutdurchtränkte Hemd bleibt auf seinem Rücken kleben, an der linken Schulter ist es zerfetzt. Kuzma wimmert leise weiter, während Anna vorsichtig sein Hemd an den Bändern auf der Brust lockert, um die Wunde zu betrachten. Sie kennt sich damit nicht aus, aber es dürfte ein Durchschuss sein, denn eine Eintrittswunde über dem linken Schlüsselbein und eine Austrittswunde knapp über dem Schulterblatt klaffen zwar groß, eine Kugel kann sie darin im Dunkeln aber nicht ausmachen. Mit ihrem Taschentuch, schnell aus ihrer Schürze gezogen, drückt sie auf die Wunden. Sofort wird es rot und nass. Der Geruch von warmem Blut verursacht ihr Übelkeit, dennoch drückt sie tapfer weiter auf die Wunde. „So geht das nicht! Warte!" Kuzma wimmert nicht mehr, sondern kämpft darum, bei Bewusstsein zu bleiben. Er merkt nicht, wie sie aus dem Stall zur Schnapsbrennerei läuft. Mit seinem Blut an den Händen sucht sie nach dem Reserveschlüssel. Unter dem großen Blumentopf neben der schweren Eingangstür zur Brennstube findet sie ihn. Seit sie den alten Manditsch kennt, hat er immer ein paar Kanister Vorschuss, den hochprozentigen Alkohol, der noch nicht für den Genuss geeignet ist, hinter dem Holzstapel versteckt. Nur wenn es medizinisch für Mensch und Tier notwendig wird, nimmt man diesen Fusel her. Anna schüttelt prüfend den Kanister, in dem sich gerade noch der Inhalt von ein paar Gläsern befindet und trägt ihn hinaus zum Stall. Auf dem Rückweg zieht sie rasch ein paar alte Melkfetzen von der Wäscheleine herunter und tränkt die Tücher mit Schnaps. Kuzma ist noch bei Bewusstsein, als sie ihn zur rechten Seite rollt und die Tücher vorne und hinten gleichzeitig auf die Wunden drückt, nachdem sie ihm recht unsanft ein Stück Holz in seinen Mund geschoben hat.

„Bitte, du darfst nicht schreien! Bitte!"

Anna weiß wohl, dass die Engländer noch immer in der Nähe sind und auf dem Schlachtfeld nach Leuten suchen, die sie vielleicht übersehen haben könnten. Kuzmas Geschrei hätte auch die Manditsch alarmiert, die mit Jozip den Inhalt der Planwägen durchforstet, nach Geschirr, Essen und Teppichen. Mitgefühl oder gar Warmherzigkeit sind der alten Manditsch unbekannt, aber eine gute Nase fürs Geschäft hat sie. Und sie riecht, dass das wohl das Geschäft ihres Lebens werden könnte.

Kuzma beißt in das Holz, seine Augen treten dabei seltsam weit aus den Augenhöhlen. Anna beginnt automatisch, ein Gebet zu sprechen, ganz leise. Das beruhigt Kuzma etwas, während die Wunden langsam weniger stark bluten. Sie muss den Verletzten verstecken. Schnell und dort, wo ihn die Manditsch nicht finden kann. Auf dem Heuboden, hoch über dem Kuhstall. Dort hinauf schafft sie es nicht mit ihrer Fülle, noch nie war sie dort oben. Aber wie soll Anna ihn über die schmale Leiter dort hinaufhieven? Sie hat nicht lange Zeit zum Nachdenken, sie blickt nach oben und entdeckt die Seilwinde. Anna lässt Kuzma vorsichtig los und besorgt rasch zwei Seile aus dem Geräteschuppen.

Dann rennt sie ins Haus, die Treppe hinauf und zieht ein sehr dickes und großes Leinentuch aus dem Wäscheschrank der Bäuerin.

„Anna, was tust du da?" Fini ist kreidebleich hinter ihr aufgetaucht. „Das darfst du nicht! Das ist die Aussteuerwäsche!"

„Halt deinen Mund und hilf mir. Ich flehe dich an. Kommst du jetzt mit?"

Fini trottet hinter Anna in den Stall und erschrickt vor dem verletzten Kuzma, der noch immer seitlich auf dem schmutzigen Stroh liegt. Um zu schreien oder zu weinen, sogar um zu sprechen, ist Fini an diesem Tag viel zu müde und geschockt. Folgsam tut sie alles, was Anna ihr aufträgt. Anna knüpft inzwischen doppelte Knoten in die Ecken des Leintuches.

„Nimm bitte die Seile und binde sie um die Knoten vom Leinen! So fest du kannst!"

Sie hält Fini die Knoten einzeln hin, zwischendurch schaut sie zu Kuzma, um sich zu vergewissern, dass sein Brustkorb sich noch hebt und senkt. Fini bringt zitternd die Seile um die Knoten an, so entsteht ein großes Tragetuch. Mit viel Krafteinsatz schaffen es die beiden, Kuzma auf das Leinen zu betten, indem sie ihn unter den Armen und Beinen packen und hochheben. Er stöhnt schrecklich.

„Flott, Fini! Hinauf gehst. Steig hinauf!"

Fini schluchzt und klettert über die Leiter auf den drei Meter über dem Stallboden liegenden Heuboden. Sie nimmt dabei die vier Seilenden mit. Oben angekommen legt sie diese über die Spulen der Seilwinde und wirft die Enden der Stricke wieder hinunter zu Anna, die den braven Janos von seinem Standplatz losbindet und ihm die vier Stricke vor der Brust verknotet. Widerspenstig schnaubend reagiert er auf ihre ungwohnte Unruhe. Kuzma bewegt sich wimmernd im Leintuch, als Anna mit sanften Worten auf das Pferd einredet.

„Los, Janos! Mein Guter! Zieh an!"

Langsam setzt sich der Schimmel in Richtung Stallausgang in Bewegung, doch als sich die Seilknoten gegen seine Brust schieben, macht er Halt, steigt rückwärts, beinahe auf Kuzmas Körper.

„Nein, Janos! Voran!"

Es braucht viele Versuche, bis die Leinentrage sich nach oben zum Heuboden bewegt, wie eine Fahne schwebend, weiß mit einem großen roten Fleck in der Mitte. Kurz muss Anna an die Legende von der österreichischen Fahne denken, die angeblich so entstanden ist. Rot, weiß, rot, ein Leintuch in einem Krieg nach oben erhoben, wo man mit Blut die Grenzen schrieb.

Fini wartet oben, um einen Fuß oder die Hand des Verletzten zu greifen. Endlich fasst sie seinen Fuß, zieht fest, kippt dabei fast nach vorne und droht vom Heuboden zu stürzen. Sie fängt sich und zieht die Beine noch weiter zu sich, sodass Kuzma auf ihren Knien zu liegen kommt, aber die Fracht ist oben. Anna befreit das Pferd und bindet es wieder an seinen Strick. Hastig schafft sie Fetzen, Schnapskanister und die Seile über die Leiter nach oben. Gemeinsam ziehen sie Kuzma auf dem Tuch immer weiter rückwärts, weg vom Heubodenrand, wo man ihn von unten eventuell noch sehen könnte. Schweißverklebt bleiben die zwei neben ihm sitzen, keuchend hält Anna ihre Hand auf seine Brust.

„Er atmet kaum noch."

„Und jetzt? Was soll ich machen?", flüstert Fini verhalten.

„Gar nichts. Du gehst ins Haus. Wasch dich vorher."

Auf seinem Leinenbett im Stroh liegt Kuzma sehr blass und mit erhöhtem Oberkörper, während der Mondschein durch die Ritzen der Stallwände kriecht. Mit den Zähnen reißt Anna einen Leinenstreifen ab und fabriziert daraus einen Druckverband. Kuzma ist zu schwer verletzt, um mitzuhelfen, sodass sie ihn nur mit viel Kraft um seinen Schultergürtel und die Brust wickeln kann. Sie ist ihm in den Tagen davor noch nie so nahegekommen, saugt seinen Geruch ein und spürt, wie Kuzmas Bart an ihrem Hals kratzt. Anna kämpft über Stunden mit dem Schlaf, der sie zu übermannen droht. Im Morgengrauen verabschiedet sie sich mit einem sanften Kuss auf seine sprödetrockenen Lippen. Ehe sie über die Leiter nach unten klettert, tränkt sie noch einmal ein Tuch mit Schnaps und steckt es ihm vorsichtig zwischen die Lippen, um ihm die Schmerzen zu nehmen. Kuzma hustet kurz und fällt in einen tiefen Schlaf.

Das Porzellan

Die Manditsch sitzt zufrieden in der Küche über ihrer Kriegsbeute und schätzt ihr neu erworbenes Vermögen. Mit glänzenden Augen poliert sie das Silberbesteck und zahlreiche Münzen, die Anna noch nie gesehen hat. Fini ist im Hühnerstall und mischt den Vögeln das aus dem Lager erbeutete, fein zerriebene Porzellan unters Futter.

„Das ist gut für euch", erklärt sie den pickenden Hühnern. „Fragt nicht, woher wir das haben", ergänzt sie, auf den Stall blickend. Dort hineingehen darf sie nicht, Anna hat es verboten. Seit jener Nacht ist Fini sehr schweigsam, noch stiller als sonst, wie übrigens auch Andreas, der nur im Haus bleibt und mit Holzklötzen spielt wie ein Dreijähriger. Sein Schock sitzt tief. Nachts weint er im Traum, nässt dabei ins Bett und die Bäuerin schlägt ihn dafür.

Anna hat es geschafft, drei Nächte und Tage nicht zu schlafen oder nur ein paar Minuten zwischen den Arbeiten bei Tag zu dösen. In einer Blechkanne schwindelt sie ein paar Löffel Suppe auf den Heuboden und füttert Kuzma, dessen Blässe langsam verschwindet, stündlich bekommt er wieder mehr Gesichtsfarbe. Mit Johanniskrautöl und Melkfett versorgt sie seine Wunden, die nun mit einer dünnen Kruste verschlossen sind und sich wie durch ein Wunder nicht entzündet haben. Der Lois ist vom Bürgermeister für drei Tage zum Abtransport der Leichen eingeteilt worden. Er fährt mit dem Pritschenwagen und dem Wallach viele Male zwischen Oberdrauburg und dem Friedhof in Peggetz bei Lienz hin und her. Die Bäuerin soll dafür von den Engländern ein paar Pferde erhalten, gut genug zum

Schlachten. Lois bekommt dafür nichts, nur Alpträume. Ganz zeitig in der Früh bricht er auf und kehrt erst wieder heim, wenn es dunkel ist. Zweimal überlegt Anna, den treuen Knecht in Kuzmas Versteck einzuweihen, lässt es dann aber bleiben. So gesundet Kuzma sicher in seinem Krankenlager, auch weil sich der misstrauische Manditsch noch lange nicht von der Alm ins Tal nach Hause wagt. Als sich die Wogen etwas glätten und die Engländer nicht mehr rund um die Uhr im Ort sind, marschiert Fini wieder mit Essen für den Bauern hinauf auf die Berghöhe. Dort angekommen muss sie ihm genau über das Massaker berichten. Stockend erzählt sie es dem fassungslosen Manditsch, der zwar oben vom Berg die Wägen und Züge sehen konnte, aber vom ganzen Geschehen nichts mitbekommen hat. Das erste Mal in ihrem Leben hört ihr der Bauer wirklich zu.

„Dirndle, das kann nicht sein! Du lügst, du Schandmaul!"

Fast hätte er sie mit dem Hirtenstab verdroschen, vor lauter Wut.

„Doch Bauer, wenn ich es dir sage!"

Der Manditsch hat also einstweilen kein Interesse, den Engländern in die Hände zu fallen. So grausam hat er sie nicht eingeschätzt, eher als ein lästiges Übel, hochnäsig, aber nicht dermaßen kaltblütig. Schlimmer noch als der Tito.

Kuzma schämt sich sehr, als er Anna in der dritten Nacht deutlich macht, dass er sich erleichtern muss und dabei ihre Hilfe braucht. Anna hat so viele kleine Kinder auf den Topf gesetzt und gesäubert, dass sie gar nicht darüber nachdenkt und sogar schmunzelt. Danach beginnt Kuzma endlich zu sprechen:

„Ich habe mich verborgen, zwei Tage lang. Bin aus dem Transporter gesprungen. Keiner hat dabei auf mich geschossen, hat mich gewundert."

Als er die britischen Truppen sich dem Lager nähern sah, kam er aus seinem Versteck im Wald. Ohne Waffe, nur mit einem Stock in der Hand, schlich er sich zum Zelt seiner Mutter und kämpfte mitten zwischen den Alten und Frauen. Anna hört ihm zu und die grausamen Bilder kommen wieder. Erneut sieht sie sich, wie aus ihrem Körper getreten, am Fenster auf dem Strohballen stehen. Erst vier Tage sind seit dem Gemetzel auf der Manditsch-Wiese vergangen und das Vergessen setzt ein, der Alltag muss gelebt werden, die Tiere gefüttert, der Brotteig gesalzen. Vielleicht vergisst man, um sich selbst zu schützen? Mit Kuzmas Worten ist wieder präsent, was nicht sein darf.

„Kuzma", setzt Anna vorsichtig an, „deine Mutter…"

„Hast du sie gesehen?"

„Ja", Anna wendet ihr Gesicht ab und will einen frischen Verbandsstreifen vom Leintuch abreißen.

„Annuschka, bitte sprich."

„Sie ist tot."

Kuzma lässt sich nach hinten sacken, schließt die Augen und dreht sein Gesicht weg. Stumm verarztet sie ihn im Zwielicht der nahenden Dämmerung. Er zittert stark, so deckt sie ihn mit dem Leinen zu und schaufelt Stroh über seine Beine. Still legt sie sich hinter ihn, umfasst und wärmt ihn wie einst ihre kleinen Geschwister in den bitterkalten Nächten in der Blasnigkeusche. Das Klappern seiner Zähne wird bald vom Einsetzen des Regens überdeckt, der laut auf das Stalldach prasselt.

„Annuschka" flüstert er, während Anna leise die Leiter hinunterklettert. „Kommst du heute Nacht noch einmal?"

Die Schreibstube

Die Pferde kann man in drei Kategorien einteilen. Die verwundeten werden mit einem Kopfschuss von ihrem Leid befreit und vom Bauern zum Schlachter transportiert. Man solle sie tunlichst nicht anfassen, meint der leitende Sergeant. Die jüngeren Tiere und Fohlen soll man vorsichtig von den Stuten trennen, aber behutsam vorgehend. Die Transporter stehen in Reih und Glied hinter dem umgefallenen Zaun des Oberdrauburger Lagers. Um die besonders schönen Tiere hätte sich Bernie nicht zu kümmern. Ein eigenes Kommando ist dafür aus Innsbruck angereist, sie teilen die Pferde in zuchtfähige und Gebrauchstiere ein. Voll Stolz wird ihr Verbleib in der Britischen Armee und im gesamten Empire besprochen. Nach Australien, Indien und weiß Gott wo hin würden die Kosakenpferde auf die Reise geschickt. Über ihre Besitzer spricht man kaum noch.

Immerhin ist ihm das Pferdeeinsammeln noch lieber als die Einteilung in eine der Patrouillen, die durch die Böschungen rechts und links der Drau streifen, um die Toten aus dem Wasser zu bergen. Die nassen Bündel übergibt man wenigen starken Knechten aus dem Dorf, damit sie sie abtransportieren, denn die Hitze des Frühsommers lässt den Verwesungsgeruch rasch einsetzen. Einige Sergeants aus Bernies Kompanie kehren erst spät nachts in die Kaserne in Lienz zurück, weil sie in den Wäldern nach Verstecken der Kosaken suchen. Bloß ein paar Männer hat man noch aufgegriffen, schwach, teilweise verletzt und unterkühlt. Sie werden in Jeeps weiter in Richtung Steiermark und Wolfsberg gebracht, um sie dort auszuliefern. Bernie ist froh, dass man keine Frauen und Kinder mehr findet.

Er würde es nicht ertragen. Inzwischen hat man bei Peggetz gewaltige Gruben ausgehoben, um die Toten hineinzuwerfen. Ein weiteres Massengrab ohne Namen, wie er davor schon etliche auf anderen Kriegsschauplätzen gesehen hat. Die Aufpasser der heimischen Totengräber kommen abends mit reicher Beute retour: Ringe, Säbel, Messer, Ohrringe und Steckkämme leeren sie aus ihren Taschen auf die Feldbetten und beginnen um diese Einsätze zu pokern. Bernie interessiert sich nicht für das Glücksspiel, sondern liegt mit offenen Augen auf seiner Matratze und versucht rasch einzuschlafen, damit ihn ein paar Stunden traumloser Schlaf von seiner immer größer werdenden Müdigkeit befreien. Im Lebensmittellager heißt es wieder die Bestände aufzufüllen. Das Heranschaffen kostet ihn viel Energie, denn mit den Bauern um das Wenige, was ihnen nach der langen Zeit des Krieges geblieben ist, zu feilschen, ist ein hartes Unterfangen. Wenn es nicht anders geht, wird beschlagnahmt. Die sonderbarsten und raffiniertesten Verstecke hat er dabei schon ausgehoben, wo Ziegen, Schweine und Gänse unterirdisch in Kellern und Erdlöchern eingesperrt werden, wann immer sich ein britisches Armeefahrzeug einem Dorf nähert. Mit viel Schokolade im Gepäck lassen sich die Kinder dennoch verführen, diese Verstecke preiszugeben. Dabei spielt es keine Rolle, wo Bernie sich befindet: In Italien, am Balkan oder in Österreich funktioniert das gleich gut. Das Einzige, was es nun im Überfluss gibt, ist Pferdefleisch. Das Irish Stew wird nun mit Pferdefleisch gefüllt, aber tagaus, tagein wird das den Kameraden nicht schmecken.

Am Morgen holt Major Davis ihn zu sich in die Schreibstube und übergibt ihm einen Versetzungsbefehl:

„Nächsten Monat geht es nach Wolfsberg. Dort sind die Nazis im Lager eingesperrt. Es werden täglich mehr. Wir brauchen Sie dort, es heißt 3000 Gefangene, Männer und Frauen, zu verpflegen.“

Bernie nickt und wundert sich über Davis' kühle, präzise Höflichkeit. Sehr distanziert hält er ihm das Papier entgegen. Bernie hat die Szenen im Lager nicht vergessen und die Versprechungen, die Davis allesamt gebrochen hat. Bernie dagegen hat sich stets korrekt verhalten, nach Befehlen gehandelt. Wie jetzt wieder. Aber ist Davis ein kaltherziger Lügner oder auch nur Befehlsempfänger wie er? Bernie nimmt den Brief, salutiert und Davis wünscht ihm „Alles Gute".

Nur einmal noch soll Bernie auf Davis' Wunsch hin in Oberdrauburg nach dem Rechten sehen, um einen gewissen Manditsch-Bauern zu besuchen, weil man ihn als Nazi und als Schwarzbrenner denunziert hat.

„Sie fahren mit dem Jeep, drei Mann genügen."

Dann wirft er noch ein: „Der Schnaps könnte uns allen guttun. Holen Sie welchen!"

Das Verschwinden

Der Lois kaut geräuschvoll auf einem harten Stück Brotrinde, das eigentlich für den Gaul bestimmt ist, während er in seiner Wäschetruhe in der Kammer nach seinem frischen Hemd sucht. Es ist nicht auffindbar, also stampft er die Stiege hinunter in die Waschküche, wo Finis Oberkörper in einem großen Holzbottich verschwindet, in dem sie die Weißwäsche in einer Seifenlauge mit einem langen Holzlöffel umrührt.

„Mein Hemd. Wo ist es?" Fini schüttelt den Kopf, sie hat es nicht gewaschen. Zur selben Zeit ordnet die Manditsch im alten Bauernschrank die Wäsche und zählt die Leintücher durch.

„Eines fehlt. Oder?"

Annas erster Weg nach dem Ankleiden führt sie in den Stall. Der Schimmel ist nicht mehr da.

„Janos?", sie bleibt wie angewurzelt stehen, dann klettert sie über die Leiter und überblickt den Heuboden. Das verschmutzte Laken und das zerrissene Hemd liegen zerwühlt neben dem Nachttopf, Kuzmas Stiefel stehen in der Ecke, wo Anna sie hingestellt hat. Sie hält sich an der Leiter fest, droht nach hinten zu kippen. Fort, er ist fort. Noch immer kann sie ihn riechen: auf der Haut, in ihrem Haar und in ihrem Schoß. Langsam nimmt sie Sprosse für Sprosse abwärts die Leiter hinunter, als ein britischer Jeep vor dem Stall vorfährt und drei Männer rasch hintereinander absteigen. Anna versteckt sich hinter der Kuh und holt den Melkschemel. Dankbar wartet das Tier, damit sie den Druck aus dem prallen Euter melkt. Verstohlen beobachtet Anna, wie die Briten im Bauernhaus verschwinden. Die Manditsch klappert mit dem Schlüsselbund, das heißt, sie will die Männer rasch fort wissen, bevor sie zu viele Fragen über ihren Mann stellen können und bevor sie ihre neuen Schätze finden oder den Schimmel. Schon wenig später kommen die Männer mit etlichen Schnapsflaschen zurück. Das rote Bändchen um den Bügelverschluss zeigt Anna, dass es sich um den besten Branntwein handelt und nicht um den mittelmäßigen Schnaps, den der Manditsch gerne zu teuer verkauft, während nur Auserwählte Ersteren kennen. Sie will die ungebetenen Gäste rasch loswerden und hofft, dass sie nicht in den Stall gehen und dort das auffallend schöne Pferd finden. Anna nimmt den Melkschemel und wendet sich der zweiten Kuh zu, als Bernie sie entdeckt.

„Wait, guys! Im Stall." Bernie stellt die Gebinde ab und geht geradewegs auf Anna zu. Sie zieht ihr Kopftuch noch weiter ins Gesicht und dreht sich breitbeinig auf dem Hocker, sodass sie fast unter dem Bauch des Tieres verschwindet. Bernie nähert sich ihr von der Seite und bleibt vor dem Kuhschädel stehen. Anna sieht unter dem gewölbten Bauch der Kuh, wie sich seine Stiefel einmal rundum im Kreis drehen, fast wie beim Tanzen. Als er sich der Leiter auf den Heuboden nähert, steht Anna auf und streift ihre Schürze nach unten. Bernie sieht sie an, einen kurzen Moment nur.

„Zwei Kühe?", fragt er streng.

„Ja."

„Keine Schweine?"

„Nein."

„Und Hühner?", es klingt wie Hunner. „How many? Wie viele?"

„Ich weiß nicht, wie viele der Fuchs geholt hat."

„Achso. Der Fuchs …", Bernie schmunzelt, denn diese Antwort ist ihm geläufig von etlichen Speisekammerkontrollen in der Gegend. Anna lächelt zurück, etwas schief. Hauptsache er sieht nicht nach oben. Hauptsache er steigt nicht auf den Heuboden.

„Und oben?"

„Das Stroh."

„Und kein Getreide?"

„Ist keines mehr da."

Bernie zieht ein Stück Schokolade aus der Jackentasche und reicht es Anna. Sie wischt sich die Hand in der Schürze ab und nimmt es.

„Ich werde dir das einfach mal so glauben, Mädchen."

„Säng you, Sir."

Bernie lacht laut auf und macht kehrt, ebenso zackig, wie er gekommen ist. „Funny girl!", murmelt er beim Einsteigen grinsend seinen Kollegen zu. „Furchtlos und hübsch."

Die Diva

Mit gesenktem Blick sucht Anna den Eingang der Offizierskaserne. Ihren Ausweis zeigt sie dem jungen Soldaten am Schranken pflichtbewusst vor, nachdem sie ihn aus der Schürze hervorgekramt hat.

„Thank you. All right. Just pass."

Sie versteht nicht, kann aber dem Nicken und der nach rechts angedeuteten Kopfbewegung entnehmen, dass sie passieren darf.

Annas Ausweis ist abgegriffen, schmutzig an den Rändern und zeigt ihr Konterfei mit fest geflochtenen Zöpfen, die lange über ihre Schulter und die steife weiße Bluse fallen. Der Ansatz ihres Sonntagsdirndlkleides ist inzwischen stark vergilbt: Anna mit sechzehn Jahren und großen Träumen vom Neubeginn im Gepäck, mit Kulleraugen, die in eine hoffnungsvolle Zukunft blicken. Vielleicht sogar an der Seite eines adretten tapferen Wehrmachtssoldaten. Vielleicht weg vom Bauernhof in der neuen Welt, im Großreich. Dort, wo Milch und Honig fließen und nicht bloß zerstörerischer Schnaps, der dem Teufel hilft seine Beute einzufangen. Rasch steckt sie den Ausweis wieder in ihre Schürze und hebt die beiden schweren Säcke an. Glas klirrt auf Glas.

„Turn right. Miss."

Während Anna den Schnaps in Richtung der Offiziersmesse quer über den Kasernenhof schleppt, über deren Eingang eine große britische Flagge im leichten Wind flattert, versucht sie ihren Blick immer wieder zu senken. Sie hat schon früh gelernt, dass es besser ist, sich zu ducken, wenn man in eine brenzlige

Situation gerät. Anna ist sich nicht sicher, ob ihr hier Gefahr droht.

Sie wird niemals auch nur einen einzigen Tag in ihrem Leben vergessen können, wozu diese Engländer fähig sind. Wie viele Menschen sie in Züge stießen und schlugen wie Vieh. Nein, viel schlimmer noch, denn so fest würde Anna ihre geliebte Kuh Moni nie schlagen. Die Grausamkeit der großen Männer mit den blonden oder roten Haaren passt nicht zu deren weichen, bartlosen Gesichtern. Hat der Krieg sie so hart gemacht? In der Stadt mögen die Leute die Engländer, weil sie an irgendetwas glauben wollen. Weil sie an Hilfe glauben wollen. Weil sie den Glauben verloren haben. Anna hat unfassbare Gräueltaten gesehen, die nun, tief eingebrannt, auf jeder britischen Uniform kleben, wie ein Schandmal.

Selbst wenn die Briten nicht alle Zeit barbarisch scheinen, denn schon wenige Tage nach dem Massaker an der Drau hat sie die Männer wieder mit den Dudelsäcken spielen und sie lachen gehört. Ein fremdartiges Geräusch, gemischt mit der fremden, nasalen Sprache. Andreas erzählt, dass sie Kaugummis am Dorfplatz von Oberdrauburg verteilen. Dennoch: In keiner Sekunde ist Anna sich sicher, was auf sie zukommt, wenn einer der Soldaten „Hey, Sweety!" von einem vorbeifahrenden LKW ruft.

Am liebsten wäre sie nicht nach Spittal/Drau gefahren, am liebsten hätte sie noch vor der Kaserne umgedreht, kurz dachte sie sogar darüber nach, den Schnaps selbst zu verkaufen. Ihr ist nicht zu helfen. Sie muss die Lieferung in der Kaserne abgeben und darf erst dann zu ihrer Mutter nach Villach weiterfahren, sonst droht ihr eine Tracht Prügel von der Bäuerin oder Essensentzug, wie schon so oft davor. Anna weiß nicht, wovor sie sich mehr fürchtet: vor den Waffen und Schirmmützen der Soldaten, der fremden Sprache, den Panzern am anderen Ende des Kasernenhofes oder dem Zorn der alten Manditsch.

„Blutverschmierte Bastarde", nuschelt Anna, als die Türe

zur Offiziersmesse von innen geöffnet wird. Hinaus auf den Kasernenhof tritt die schönste Frau, die Anna jemals gesehen hat. Nicht einmal in der Wochenschau und in Kinofilmen gibt es so schöne Frauen.

Manchmal erlaubte ihr die alte Manditsch mit den BDM-Mädchen ins Gasthaus zu gehen, um sich einen Film anzusehen. Anna liebte das, denn für ein paar Stunden gab es keinen Krieg, keine Fliegerangriffe, keinen Hunger, keine Todesnachrichten und keine Verdunkelung. Für eine kurze Zeit war Anna glücklich und träumte von den Sternchen, von den eleganten Kleidern, vom guten Essen und von der wahren großen Liebe. Sie trällerte danach während der Arbeit Filmmelodien, egal, wie schwer ihr der Dienst auch fiel.

Aus ihrem Tagtraum gerissen wird Anna durch die aufgespreizte Tür. Die schöne Blondine hält die Türschnalle fest und wartet, bis Anna dahinter verschwindet, um sich grußlos auf den Weg zum Kasernentor zu machen. Anna gibt ihre Taschen ab und folgt ihr wenig später. Dabei beobachtet sie sie interessiert. Die Frau geht zielstrebig in Richtung Bahnhof und schwenkt dabei neckisch ihr Handtäschchen. Über die Schulter trägt sie einen Stoffsack, der schwer befüllt sein muss, denn er zieht sie seitlich nach unten, sodass ihr linker Stöckelschuh nach innen knickt. Den Weg zum Bahnhof beschreitet Anna in ihren ausgebeulten geschnürten Schuhen, den einzigen, die sie besitzt.

Am Bahnhofsgleis, das durch die vielen Bombenschäden arg lädiert ist, stehen die beiden jungen Frauen unweit voneinander. Mary Sue prüft den Inhalt ihrer Handtasche. Sie kramt eine Packung Zigaretten hervor, dann blickt sie zu Anna und fragt:

„Zigarette?"

Anna schüttelt den Kopf.

„Nein."

Rauchen gehört sich nicht für eine Frau, findet sie.

„Okay, dann nicht."

Sie zündet sich eine lange, dünne Zigarette an und hält sie mit gespreizten Fingern, während sie pafft. Sie trägt keinen Ehering. Noch immer kann Anna den Blick nicht von dem schönen Kleid und den lackierten Fingernägeln abwenden. Mary Sue stört das nicht, sie kennt das. Im Zug in Richtung Villach weist ihnen der Schaffner einen Platz im selben Abteil zu. Anna mit ihrem Korb auf dem Schoß, in dem ein paar kleine Köstlichkeiten für die Mutter sind, und Mary Sue mit ihren Schuhen, die wie ein See in einer Mondnacht schimmern.

„Was machst du in Villach?", unterbricht Mary Sue schließlich die bedrückende Stille. Anna räuspert sich: „Ich gehe zu meiner Mutter. Sie ist krank."

„Achja, ist sie ausgebombt worden?"

„Nein, sie ist schon lange so."

Mary Sues Blick schweift nach draußen, wo bereits die Vororte von Villach am Fenster vorbeiziehen, mit ihren kleinen Bauernhöfen, Kirchtürmen und Schulen. In den Bahnhöfen, die sie passieren, steigen Menschen zu und aus, hauptsächlich sind es Frauen, manchmal Kriegsversehrte und alte Männer. Anna nestelt am Henkel ihres Korbes herum, in Gedanken schon bei Lydia und in der Hoffnung, sie in einem besseren Zustand als beim letzten Besuch anzutreffen. Lange Zeit haben die kaputten Schienennetze und die Ausgangssperren den Besuch bei ihr vereitelt. Briefe schreibt Anna nicht an die Mutter, denn noch werden diese aufgerissen und von den Engländern zensuriert. Sie will nicht, dass jemand mitliest, wie es ihr geht und will auch nicht erzählen, was tatsächlich mit ihr los ist, um die Mutter nicht zu beunruhigen. Wenn sie es denn überhaupt versteht und wenn sie klar im Geiste ist. Anna hat mit der alten Manditsch um diese Woche Urlaub gekämpft, sie mühsam erbettelt, um endlich nach der Mutter zu sehen. Lange hat sie ihr böse hintergeschaut, als sie in Richtung Bezirksstadt aufgebrochen ist.

Mary Sue summt indes leise vor sich hin. „Arbeitest du in Spittal?", will sie wissen.

„Nein, in Oberdrauburg.“

„Was machst du da?“

„Beim Bauern im Dienst.“

„Schade eigentlich“, Mary Sue zieht die Augenbrauen hoch.

„Warum?“

„Du bist so hübsch, könntest auch Dienstmädchen in einem feinen Haus sein.“

„Tja, ob das so viel besser ist?“

Mary Sue schwärmt: „Ich kenne da eine, die geht fort nach Amerika. Arbeitet bei den Engländern in Wolfsberg. Hat immer was zu beißen und braucht nicht viel tun dafür.“

Anna nickt höflich, nestelt weiter am Korbhenkel und überlegt, was sie antworten soll. Dann lässt sie es. Für die Engländer? Muss mir schon noch viel schlechter gehen, damit ich das tue.

„Wie weit bist du?“, Mary Sue schaut Anna direkt an.

„Bitte?“

„Wie vieltes Monat? Zweites, drittes?“

Anna schluckt und flüstert: „Woher weißt du das?“

„Siebter Sinn. Hab ich schon oft gewusst, bevor die Frauen es selbst wussten.“

„Kann man es schon sehen?“

„Ich schon, aber die anderen wirst du noch länger täuschen können. Musst aber beim Oberteil den Stoff rauslassen.“

Anna kämpft mit den Tränen.

„Ich weiß nicht, wohin ... und wie es weitergeht.“

„Das hab ich mir gedacht.“

Der Bahnhof Villach nähert sich. Anna schnäuzt sich geräuschvoll in ihr schmutziges Taschentuch. Mary Sue summt. Dann lädt sie Anna spontan in ein Café am Bahnhof ein.

„Ist kein echter Kaffee, wird schon nix passieren“, schmunzelt sie, während Anna andächtig in ihrer Tasse rührt. Sie fühlt sich sehr unwohl, war sie doch noch nie in einem Kaffeehaus. Nur Gastwirtschaften auf dem Land kennt sie, aber eine Bar mit Stehtischen und gepolsterten Sesseln hat sie noch nie betreten.

„Weiß es der Vater?", will Mary Sue wissen.

„Nein. Der ist fort."

„Fort für immer oder fort zur Gattin?"

„Einfach fort."

Mary Sue zündet eine neue Zigarette an. „Hast du Geld?"

„Nein", schnaubt Anna. „Schau mich an. Was glaubst du?"

Mary Sues Blick wandert über Annas Dirndlkleid hinunter zu den abgetretenen Schuhen. „Dumme Frage. Wegmachen geht also nicht. Schmeißt dich der Bauer hinaus, wenn er es merkt?"

„Die Bäuerin. Der Bauer ist auch fort. Derweil."

„War es der Bauer?"

„Nein. Bitte ..."

Mary Sue wird inzwischen von den hereinkommenden englischen Soldaten herzlich begrüßt: „Hello, Sweetheart! What's going on?" Lächelnd hebt sie die Hand und winkt, dann wendet sie sich wieder Anna zu, die vorsichtig aus der heißen Tasse schlürft und dabei ein wenig das Gesicht verzieht. Der Kaffee schmeckt bitter.

„Kannst du irgendwo hin? Zur Mutter?"

„Nein, ich brauch etwas zum Essen, sie hat ja selbst fast nichts."

„Weißt du was? Sag, wie heißt du überhaupt?" Mary Sue holt einen kleinen Spiegel aus ihrer Handtasche und legt ein paar Münzen auf den Tisch.

„Anna Blasnig."

„Gut, Anna. Ich wohne in Villach zur Untermiete. Ich weiß vielleicht was. Du bist noch nicht sehr weit. Vielleicht kannst du noch ein paar Monate arbeiten. Oder ...", sie flüstert, „vielleicht geht es sogar von selber ab, wenn du schwer hebst und so. Sag mir, wo deine Mutter wohnt und bleib noch bis nächste Woche. Ich komme zu dir."

„Warum willst du mir helfen? Kennst mich ja gar nicht."

Nachdem sie ihre Lippen stark rot nachgezogen hat und den Schminkspiegel wieder im Handtäschchen verstaut, flüstert Mary Sue:

„Meine Tochter ist drei Jahre alt. Der Vater ist Franzose, er war ein Kriegsgefangener in Seebach im Lager. Keine Ahnung, wo er jetzt ist. Das Mädchen ist bei meiner Tante. Es weiß nicht einmal, dass ich ihre Mama bin. Hab sie gleich nach der Geburt dort gelassen. Die Tasche da", sie zeigt auf die schwere Stofftasche neben dem Tischchen zu ihren Füßen, „die ist für die Kleine."

Anna verabschiedet sich, nachdem sie Lydias Adresse auf einem Bierdeckel hinterlassen hat, und stapft durch die zerbombten Villacher Straßen. Vorbei an ehemals schönen Geschäften, deren Auslagen mit Karton und Holz zugenagelt sind, passiert sie das kaputte alte Kino, dessen Dachkonstruktion und Mauern komplett zerstört sind und dessen Inneres nun freiliegt. Die roten Samtsessel sind vom Staub zugedeckt. Ein kleines Kind hat in den Reihen Platz genommen und tut so, als würde es einen Film ansehen. Anna schmunzelt, denn ihr eigenes Leben fühlt sich auch gerade so unwirklich an, wie in einem Film. So als würde sie sich selbst zuschauen, ohne beteiligt zu sein. Immer wieder grübelnd, ob denn die Tage und Nächte mit Kuzma Illusion waren, bloß ein Traum, ein Hirngespinst, wie das bei Lydia so oft passiert. Diese Fremde aus dem Zug ist die erste Person, der sie sich anvertraut und von ihrem Zustand erzählt. Warum gerade ihr? Über Wochen hat Anna mit der Übelkeit gekämpft und sie als Nachwehen der grausamen Ereignisse abgetan. Einen Schwächeanfall während der ersten Mahd schrieb sie der Hitze zu. Nachdem Kuzma verschwunden ist, zweifelte sie manchmal daran, dass das alles je geschehen war. Zu sauber hatte man inzwischen die Schauplätze des Grauens aufgeräumt. Mit den Spuren, die Anna von Kuzmas Krankenlager beseitigt, versucht sie auch die Erinnerung zu beseitigen. Aber das gelingt ihr nicht, immer noch schleicht sich der Geruch seines Haares in ihre Handflächen, sein Schritt in hohen Stiefeln hallt durch die Küche des Manditsch-Bauern. Kuzmas Lächeln und die kleine Narbe tauchen in der Kirche auf dem Bild des Heiligen Sebastian auf. Wie passend, dass auch er verletzt ist, durchbohrt von Pfeilen. Annas Alltag nimmt sie sofort wieder gefangen, die Tage werden länger, die Arbeit hört nie auf. Des Nachts, wenn alles ruhig ist, kommen heiße Empfindungen hoch, halten sie wach. Wie das Brennen der Nesselstauden. Es lässt ihren Unterleib zucken, sodass sie mit den Fingern um ihre Scham herumspielt, bis diese nass sind. Es fühlt sich an, als hätte sie vom süßen Honig gekostet, der nun unerreichbar für sie aufbewahrt und verschlossen bleibt. Selbst wenn sie niemandem von dem Augenblick erzählen würde, so hat es ihn doch gegeben, mit diesem Schweiß, diesen Küssen, dem feuchten Haar, den Rippen, die sich aneinander rieben, dem Hüftknochen mit dem Muttermal, dem Verschmelzen, dem kurzen Schmerz und der völligen Abwesenheit von Raum und Zeit. Diese Nacht hat sie verändert. Zehn Wochen danach ist Anna sicher, dass er niemals nach Oberdraubburg zurückkehren wird. Kuzma ist tot, so wie alle anderen.

Der Viehwaggon

Kuzma reitet querfeldein über das Drautal und die Ossiacher Tauern, ständig auf der Hut, um nicht gefasst zu werden. Er hat noch vor dem Abtransport erfahren, dass der berühmte deutsche Kosakengeneral Pannwitz mit seinem engsten Gefolge auf der Durchreise in einem Gutshaus bei Möbling, nahe der Steiermark, stationiert ist. Auf einer Landkarte im Lager zeigte ihm Olga, wo das war. Ihn zu finden, ist Kuzmas letzte Hoffnung zu überleben. Pannwitz war nicht nur ein verehrter Ataman und Anführer. Er war es, der die Kosaken für die deutsche Wehrmacht verpflichtete, außerdem war er ein sehr guter Freund seines Vaters gewesen, mehr als sein Vorgesetzter. Kuzma durfte bei manchen Gesprächen anwesend sein. Es war dem General zunächst unbegreiflich, dass die Offiziere, damals waren es noch 2.500 und mehr, nicht ohne ihre Familien gehen wollten. General Pannwitz unterschätzte wohl, was es bedeutete, Kinder und Alte so weit reisen zu lassen: durch Russland, Bulgarien, Griechenland, Italien, bis fast an die Grenze der Ostmark. Immer zerrieben zwischen verschiedenen Fronten und immer unsicher, ob man den nächsten Tag erleben würde. Viele waren gestorben, aber wenigstens nicht getrennt von der Familie. Doch nun hatte Kuzma keine Familie mehr, alle waren tot.

Für den Weg von Oberdrauburg bis Möbling plant Kuzma zwei Tagesritte mit Pausen im Wald für Janos. In eine von Annas Wollwesten gehüllt, verbringt er eine kühle Nacht im Moos. Etwas hartes Brot und Äpfel müssen ausreichen, bis er den Stab des Generals erreicht. Er hat schon schlimmer gehungert. Immer wieder betastet Kuzma die Wunde, presst den Verband stärker auf die Wulst und hofft, dass sie nicht wieder zu bluten beginnt. Als er die sattgrüne Ebene des Krappfeldes erreicht, fühlt er sich in seine Heimat zurückversetzt. Wie wunderschön es hier ist. Schon hinter der Stadt St. Veit, der er auf Trampelpfaden ausweicht, mehren sich die Patrouillen. Er erreicht die Stallungen der schönen Villa am frühen Abend und erkennt die beiden Hengste darin sofort als Kosakenpferde. Vorsichtig schleicht er auf den Hinterausgang des großen Gebäudes zu. Ein etwa 10-jähriger blonder Junge lugt aus einem Fenster im ersten Stock, das Gewehr auf ihn gerichtet.

„Bleib stehen! Hände hoch!"

Kuzma bleibt stehen und hebt die Arme, soweit es die verletzte Schulter erlaubt.

Der Junge taxiert ihn weiter mit dem Gewehr in der Hand.

„Was willst du? Wer bist du? Es ist keiner mehr da! Alle sind fort!"

Kuzma blickt unverwandt hoch und deutet ihm mit einer Geste, dass er etwas zu Trinken braucht.

Der Junge verschwindet vom Fenster und eine korpulente Dame öffnet die Hintertüre, sie meint gelassen:

„Sie sind zu spät. Alles vorbei."

Sie lässt ihn ein, drinnen ist es kühl. Sie gibt ihm Wasser und stellt ihm ein Stück Brot und Käse auf den Tisch. Ehrfürchtig verbeugt er sich. Diese Frau ist offenbar alleine mit dem Kind, aber ohne jede Furcht. Es muss ein sehr großes Gut sein, das dieser Frau gehört, denkt Kuzma. Sie spricht wie eine Herrscherin.

„Was ist vorbei?", wagt Kuzma endlich zu fragen.

„Sie sind doch Kosake?" Sie erkennt ihn offenbar sofort als Kosaken, obwohl er nur mehr den Gürtel seiner Uniform behalten hat, alles andere ist Zivilkleidung.

„Ja."

Die dicke Gutsherrin setzt sich geräuschvoll atmend mit einem Gästebuch an den großen Küchentisch zu ihm, dann zeigt sie auf einen Eintrag und liest langsam vor:

„Danke vielmals für die Gastfreundschaft. Wir haben hier über unser Schicksal entschieden. General von Pannwitz."

Sie erzählt Kuzma, dass Pannwitz eine Woche zuvor alle deutschen Offiziere der Kosakendivision in ihrem Haus zum Gespräch gebeten hatte. Er wusste da bereits, dass die Engländer die Kosaken an die Russen ausliefern werden. Die deutschen Offiziere waren allerdings von der Auslieferung ausgenommen. Daraufhin fassten sie den Entschluss, sich selbst auszuliefern.

„Ihre Offiziersehre verlangte, dass sie mit euch in die russische Gefangenschaft gehen. Und was das bedeutet, hat sich schon herumgesprochen."

Kuzma hört ihr aufmerksam zu, er spürt sein Herz laut pochen. Unter dem Verband wird es warm. Ein Schwindel überkommt ihn, noch hat er nicht zu essen gewagt. Der Junge lugt hinter der Küchentüre hervor und beobachtet ihn genau. Was soll er jetzt tun? Wohin soll er sich wenden?

„Gibt es überhaupt noch einen einzigen Überlebenden?", fragt Kuzma, nachdem er viel Spucke hinuntergeschluckt hat.

„Das glaube ich nicht. Der Junge hat alles gesehen, wie sie das Gefolge verladen haben auf LKW in Dürnfeld, direkt vor dem alten Funder-Gasthaus."

Danach sind die deutschen Offiziere wohl in Richtung Friesach gefahren und über die Gurkbrücke hinunter. Dort mündet die Verbindungsstraße von Treibach ein, wo die britischen Panzerautos standen und warteten. Nach jedem zweiten LKW mit den Gefangenen ist ein britischer Wagen eingebogen.

„Spätestens da haben sie gewusst, was es geschlagen hatte. Von den Briten ausgeliefert, wurde zunächst einmal jeder Zehnte erschossen. Dezimiert, wie man so schön sagt. "

„Und die Pferde im Stall?", Kuzma fällt es schwer zu sprechen. „Sind ein Geschenk. Sie brauchen sie ja doch nicht mehr."

Kuzma nagt an dem Brot und Käse, tastet über seinen Verband und bittet die Frau um ein Stück Stoff, damit er sich neu verbinden kann. Sie gibt ihm ein altes Leintuch und erlaubt ihm, eine Nacht im Stall zu schlafen, wo er sein Pferd neben den beiden anderen anbindet. Er schwitzt sehr stark im Schlaf, unruhig dreht er sich herum, Annas Gesicht taucht mehrmals über dem seinen auf. Sie flüstert ihm etwas zu, aber er versteht sie nicht.

Als er am Morgen die Augen aufschlägt, stehen drei bewaffnete Briten über ihm. „Hände hoch!", brüllen sie, die Waffen direkt auf sein Gesicht gerichtet. Kuzmas Schulter ist so stark geschwollen, dass er den Arm nicht mehr heben kann. Er lässt die Verhaftung geschehen, wehrt sich nicht mehr, denn er sieht keine Zukunft mehr für sich. Der Junge schaut dem Ganzen ungerührt in der offenen Stalltüre stehend zu und kaut genüsslich Kaugummi.

Stundenlange Verhöre in einem kahlen Raum folgen, ein Übersetzer bemüht sich zwischen den Schlägen und Tritten der Briten und über das Gebrüll hinweg die Fragen nach anderen Geflohenen und deren Standort zu dolmetschen. Ohne Erfolg, denn als Kuzma schließlich ohnmächtig wird, hat man kein Wort aus ihm herausgeprügelt. Wen hätte er auch verraten können? Wie ihm die Flucht gelungen war, interessierte gar nicht, nur sein Rang, der unbedeutend wie er selbst bald in der Tundra begraben werden würde. Kuzma wusste um seine Bestimmung: Gulag, Sibirien, mindestens zwanzig Jahre Zwangsarbeit und er könne froh sein, dass man ihn nicht gleich hier erschießt. „Der ist so schwer verletzt. Schade um die Kugel", murmelt der grobschlächtige Russe auf dem Bahnhof, während er einer langen Liste einen weiteren Namen hinzufügt: Kuzma Pawlow.

Ein Blick auf die süffisant grinsenden sowjetischen Soldaten am Gleis in Judenburg reicht, um alte Ängste in Kuzma auszulösen. Uralte Ängste, die alle Kosaken seit einem Jahrhundert verfolgen. Zu diesem Zeitpunkt gibt es kaum noch Widerstand, nur das Wimmern und Stöhnen der anderen Gefangenen, die man in den letzten Tagen verstreut aufgegriffen hatte.

Der Viehwaggon ist bereits vor zwei Tagen verplombt worden. Mit etwas Wasservorräten, einigen Kartons Zwieback und ein paar Säcken Kartoffeln fahren die Gefangenen dicht an dicht gedrängt durch die unendlichen Weiten von Ungarn. Die Soldaten streuen Stroh in eine Ecke für den Abort, in der anderen Ecke befindet sich der kleine Dämpfer, auf dem man die Kartoffeln kochen kann. Die kommenden Tage vergehen zäh in brütender Hitze, selbst in der Nacht gibt es keine Abkühlung. Wer einen Platz an der Bordwand findet, kann wenigstens manchmal den Fahrtwind einatmen. Je länger die Fahrt dauert, desto impertinenter stinkt es, desto aggressiver werden die Männer und desto mehr Verzweiflung füllt den Raum. Es wird leiser und kühler, während der Zug über die Gleise rattert und die ehemaligen Kronländer Böhmen und Polen durchquert, bis man durch die Bretter den Gebirgszug des Ural erkennt.

Kuzmas Vorstellung von Tagen und Stunden verschwimmt, vielleicht sind sie seit drei Wochen eingepfercht, vielleicht hat man alle zwei Tage den Mist aus dem Waggon entfernt und neues Stroh hineingeworfen, vielleicht gab es einmal ein paar Krautköpfe, vielleicht aber auch nicht. Ein Toter liegt zwei Tage und Nächte in der Ecke des Waggons und verwest. Andere werden früher erlöst, indem man ihnen während der Pausen, wenn der Waggon hält und einen Moment lang frische Luft in den Wagen kommt, eine Kugel in den Kopf jagt. Wahllos holt man die Männer heraus, wortlos schießt man, lacht, raucht, schließt den Waggon wieder zu. Dadurch haben die anderen mehr Platz, mehr Kraut. Bedauern empfindet Kuzma schon lange nicht mehr. Sehnsucht nach seiner Familie schon, und manchmal huscht ein Bild von Anna vorbei, wie sie sich über ihn beugt, wie sie ihre Lippen kräuselt und wie sich lacht, wie sie frech aussieht mit der Zahnlücke. Liebreizend und aufreizend. Aber das Bild verschwindet, es hält sich nur für Augenblicke, bevor ihn der Schlaf gnädig erlöst.

Eines Tages, Kuzma schätzt es sind vier Wochen vergangen, hält der Waggon und rollt nicht mehr weiter. Man treibt alle Männer ins Freie, die gleißende Sonne brennt auf Kuzmas Schulter. Weil er Ruhe geben musste, ist sie fast wieder ganz verheilt. Seine Augen verengen sich. Durch die vielen Tage im Halbdunkel ist er beinahe blind. Schwindel übermannt ihn von dem Gestank, der immer noch aus dem Waggon strömt, nach Exkrementen, Schweiß und Hoffnungslosigkeit. Um zu erbrechen, hat er zu wenig im Magen. Durch den Hunger geschwächt, werden viele nicht einmal mehr den Fußmarsch bis zum Lager schaffen, sie werden in der Wildnis aussortiert. Kuzma, der viele Tage lang nicht gesprochen hat, taut im Gehen wieder auf, wird wieder Mensch statt Vieh. Neben ihm schlurft ein älterer Mann, dessen Narben über ein langes Söldnerleben erzählen.

Mit ihm spricht er nicht über Kriege oder Massaker, sondern über die Flüsse ihrer Heimat, über die Berge und die unendlich weite Steppe. Und über die Pferde.

Das Telefon

Das Beste an Lydias Arbeitsplatz ist das Telefon im Vorraum der reichen Familie, für die sie nun schon seit zwei Jahren arbeitet. Es ist altmodisch, schwarz und groß. Mit seiner goldenen Wählscheibe ist es viel eleganter als das Gerät beim Dorfwirt in Oberdrauburg oder jenes bei Ludmilla im Gasthof in Arnoldstein.

„Milli?", Annas Stimme überschlägt sich, als sie ihre Kindheitsfreundin nach so langer Zeit wieder hört.

„Anna! Um Gottes Willen! Geht es dir gut? Wo bist du?"

„In Villach, bei der Mutter. Ja. Es passt."

„Und die Lydia?", Ludmilla stockt etwas. Sie hat Angst vor der Antwort.

„Wohl. Weißt eh. Ist nicht so leicht mit ihr."

„Wieso hast du nie geschrieben?" Anna erklärt, dass sie nicht schreiben mag, umgekehrt fragt sie nicht, warum es von Milli keine Post gab.

„Anna ich 'ird' heiraten. Ganz klein nur. Bin ich froh, dass du anrufst. Kommst du? Bitte!"

„Ich möcht gerne kommen ..."

Anna muss diese Information erst verarbeiten, sieht sie doch auf der anderen Seite des Hörers noch immer die kleine Milli vor sich, gerade fünfzehn Jahre alt. Beide sind nun fünfundzwanzig geworden, quasi über Nacht. Anna hört Milli noch eine ganze Weile schweigsam zu, während diese über die Vorzüge ihres Zukünftigen berichtet und über viele Geschehnisse im Dorf. Sie erzählt vom Abtransport des Pfarrers in den letzten Kriegstagen, dem Schlaganfall der Mutter und über den Tod ihres Vaters. Mit einer Hand spielt Anna mit dem Telefonkabel, während die andere den Hörer immer fester umklammert. Sie war so lange fort, dass ihr Millis Erzählungen wie Märchen von einem fremden Ort vorkommen. Viel Altbekanntes macht sie auch ein wenig traurig. Als Millis Redeschwall abbricht, sagt Anna leise:

„Ich wird' schauen, dass ich kommen kann."

Als Anna auflegt, wandert ihre Hand über ihren gespannten Busen und ihren kleinen rundlichen Bauch bis hinunter zur Schürze. Sie hält inne, weil Lydia sie missbilligend anstarrt, aus tiefliegenden Augen in ihrem hageren Gesicht, die im Dunkel des Vorraumes wie Ausnehmungen eines Totenschädels scheinen. Anna weiß nicht, wie lange ihre Mutter schon so dagestanden ist. Lydia spricht kein Wort, aber ein verächtliches Schnaufen entfährt ihr. Sie weiß also Bescheid, es zu leugnen, ist sinnlos, dafür hat sie zu viele Schwangerschaften hinter sich.

„Komm! Die Herrschaften sind bald wieder da. Sie dürfen dich nicht beim Telefon erwischen! Sonst gibt es wirklich Ärger!", fährt sie Anna an und zieht sie an der Hand zurück in die Küche und zur Arbeit.

„Da, schäl' die Äpfel! Flott!"

Mehr ist aus Lydia an diesem Tag nicht herauszubringen. Den restlichen Nachmittag und Abend schweigen beide. Als Mutter und Tochter in Annas winziger Kammer zusammen in das kleine Bett schlüpfen, murmelt Lydia vor sich hin:

„Ihr Kinderlein kommet, so kommet doch all ...", dann lacht sie schaurig laut auf und dreht sich weg.

Sekunden später schnarcht sie. An Schlaf ist für Anna in dieser Nacht nicht zu denken. Ob Lydia noch verrückter geworden ist oder schon immer so war? Hilfe kann sie von ihr nicht erwarten.

Am darauffolgenden Morgen versucht Anna sie vorsichtig nach Egons Verbleib im Krieg zu fragen, doch zwecklos. Lydia kichert, putzt das Tafelsilber, spricht mit sich selbst, summt ein

Kirchenlied und herrscht ihre Tochter an, das alles innerhalb kurzer Zeit und wiederkehrend mit wechselnden Abständen. Wie sie in ihrem Zustand ihren Arbeitsplatz so lange behalten konnte, bleibt für Anna ein Rätsel. Es muss wohl damit zusammenhängen, dass Lydia niemals protestiert, fleißig arbeitet, keine Fragen stellt und viel schweigt, während die Herrschaften da sind. Und viel sind sie nicht daheim, vor allem, seitdem die Besatzer da sind. Scheinbar haben sie sich arrangiert und verkehren in besseren Kreisen mit den Engländern und Italienern, die auf dem Schwarzmarkt allerhand Waren für die Kaufleute beschaffen können, zu denen sie unter anderen Umständen keinen Zugang hätten. Anna sieht die Herrschaften tatsächlich tagsüber nie, nur abends ist das Haus erleuchtet und Stimmen dringen herüber zu Lydias kleiner Kammer im desolaten Nebenhaus. Anna hat so viele Jahre auf engem Raum und inmitten von vielen Menschen verbracht, dass ihr diese Situation völlig neu ist, wenn auch nur recht, denn in ihrem Kopf ist viel Sorge und gleichzeitig trägt sie eine große Leere im Herzen.

Als Anna an einem heißen Samstagmorgen im August 1945 den frühen Zug nach Arnoldstein nimmt, versteht Lydia nicht, dass die kleine Milli heiraten soll. Sie kann nicht mehr sortieren, was Vergangenheit und Gegenwart ist. Anna lässt die Mutter kopfschüttelnd bei ihrer Arbeit und schlüpft in ihr besseres Dirndl, nachdem sie an den Brustnähten den Stoff ausgelassen hat. Man kann die dunkleren Stoffteile deutlich sehen, so schlägt sie ein großes Tuch über die Schultern und bindet es hinten am Rücken wieder zusammen. In ihrem Heimatdorf hat sich nicht viel verändert, es gibt keine großen Bombenkrater, wenige Häuser sind zerstört, Scheiben fehlen hie und da. Die Kirchenglocken läuten nicht zur Hochzeit von Milli und ihrem Guido, denn es gibt keine Glocken mehr weithin. Sie alle sind für Kanonen eingeschmolzen worden. Eine kleine Kapelle spielt vor dem Gotteshaus, als Anna sich der Hochzeitsgesellschaft langsam nähert. Sie erkennt ein paar Schulkameraden unter den Musikanten, die sie nickend und mit großen Augen begrüßen, während sie weiterfideln und blasen. Milli steht mit dem Rücken zu Anna und hält ein Sträußchen in Händen, ihre Haare sind hochgesteckt und unter einem kleinen weißen Schleier versteckt. Als sie sich umdreht, erschrickt Anna über Millis Riesenbauch, der nur schlecht von dem rosa Pfingstrosenstrauß verdeckt wird. Millis Gesicht ist rundlich, rosig und hübsch. So hübsch hat Anna sie nicht in Erinnerung. Milli kreischt, als sie Anna erblickt, stürzt auf sie zu und drückt sie fest an ihren massiven Busen und Bauch. Tränen fließen beiden über die Wangen, rasch hat der Bräutigam ein Taschentuch aus der Jacke gezogen, in das die beiden hintereinander ihre Freudentränen wischen. Als Anna dann weit hinten in der Kirche Platz nimmt und der Zeremonie folgt, kommen Erinnerungen hoch. Sie sieht sich mit Vater und Mutter bei der Taufe des kleinen Bruders am Taufbecken stehen, weiß aber nicht mehr, welcher es war. Acht lange Jahre war sie fort, oder doch nur einen Augenblick? Wie viel hat sich seither getan, wie sehr hat sie sich verändert? Millis Jawort holt sie schließlich wieder aus der Vergangenheit und sie freut sich von Herzen für das Brautpaar. Wieder einmal möchte sie in diesem Augenblick in Millis Schuhen gehen, wieder mit ihr tauschen wie damals. Doch das wird nie passieren. Zum Essen marschiert die Hochzeitsgesellschaft ins Gasthaus. Dort erwartet sie Ludmillas Mutter, die, auf einen Stock gestützt, im Türrahmen wartet. Sie erkennt Anna schon von fern und lächelt sie einseitig an. Die eine Hälfte ihres Gesichtes ist unbeweglich, weil gelähmt. „Kommst dann zu mir in die Kuchl, Dirndle. Bist du sauber geworden!“ Die Wirtin ist schwer zu verstehen, aber mit Anna hätte sie auch ganz ohne Worte kommuniziert. „Ja. Freilich. Gerne!“

In der Wirtsstube sitzt ein Mann, dessen Haare grau und dessen Tränensäcke geschwollen sind. Er sieht aus wie ein junger Mann, der im Körper eines alten festhängt, eines Invaliden noch dazu. Mit einer Hand hält er ein Glas Bier fest, als ob darin sein ganzes Lebensglück läge. Die andere Hand hat er wohl in einem Schlachtfeld abgelegt. Nur ein leerer Ärmel hängt dort, wo einst der kräftige Ober- und Unterarm von Annas großem Bruder Egon waren. Er blickt von seinem Glas auf, als Anna langsam auf ihn zugeht. Er wirkt verwirrt, als sie ihn grüßt, vorsichtig wie einen Fremden. Egon schüttelt den Kopf und schweigt.

Anna fragt sich, ob sie sich vielleicht getäuscht hat, sie verweilt noch einen Moment im Halbdunkel der Gaststube. Dann dreht sie sich um und nimmt bei der Hochzeitsgesellschaft Platz, die inzwischen laut und fröhlich tratschend Suppe einschenkt und zu essen begonnen hat. Viele Stunden wird ihr berichtet von den letzten Jahren, von Hochzeiten, Taufen und den vielen Gefallenen. In Annas Kopf wirbeln Namen und Orte herum, irgendwann ist es ihr zu viel und sie geht in die Küche. So wie früher setzt sie sich an den großen Tisch in der Mitte des heißen Raumes und betrachtet Millis Mutter, die in riesigen, dampfenden Töpfen rührt. Als sie Anna wahrnimmt, übergibt sie den Kochlöffel einer jungen Dienstmagd und humpelt auf den Stock gestützt zu ihr. Sie spricht sehr leise und undeutlich mit der noch funktionierenden Seite ihres Mundes. Es klingt, als wäre sie betrunken, doch sie ist sehr klar. Anna lauscht genau, beantwortet Fragen über die Mutter und fragt schließlich nach ihrem Bruder. Die Wirtin senkt betroffen den Blick und stammelt fast entschuldigend, dass er einen Kriegsschaden hat, auch im Kopf, und dass er die Rente regelmäßig versäuft. Da wäre nichts mehr zu retten bei ihm und auch nicht das Haus. Nun endlich fasst Anna sich ein Herz und steht auf, sie geht hinaus vor das Wirtshaus. Sie blickt hinunter zu ihrem Elternhaus. Kein Rauch, kein Licht ist in der windschiefen Keusche zu sehen. Bretter lösen sich von den Seitenwänden, Fensterläden hängen schief, am Dach fehlen vereinzelt Dachschindeln. Der Brunnentrog ist grün vom Moos, kein einziges Huhn läuft auf der Wiese, der Ziegenstall ist leer. Alles ist noch viel verkommener und auch so viel kleiner, als sie es in Erinnerung hatte. Sie möchte nicht einmal mehr nähertreten, so weit weg ist die Blasnig-Keusche inzwischen von ihr und ihrem weiteren, ungewissen Leben. Nur zum Grab des Vaters möchte sie noch gehen und dann wieder nach Villach fahren. Während Anna die vertrockneten Blumen vom Grab des Vaters nimmt, tritt Milli von hinten leise auf sie zu.

„Mei, Anna! Ich freu mich so, dich zu sehen! Du bist so fesch geworden!"

Anna bedankt sich für die netten Worte, gratuliert noch einmal zur Hochzeit und blickt dann wieder auf den Grabstein:

„Es ist jetzt schon so lange her."

„Ja, Anna. Aber es geht immer weiter."

„Wann kommt das Kind?" Sie hält den Blick gebannt auf den Grabstein.

„Im September. Zwei Monate noch. Es wird ein Bub, das weiß ich."

„Milli", Anna stockt und überlegt, dann öffnet sie sich ihr. „Milli, ich bin auch schwanger."

„Großartig!", sprudelt sie. „Wirst du dann auch bald heiraten? Ich werde Taufpatin, oder Trauzeugin."

„Nein, Milli. Es gibt keine Hochzeit", betrübt schaut sie langsam vom Grabstein auf.

Milli stutzt, scheint die Gedanken zu ordnen, tut sich schwer damit. „Was meinst du?"

„Es ist von einem Flüchtling. Bitte frag nicht nach dem Warum und Wie. Es ist schon schlimm genug. Ich muss jetzt schauen, wohin damit."

Milli bekreuzigt sich, holt tief Luft und sagt dann überlegt und langsam mit fester Stimme: „Wir haben schon ganz andere Dinge geschafft. Du kommst dann zu uns, wenn es so weit ist. Verstehst du? Du kommst zu mir! Uns fällt schon etwas ein." Es klingt wie ein Befehl. Anna stutzt kaum merklich und überlegt kurz, dann umarmt sie ihre beste Freundin innig und dreht sich zum Gehen. „Danke, Milli."

„Pfiati Anna, wir sehen uns. Grüß die Mutter!", ruft sie ihr hinterher.

Die Versetzung

Bernies Versetzung verläuft in Etappen. Von Lienz geht es zunächst in die Kaserne nach Villach. Der Zug hält laut knirschend in Villach Seebach, er rollt langsam bei der gewaltigen, desolaten Barackensiedlung der Flüchtlinge vorbei. Die Ausmaße dieses Lagers erschrecken ihn. Als er schließlich am Bahnhof aussteigt, geleiten ihn zwei Mann von der 14. Kompanie am Lager und den Stacheldrähten vorbei in Richtung der requirierten Kaserne. „Displaced Persons", meint einer der Kameraden trocken, „kommen zu Tausenden hier durch." Die Draustadt ist Hauptverschubplatz für Menschen aus allen Teilen Europas. Sie flüchten vor dem kommunistischen Totalitarismus, haben Grauenvolles erlebt und wissen nicht, wie ihre Zukunft aussehen wird.

„Sie warten bloß. Mann, oh Mann, es sind richtig viele." Verstohlen schaut Bernie zwischen die Holzbaracken zu den Frauen, die Wäsche waschen, und entdeckt Krüppel, die auf behelfsmäßigen Krücken durch das Lager humpeln. Viele Kinder tummeln sich unter den Wäscheleinen, spielen Fangen und Verstecken. Gott sei Dank hat der Krieg nicht alles Unschuldige kaputt gemacht. Kinder können vergessen, ich beneide sie darum, denkt er.

In Seebach angekommen, wird Bernie für die Anschaffung von Waren aus dem nahen Italien eingeteilt, weil er recht gut Italienisch spricht. Ein paar Brocken dieser Sprache können schon dabei helfen, heißbegehrte Dinge wie Knoblauch, Zwiebeln, manchmal auch Tomaten und Paprika, auf dem Schwarzmarkt oder bei den Bauern zu ergattern. Ein bisschen Charme und Komplimente entlocken den Damen wahre Schätze. Bernie weiß genau, wie das funktioniert, egal wo in Oberitalien. Große Mengen werden benötigt, deswegen ist Bernie fast nur unterwegs. Bezahlt wird mit Kaffee, Schokolade, Zigaretten und Schnaps. Das Geld, mit dem er zunächst winkt, hat keinen Wert mehr in diesen ersten Monaten nach dem Kriegsende. Je nachdem, wie gut sein Handelstag verläuft, belohnt sich Bernie mit ein paar Gläsern Rotwein, bevor er fröhlich in den Militärlastwagen in Richtung Villach einsteigt. „Den schlechtesten Job haben wir nicht, euer Majestät!", lallt er seinen Chauffeur an und schläft bis zur Kontrolle an der ehemaligen Reichsgrenze. Man kennt sich dort, reicht eine Packung Kaffee aus dem Fahrerhäuschen und passiert. Leider ist dieser angenehme Job nicht von Dauer für Bernie, denn der beurlaubte Sergeant, dessen Arbeit er übernommen hat, kehrt schon nach vierzehn Tagen wieder auf seinen Posten zurück. In dieser Zeit in Villach schafft es Bernie endlich, ein paar Nachrichten nach Hause zu senden und sogar ein Telefonat mit seinem Vater zu führen. Beide Elternteile haben den Krieg gut überstanden und wünschen sich seine baldige Rückkehr, denn es gäbe viel zu tun an ihrem Haus. Mit den ganzen Rissen von den Bomben würden sie noch fertig werden, aber das Dach leckt.

„Hoffentlich geht es dir gut, Junge."

Sicher werden sie Grüße ausrichten.

„Danke, Dad. Ich komme bald nach Wolfsberg. Da sind die echten Nazis eingesperrt."

Der Vater sieht darin keinen Anlass zur Begeisterung, besser fände er es, sie gleich zu vergasen, wie sie es mit den Juden getan haben.

„Du kannst dir das nicht vorstellen, was wir im Kino in der Wochenschau gesehen haben!"

Leider kann er sich das vorstellen, weil man ihnen diese Filme in der Kaserne in Lienz ebenfalls gezeigt hat und ihm dabei die Tränen über die Wangen liefen, wie vielen anderen Kameraden. Das war schon nach Oberdrauburg und den Transporten von Lienz. Schweigend verließen die Männer damals den Saal, trotteten vorbei an den schönen Kosakenpferden und fanden endlich eine Entschuldigung für ihren brutalen Einsatz zwischen all den Alten und Kindern. „Grausamer geht es immer noch, wir sind nicht die Schlächter in diesem Krieg. Oder überhaupt in irgendeinem sinnlosen Krieg", denkt Bernie laut. Bernies deutsche Großmutter musste das alles zum Glück nicht mehr erleben.

„Besser so. Mein Sohn. Besser so." Schließt sein Vater das Telefonat.

Das Angebot

Für ihren Besuch bei Anna und deren Mutter hat sich Mary Sue nur dezent geschminkt und ein einfaches Sommerkleidchen angezogen. Auffallen muss sie heute nicht um jeden Preis. Anna öffnet die Tür und bittet sie herein. Direkt nach einer einzelnen Steinstufe abwärts befindet sich Lydias kleine Kammer. Sie liegt im Halbdunkel, obwohl es taghell ist, denn die Bäume vor dem kleinen Fenster nehmen dem Raum viel Licht. Das Zimmer ist kahl, fast wie eine Klosterzelle. Es ist angenehm kühl und riecht nach Mottenkugeln. Ein kleiner Flickenteppich ist der einzige Schmuck in Lydias Heim. Mary Sue beobachtet Anna, als sie ihr einen der beiden Holzsessel anbietet. Sie ist hübsch, denkt Mary Sue, auf eine kindlich naive Art attraktiv. Sie weist auf den kleinen braunen Lederkoffer vor der Tür und bittet Anna, ihn hereinzubringen.

„Gehört dir, wenn du es brauchst."

Sie wagt es nicht, den Koffer zu öffnen.

„Na, los!"

Mary Sue freut sich auf Annas Gesicht, wenn sie den Inhalt bewundert. Die folgende Stunde verbringen die beiden jungen Frauen mit einer Modeschau, gestaltet mit Mary Sues abgetragenen, aber immer noch hübschen Kleidern. Anna zieht den Bauch ein, merkt aber, dass ihr die Kleider locker passen. Mit einem festen Baumwolltuch zeigt ihr Mary Sue, wie sie ihren Bauch noch länger kaschieren kann, indem sie es sehr straff um ihren leicht gewölbten Unterbauch wickelt und mit einer Sicherheitsnadel befestigt. Einen Spiegel besitzt Lydia nicht, aber in Mary Sues Handspiegel gefällt sich Anna. Fünf Kleider und drei Schals später strahlt Anna und fühlt sich nach vielen Jahren wieder befreit. Anna hat noch nie ein so großzügiges Geschenk erhalten, nicht einmal von Ludmillas Mutter. Während Lydia für die Herrschaften im großen Nebenhaus kocht, erklärt Mary Sue ihr Angebot für Anna. Ein Ausweg tut sich auf.

„Ich kann dich in Wolfsberg unterbringen. Die Engländer haben dort eine ganze Villa requiriert und brauchen noch Personal. Brauchst dafür nicht Großartiges können, nur Putzen und Bügeln. Kannst du das?"

„Ja, freilich, aber ..."

„Was, aber? Du wirst dich bald kümmern müssen."

„Ja, aber die Fini."

„Hast du schon ein Kind? Herrgott!"

„Nein. Beim Bauern. Sie ist wie meine Schwester. Was soll denn aus ihr werden?"

„Anna. Hörst du mir zu?"

„Ja."

„Du musst jetzt auf dich schauen."

Als Mary Sue geht, schließt Anna hinter ihr die Tür zu ihrem alten Leben und der Zeit in Oberdrauburg, wo es so viel Leid gab. Sie will nun nach vorne blicken.

Die Villa

Den kleinen braunen Koffer von Mary Sue verstaut sie unter der Sitzbank im Postbus. Ihre Arbeitserlaubnis lässt sie in der Jackentasche. Ein paar der neuen österreichischen Schillinge, dünn wie Alufolie, konnte Lydia entbehren, um ihr das Ticket zu kaufen. Einen tränenreichen Abschied von ihrer Mutter hat Anna nicht erwartet, als sie in ihrem neuen grünen Kleid am Villacher Bahnhof in den klapprigen Bus steigt. Lydia hebt kurz die Hand, winkt verlegen und macht am Absatz kehrt. Nach zwei Stunden über kaputte Straßen, durch Tausende Schlaglöcher und vorbei an einigen Kontrollen, erreicht sie Wolfsberg, mitten im breiten Lavanttal. Die Sonne scheint angenehm wärmend an diesen letzten Augusttagen. Die größte Hitze ist vorüber, der Mais auf den Feldern steht hoch, Hafer und Weizen sind goldgelb und reif. Die Bauern mähen ein zweites Mal in diesem Jahr rechts und links der Fahrbahn das Gras und trocknen es auf Holzstrempeln. Kinder tollen zwischen den Heuhaufen herum und scherzen. Alles hat hier mehr Raum, die Berge sind so weit entfernt, als stünden sie in einem Heiligenbild ganz weit im Hintergrund. Ein seltsames Gefühl für Anna. Es dauert, bis sie begreift, dass sich so ein kleines Stück Freiheit anfühlt und dass sie bereit ist für einen neuen Anfang.

Dass in so einem Haus für gewöhnlich nur eine Familie mit ihrem Personal wohnt, ist ihr zunächst unbegreiflich. Hinter dem gewaltigen schwarzen Eisentor steigt eine Auffahrt leicht an. Über Schotter fahren sie die letzten Meter durch einen Park mit Blumen und Sträuchern. Sehr hohe alte Laubbäume wachsen bis knapp vor das Portal. Sie zählt jeweils sechs Fenster nach rechts und links vom Eingang weg und multipliziert das mit drei Stockwerken. Das wären dann 18 Zimmer! Zwei Türme ragen rund und hübsch verziert rechts und links aus dem Dachgeschoss empor. Sie werden gekrönt von grünen Dächern, die in der Sonne glitzern. Der Gärtner nimmt Annas Koffer und führt sie auf die Rückseite des Hauses, vorbei an noch mehr Fenstern und einladenden Sitzbänken entlang der Hausmauer, die hübsch weiß angestrichen sind. Anna folgt ihm schweigend, sie fühlt sich wie ein Fräulein in einem dieser Filme, es ist alles so unwirklich. Die Küche befindet sich auf der Rückseite der Villa, nahe dem großen Gemüsegarten.

Annas Empfang in der Villa ist warm, genauso wie ihr Arbeitsplatz. Erstmals muss sie bei der Arbeit nicht frieren, sie muss nicht in aller Herrgottsfrüh hinaus in den noch finsteren Stall und das Feuerholz holen. Zwischen Küche und Bügelstube ist es immer warm, so warm, dass sie manchmal gerne die Schuhe ausziehen möchte und barfuß auf dem kalten Steinboden stehen. Aber das ist hier nicht erlaubt, vieles ist hier anders. Die heimliche Herrin des Hauses ist Frau Hilde, die von allen so angesprochen wird, selbst von den Briten. Es klingt wie „Missis Hülle“. Frau Hilde ist mit ihren vierzig Jahren schon lange Witwe. Ihre hellen Haare trägt sie kurz und in der Küche unter einem bunten Kopftuch verborgen. Zum Nudelteigmachen und Backen bindet sie eine knallbunte Schürze um ihre Mitte, wenn sie mit den Mädchen das Essen im Salon serviert, legt sie diese ab. Deutlich treten die Adern ihrer Unterarme hervor, wenn sie etwas hebt. Wenn sie über etwas nachdenkt, treten kleine blaue Äderchen an ihren Schläfen hervor. Es gibt genaue Anweisungen für Anna, was wann und wo zu tun ist, wen man anspricht und wen nicht.

Die Offiziere des 16. Regiments bewohnen die sechs Zimmer im zweiten Stock des riesigen Gebäudes, jeweils zu zweit oder zu dritt. Colonel Gill dagegen quartierte sich ebenerdig neben dem Salon ein, alleine und weil sich hier die Bibliothek befindet. Dort wird Anna ihm vorgestellt. Kurz und bündig erklärt Frau Hilde, dass Anna nun aufgenommen wird, um ihr zur Hand zu gehen.

„Well done", kommentiert er das, als der junge Übersetzungsoffizier neben ihm leise und knapp dolmetscht. Gills Jacke hängt hinter ihm über dem Stuhl, Anna bewundert die vielen bunten Orden auf der Brusttasche. Sein Hemd ist akkurat gebügelt und gestärkt, die Krawatte sitzt locker. Hosenträger halten die Hose dort, wo sie sitzen soll. Der Colonel wirkt kränklich, mager und sehr abwesend, so als wäre er nicht richtig in seinem Körper. Er schiebt seine Hornbrille wieder nach oben und geht an die Arbeit hinter einem gewaltigen Schreibtisch, auf dem stets eine Kanne Tee steht, daneben ein Teller mit sehr trockenen Keksen. Anna begegnet dem Colonel in der Folge kaum, nur wenn sie ihm seinen Tee in die Bibliothek bringt oder er schneidig das Haus verlässt.

Frau Hildes Ordnung ist es, die Anna braucht, um sich nicht in Gedanken zu verlieren, über die Zukunft und über die Vergangenheit. Sie muss sich arrangieren, hier kann sie dem braunen Wurm von Oberdrauburg, vor dem sie sich so fürchtete, nicht ausweichen. Obwohl sie zu Beginn ihres Dienstantrittes manchmal einen leisen Hass in sich aufköcheln spürt, dämpft sie dieses Gefühl und wickelt es ein, wie sie ihren Bauch einfascht.

Mit dem Aussteigen aus dem Bus in Wolfsberg und ihrer Abholung durch den Gärtner, mit dem Eintreten in die wunderschöne Villa und mit der Einquartierung in ihre Dachbodenkammer betritt Anna eine neue Welt, so unvorstellbar anders als ihre bisherige. Mit dem Ablegen der alten Kleider, die sie ihrer Mutter vor der Abreise in Villach schenkte, hat sie ihre Angst vor den Engländern abgelegt. Man ist gut zu ihr und höflich. Keine Waffen, kein lautes Wort. Das fortwährende Ein- und Ausgehen, die Bewegung im Haus, das Kommen und Gehen der Bewohner erinnert sie an den Flug der Drohnen um die Bienenkönigin im Frühling. Sie versteht ihre Sprache nicht, aber kleine Floskeln bleiben langsam an ihrem Gaumen hängen und bilden fremde Silben nach. Sie nimmt, auch ohne die Worte zu begreifen, Stimmungen wahr. Fröhlichkeit und Hektik oder Strenge wechseln sich ab. Meistens geht es fröhlich zu in der Villa.

„Das war schon früher so", erklärt Frau Hilde, während die beiden, am großen Küchentisch sitzend, die kaputten Laken flicken. Die Hausdame war schon unter dem ehemaligen Gauleiter von Kärnten in dieser Villa beschäftigt, damals noch als Küchenhilfe. Nur drei Jahre zuvor feierten die höchsten Offiziere und wichtige Mitglieder der NSDAP im Salon ihre Partys, mit viel Schnaps und lauter Musik aus dem Grammophon.

„Ein Wunder, dass es noch funktioniert. So wie es behandelt wurde."

Frau Hilde wurde in diesem Haus immer gut behandelt. Es ist wohl etwas eigenartig für sie, dass manche dieser ehemaligen Gäste nun im Gefangenenlager sind. Anna weiß nicht viel über das Lager. Wohl, dass vorher Briten, Australier, Polen und Gefangene aus allen möglichen Ländern dort eingesperrt waren und dass nach Kriegsende nun Österreicher und Deutsche hinter meterhohem Stacheldraht im großen Lager sind. Die meisten wohl, weil sie unter Hitler zu mächtig und reich geworden sind, meist auf Kosten der anderen. Ob der Manditsch unter ihnen ist? Hierhergehören würde er. Das Lager hat Anna noch nicht aus der Nähe gesehen, nur vom Bahnhof aus die vielen Holzbaracken und die Kirche in der Mitte wahrgenommen. Wenn sie nicht muss, wird sie dem Stacheldraht und den Zäunen weiterhin ausweichen. Was innerhalb des Lagers vor sich geht, weiß sie nicht. Sie will es gar nicht wissen. Sie befindet sich geschützt hinter den dicken Mauern der Villa und verlässt das Haus nicht, holt nur selten ein paar Kräuter aus dem Garten, wandert von der Waschküche zur Küche und hinauf in ihre Kammer, in der sie alleine wohnt. Noch nie in ihrem ganzen Leben hat sie ein Zimmer für sich gehabt. Wenn sie abends im Bett liegt und das Telefon nicht mehr klingelt, das Rumoren im Salon aufhört, die Musik leise wird und das Gelächter verstummt, wenn die stark geschminkten und tief dekolletierten Damen für die Unterhaltung der Offiziere durch die Hintertüre abgehen, wenn der Gärtner den gewaltigen Schlüssel im Schloss am Portal umdreht und die Fledermäuse unter dem Dach ihren Pirschflug antreten, dann herrscht Stille. Kein Laut mehr, niemand atmet oder weint im Schlaf, kein Bettzeug raschelt. Es ist so leise, dass Anna ihr eigenes Herz schlagen hört, wenn sie darauf achtet. Zwei Handbreit unter dem Herzen klopft ein weiteres, schnell und stetig und ist immer deutlicher zu spüren.

Wer bist du?

„Der Furier[2] ist da!", kündigt ihn der Gärtner strahlend an, als er ihn in der Auffahrt in seinem kleinen Lastwagen erkennt. „Endlich!"

Anna steht am Bügelbrett und plättet die Hemden, langsam und mit Bedacht, denn sie darf nichts verbrennen. Mit dem schweren Eisen muss man sehr genau und mit Gefühl arbeiten. Diese Arbeit ist nicht schwer und niemand schimpft sie mehr, niemand droht mit der Rute. Sie ist nicht hungrig, nicht übermüdet. In Dankbarkeit darüber versunken und leise vor sich hinsummend, erspäht sie durch das Fenster den kleinen Lastwagen, dessen Klappe am Heck vom Fahrer geöffnet wird. Kisten voll Wein und viele Steigen mit Zwiebeln und Knoblauch werden entladen und in die Küche gebracht. Der Ziegelstein im Bügeleisen ist inzwischen zu kalt geworden. Sie öffnet das Scharnier, legt den Deckel mit dem Griff um und nimmt vorsichtig den lauwarmen Stein heraus. Damit marschiert sie leise weiter summend in die Küche, so wie sie es alle Tage viele Male macht.

Anna bremst derart abrupt in der Küchentüre ab, dass sie den Ziegelstein fest umklammern muss, damit er ihr nicht auf die Füße fällt. Plötzlich ist alles wieder da, der Stallgeruch, das Blut im Heu, die Angst. Wenn er bloß nicht hinauf auf die Leiter steigt. Wenn er bloß nicht länger fragt. Und wie sie ihn verzwei-

---

[2] Furier: Versorgungsoffizier

felt schief angelacht hat. Hoffentlich ist er bald wieder fort. Sie fasst sich wieder und geht, um ja nicht aufzufallen, sehr bedacht und mit kleinen Schritten hinter Bernie vorbei zum Herd.

„Eine neue Missie!", ruft der laut, als er sie bemerkt.

Frau Hilde ermahnt ihn, nicht so frech zu sein.

„Wie heißt sie?"

Sie dreht sich nicht um. Anna nimmt einen anderen, sehr heißen Ziegelstein mit einem Handtuch aus dem Backofen und wickelt ihn darin ein. Dann legt sie den kalten Ziegel ins Rohr. Trotz der Hitze des Backofens fährt ein Schauer über ihren Rücken, als er sie direkt anspricht: „Wer bist du?"

Das Theater

Bernie hat sie nicht sofort wiedererkannt. Es dauert etwas, als er sie am Abend im Lagertheater lange von der Seite studiert, ihr Profil und ihre Lippen und die kleine Zahnlücke zwischen den Schneidezähnen, wenn sie lacht. All das ist so liebreizend und frech, so ansprechend. Frau Hilde muss dem Personal wohl für die Aufführung freigegeben haben. Brav aufgereiht sitzen die Hausmädchen in der vierten Reihe und haben sich alle hübsch zurechtgemacht. Aber keine ist so schön wie Anna. Es ist eine eigenartige Vertrautheit, die sie ausstrahlt. So als würde er sie schon lange kennen: So heimelig, wohlig warm, und das, obwohl sie ihn gar nicht beachtet. Gerade das macht sie noch interessanter für ihn. Freilich ist sie nicht die erste Frau, die er seit Kriegsbeginn anziehend findet, und mit manchen ist er auch im Bett gelandet. Obwohl man ihn davor warnte, hat er sich keine Geschlechtskrankheit eingefangen. Der Zugang zu Verhütungsmitteln bringt gewisse Vorteile mit sich, schmunzelt er. Keine Frau, die er am Balkan oder in Italien kannte, war auch nur annähernd so sexy. Selbst wenn sie bloß geht! Dass Annas Beine irgendwie schief stehen, tut dabei nichts zur Sache. Vielleicht ist es gerade das, was ihn so fasziniert, und diese Zahnlücke. Kurzum: Er muss sie haben.

Die Gefangenen aus Block A und B haben sich viel Mühe gegeben, ein Theaterstück vorzubereiten, es mit Inbrunst einstudiert und oft geprobt, nun kommt es zur Premiere. Frauen und Männer spielen gemeinsam, obwohl sie sonst recht strikt getrennt sind und in unterschiedlichen Quartieren wohnen, verschiedene Arbeiten zugeteilt bekommen und auch in der Freizeit ganz unterschiedliche Dinge machen. Die Bühne und die Proben sind ihre Chance für gemeinsame Freizeit, die ihnen ein bisschen die Illusion von einem normalen Leben zurückgibt. Bernie erkennt einige Männer, er hat sie schon in der Lagerküche getroffen, wenn er dort die Vorräte kontrolliert. Sie strahlen, wenn er mit neuen Konservendosen aus England kommt, die per Flugzeug am Flughafen in Klagenfurt angeliefert werden, weil sie aus den leeren Dosen allerhand kleine Kunstwerke basteln. Das Hämmern auf dem Blech hört nie auf, außer zu Mittag, denn da herrscht Stille. Auch in den Werkstätten, wo die Männer Holzreparaturen durchführen. Am Abend schnitzen sie dann kleines Holzspielzeug in den Baracken, vielleicht für ihre Kinder zu Hause. Manchmal bitten sie Bernie höflich, einen Brief für die Ehefrau und die Kinder aufzugeben, was er natürlich nicht darf. Kein Blatt Papier verlässt das Lager, ohne dass es kontrolliert und zensuriert wird. Bernie kennt wenige Insassen beim Namen, von einigen weiß er, warum sie inhaftiert sind. Ob sie nun denunziert wurden oder tatsächlich große Kriegsverbrecher sind, kann er anhand ihres Verhaltens hier im Lager nicht beurteilen. Es ist auch nicht seine Aufgabe, er ist kein Richter. Bernie ist froh, weiter nur der Quatermeister[3] zu sein, seine Karriereziele sind nicht hoch gesteckt. Er ist erleichtert, keine Patrouillen mehr im Außendienst zu fahren, um noch verborgene Waffenlager auszuheben oder in Wäldern nach versteckten Nazis suchen zu müssen. Sein Reich ist die Lagerküche und die ist sauber, die dreitausend Gefangenen haben angemessene Rationen. Manche werden nebenan wieder aufgepäppelt, sie liegen auf der Krankenstation oder sind in Quarantäne. Der Typhus hat etliche in die Knie gezwungen, nicht die harten Verhöre. Bernie findet, dass es den Leuten hier gut geht, sie werden nicht schlecht behandelt. Seine Interessen

---

[3] Quatermeister: Logistik- und Versorgungsbeauftragter in der britischen Armee

gelten dem Wein und den Frauen. Und, wie schon zuhause, dem Fussball. Keine Trainingsstunde am Lagerplatz lässt er aus.

Auf der Bühne tanzen und lachen die Darsteller, während andere Häftlinge primitive selbstgemalte Kulissen verschieben. Mit Inbrunst rezitieren sie Monologe. Ein Kasperle gehört auch zum Stück. Dass ein so ulkiger Clown an einem so traurigen Ort existieren kann? Aber vielleicht muss er gerade hier witzeln, um den Tod und das Böse zu verspotten. Das Publikum applaudiert, alle sind froh, dass nach all den Jahren des Versteckens und Verdunkelns noch ein bisschen Licht und Freude in ihnen wohnt. Ganz egal, ob sie Gefangenenkleidung tragen oder die braune Uniform der Engländer. Zwei Stunden sind rasch vergangen, Bernie lässt sich mitreißen, manchmal blickt er verstohlen zu Anna und bewundert sie. Was für ein Leuchten! Der Vorhang fällt nicht wirklich nach der letzten Szene, denn einen Vorhang gibt es hier nicht, aber die Akteure verbeugen sich wiederholt. Das Publikum steht auf und klatscht laut in die Hände. Die Wachen mahnen zum Aufbruch in die Schlafbaracken. Anna erhebt sich, streift ihr Kleid glatt und blickt sich im Raum um, als würde sie jemanden suchen. Sie sieht nicht mehr so fröhlich aus, nicht so wie noch gerade eben. Wenn er sich nicht von der Ausgangstüre wegbewegt, dann muss sie unweigerlich bei ihm vorbei und dann kann er ihr folgen.

„Miss Anna!", ruft er, als sie im Pulk an ihm vorbeigedrängt wird. Sie blickt überrascht zu ihm auf und schweigt. Ihr Leuchten scheint verflogen und hat etwas anderem Platz gemacht. Er vermag es nicht einzuordnen. Ist es Angst? Vor ihm? Lächerlich. Bernie drängt sich mit den Gefangenen und Zuschauern nach draußen, dort steht Anna im Kreis ihrer Arbeitskolleginnen und unterhält sich. Bernie bemerkt eine kleine Laufmasche in den Strümpfen entlang der Wade, schmunzelt und hat einen Plan. Lächelnd kehrt er in seine Unterkunft zurück, scherzt noch ein wenig mit den Kameraden und schläft zufrieden ein.

Bernie lässt nicht locker. Frau Hilde lächelt bereits, weil sie ihn täglich in der Auffahrt stehen sieht. Groß und gutaussehend wie ein Schauspieler, mit streng nach hinten frisiertem Haar, einem gewinnenden Strahlen und ebenmäßigen, weißen Zähnen. Sein kleiner Schnauzbart hüpft lustig, wenn er an seiner Zigarette zieht. Pünktlich und kurz vor Annas Dienstschluss steht er in der Küchentüre mit Blumen oder Schokolade, Zigaretten oder kleinen geschnitzten Figuren. Mit Strümpfen hat es angefangen. Stets erbittet er Frau Hildes Erlaubnis, mit Anna sprechen zu dürfen. Dann gehen die beiden ein paar Meter von der Villa in Richtung Garten und nehmen dort auf einer uralten und sehr klapprigen Bank Platz, beobachtet von Annas schnatternden Kolleginnen, die sich hinter dem leicht geöffneten Küchenfenster einfinden, um zu spionieren. Nach vierzehn Tagen, in denen sich das ewig gleiche Ritual wiederholt, geben sie auf, denn es wird ihnen zu langweilig: abholen, hinsetzen, Geschenksübergabe, Bernie spricht und Anna hört zu, dann nickt sie, Bernie küsst ihre Hand, sie kommt wieder ins Haus und lächelt ein wenig. Sie lächelt beständig ein wenig länger, bis sie eines Abends strahlt, als Bernie sie zum Kathreintanz im Stadtsaal von Wolfsberg einlädt.

Es ist November geworden und die Tage werden kurz, zwischen die Doppelfenster der Villa stopft man alte Decken und Kissen mit Stroh, damit die kalte Luft draußen bleibt. Anna ist froh über die ofenwarmen Ziegelsteine im Bügeleisen, über wärmende Kochtöpfe voll brauner Hemden in der Waschküche und über die Wärme um ihr Herz. Mit jedem plattgebügelten Hemd schwindet ihre Angst und es tun sich Fantasien auf, die sie nicht für möglich gehalten hätte.

Der Tanz mit dem Tod

Alles dreht sich! Rumtata, rumtata, im Polkatakt. Rechts und Beinschluss, links und Beinschluss. Annas Beine kippen auseinander. Es ist Nacht, eine lange tiefschwarze, sternenlose Kathreinnacht.

Ab dem späten Nachmittag gibt es viel vorzubereiten: Da werden zuerst getrocknete Sonnenblumen und Astern zu kleinen Sträußchen geflochten, aus ihnen entsteht ein vergängliches Diadem, damit wird Anna von ihrer Arbeitskollegin in der Küche gekrönt. Fixiert wird der gelbe Haarschmuck mit den Haarnadeln von Frau Hilde, alles mithilfe von viel Zuckerwasser im hochgesteckten und sauber gewaschenen Haar. Annas Dirndl passt noch, spannt über dem Busen aber so, dass dieser sich Freiraum sucht und nach oben auszubrechen sucht. Hinein in das sommersprossige Dekolletee. Sie erinnert an die drallen Marketenderinnen vom Villacher Kirchtag. Das Mieder unter dem Rock liegt fest an. Schwer kämpft Anna in der Küche sitzend mit dem Atmen, aber als sie aufsteht, atmet sie durch. Sie ist bereit für die erste Einladung ihres Lebens. Bernie ist pünktlich wie immer, klopft an die Hintertüre zur Küche und wartet rauchend in seiner Ausgehuniform, bis Anna fertig ist. Er sieht umwerfend aus und er holt sie ab, so hat es Anna in einem Liebesroman gelesen. Das kommt dann meist kurz vor der Szene mit dem Heiratsantrag. Was für ein hübsches Pärchen, denkt Frau Hilde, als die beiden aus der Einfahrt hinaus ins Dunkel der Nacht eintauchen.

Die Polkamusik ist schon lange vor dem Eintreten in das Foyer des altehrwürdigen Hotels zu hören. Bernie bietet Anna seinen Arm an, um sich einzuhaken. Ein Schmunzeln huscht beiden übers Gesicht. Nun ist es für Anna in Ordnung, ihm so nahe zu kommen, stolz schreitet sie neben dem gutaussehenden, großgewachsenen Mann durch die Flügeltüren. Der Ballsaal des Hotel Hecher ist wunderschön dekoriert, die Luster funkeln in der Mitte des hohen Raumes mit den leuchtenden Augen der vielen jungen Menschen um die Wette. Lange Tische an den Wänden des Raumes sind schön gedeckt und biegen sich unter belegten Broten und Mostkrügen. So viele Lebensmittel hat Anna noch nie auf einem Haufen gesehen. Durch Bernies Hand geleitet, nimmt sie im Vorbeigehen das Aroma vieler herber Herrendüfte wahr, welches sich mit dem Fleisch und Käse zu einem großen Festgeruch vermengt.

Nun liegt sie da, alles dreht sich. Alles war gut. Bis zu dem Whiskey, den er sie zu kosten hieß. Dem folgen Übelkeit und erschreckende Blässe.

„Ich möchte nach Hause, Bernie."

Sie zupft ihn vorsichtig am Ärmel, während er sich weiter mit seinen Kameraden am Tresen im Hotel Hecher unterhält.

Er ist so ins Gespräch vertieft, dass er sie gar nicht hört. Erst jetzt bemerkt Anna die missfälligen Blicke einiger Mädchen und jungen Frauen im Raum, die mit ihren einheimischen Männern, Ehemännern oder Verlobten gekommen sind. Auf dem Weg zur Toilette hört sie zwei Mädchen miteinander tuscheln:

„Die Engländerhuren, dass die sich nicht schämen!"

Anna ist nicht die einzige Frau in Begleitung eines Besatzungssoldaten bei diesem Fest. Aber die anderen Mädchen und Frauen im Festsaal kennt sie nicht, sodass sie ein Geplauder hätte anfangen können. Es ist keines von Annas Talenten, mit Fremden zu sprechen, das war es noch nie. Lieber hält sie den Mund. Anna erkennt eine großgewachsene blonde Frau um die Dreißig mit rauchiger Stimme und breiten Lippen und erinnert sich, wie sie spätnachts aus der Hintertüre der Villa hinausgeschlichen war. Soll sie nun auch so eine sein? Ist das so? Hat sie sich einfach dumm und viel zu weit hinausgelehnt? Wo fängt die Zone des Verbotenen an? Ist es recht, mit Bernie hier zu sein? Ist das schon zu viel des Guten? Selbst wenn er Anna an diesem Abend kaum beachtet und sie nur gelegentlich zum Tanz auffordert, denn bedrängt hat er sie nie. Das hätte sie in arge Bedrängnis gebracht und ihr Zustand wäre aufgeflogen. Unter dicken Wollstrickjacken fallen ihre Kurven im Winter nicht so auf.

Anna kann nicht mehr auf Bernie warten, ihr ist schrecklich übel und sie will sich von niemandem stützen lassen und auch nicht in die Arme von irgendjemandem fallen. Das klingt nur im Roman schön. Ihr ist speiübel, sie muss sofort gehen. Bernie ist so beschäftigt mit Trinken und Lachen, dass er ihr Fortgehen nicht wahrnimmt. Schritt um Schritt kämpft sich Anna kurzatmig und fröstelnd weiter. Einmal muss sie sich übergeben, trocknet den Mund am Saum ihres Unterrocks und schleppt sich schließlich die Treppe bis in ihr Zimmer hinauf. Sie schnauft erleichtert durch, als sie das Mieder löst und den festen Wickel um ihren Bauch. Der Bauch drängt nun prall nach vorne, spitz und mit einem deutlichen braunen Strich, vom Nabel abwärts zur Scham verlaufend. Mit letzter Kraft stülpt sie ihr einst so bauschig weites Nachthemd über. Sie ist durstig, vermag aber nicht mehr im Dunkeln bis in die Küche hinunterzutappen.

Schließlich schläft sie ein. Etwa zwei Stunden später erwacht sie schweißgebadet aus einem Alptraum, in dem die weißen Kosakenpferde auf der Manditsch-Wiese liegen. Es sind Hunderte. Ihre Bäuche aufgeschnitten, blutüberströmte Gedärme kräuseln sich im Gras. Die Pferdekadaver haben die Augen geöffnet und wiehern. Sie brüllen ihren Schmerz durch die aufgerissenen Nüstern hinaus. Anna will aufstehen, wirft die Tuchent vom Bett und erschrickt über das viele Blut auf ihrem Unterhemd. Ein Leibesschmerz durchfährt sie vom Nabel bis ins Rückenmark. Was hat sie getan? War das die Strafe für das Lächeln, das Tanzen, das Sprechen mit Bernie? Oder Gottes Zorn über die Liebesnacht mit Kuzma?

Sie weint stumm und schleppt sich über die steile Holztreppe hinunter bis in die Kammer von Frau Hilde. Im Funzellicht der Nachttischlampe steht sie vor ihr, während die Blutrinnsale weiter über ihre Innenschenkel nach unten tröpfeln und ihr Unterhemd tränken. Frau Hildes Aufschrei weckt die anderen Mädchen. Der Transportwagen des Roten Kreuzes ist eine halbe Stunde später vor der Villa, in der Zeit wird Anna immer blasser. Die Mädchen stehen in Decken gehüllt um die Bahre, auf der Anna wimmernd und halb bewusstlos so winzig klein aussieht. Ihr Bauch ragt unter der dicken Decke spitz nach oben.

Frau Hilde flüstert Anna ins Ohr: „Mein Gott, Kind. Warum hast du nichts gesagt?"

Sie versichert ihr, sie hätte doch geholfen, sie sicher nicht fallen gelassen in der Lage und ihr nicht so schwere Arbeiten aufgetragen. Der Rettungswagen wird von zwei Briten gelenkt, die unsicher wirken. Sie haben viele Schwerverletzte transportiert, aber noch nie eine schwangere Frau. Im Augenblick, bevor es in und rund um Anna dunkel wird, vernimmt sie noch die Worte: „Bernies Maid", also Bernies Mädchen. Dann wird es still, nur der Krankenwagen holpert beständig durch die Schlaglöcher. Ihr Herz schlägt schnell, der Schmerz wird schwächer. Im Krankenhaus Maria Hilf in Klagenfurt tragen die Sanitäter Anna auf der Bahre ins Hebammenzimmer der Nonnen. Schwarz verhüllt mit auffällig großen Ordenshüten und weißen Ärmelschonern nehmen die Schwestern die erste Untersuchung vor. Sie ziehen ihr das blutige, dünne Unterhemd aus, waschen sie und tragen einen Eimer voll wässrigroter Flüssigkeit fort. Anna bekommt von all dem nichts mit. Am Morgen erwacht sie in einem kahlen Raum und fängt wieder leise an zu wimmern.

„Wo bin ich?", flüstert sie beinahe unhörbar.

Eine mürrisch dreinblickende Nonne antwortet aus der finsteren Ecke des Zimmers: „Im Krankenhaus".

Nach einer viel zu langen Pause ergänzt sie: „Auf der Geburtenstation. Nur, dass du noch gar nicht entbinden wirst. Oder was hattest du vor, mein Kind? Es loswerden?"

Anna blickt stumm auf die dem Bett gegenüberliegende Wand, wo der geschundene Heiland von seinem massiven Kreuz auf die Kranken herabschaut. Ans Kreuz genagelt erduldete er so viel Schmach und Schmerz, auch ihm geschah Unrecht. Sie wollte dem Kind nichts antun, sie weiß gar nicht, was sie wollte. Es wären noch fast drei Monate Zeit gewesen, um darüber nachzudenken.

Die folgenden Wochen verbringt Anna auf der Geburten- und später auf der Frauenstation in Maria Hilf, im Zentrum der Hauptstadt. Sie durchläuft viele Befragungen durch die Ärzte und Nonnen, in denen sie immer wieder sagt, den Vater ihres Kindes nicht zu kennen, und angibt, dass sie keine Familie hätte. Immer wieder insistiert die Schwester Oberin, dass man so etwas nicht dulden könne und sie eine Sünde begangen hätte. Es sei eine Schande und unkeusch von ihr gewesen, dass sie ihr Fleisch so willenlos hergegeben hätte, predigt sie Anna im Besprechungsraum. Man rät ihr zur Freigabe des Kindes für die Adoption. Anna hört nicht richtig zu.

„Es will zwar bei uns keiner noch ein Balg mehr, weil es eh nichts zu essen gibt, aber vielleicht geht deine Verfehlung als Paket nach Übersee."

Es ist ein Arzt, der die Nonnen schließlich einbremst: „Lasst sie, sie ist ja nicht die Einzige ohne Mann!"

Man würde beizeiten schon eine Lösung finden. Missmutig machen sich die Schwestern davon. Es stimmt ja, der Vater ihres Kindes ist ihr unbekannt. Sie weiß nichts über ihn, kennt noch nicht einmal dessen Nachnamen. Sie hat sich eine Nacht lang der Sünde hingegeben, es aber nicht so empfunden. Es war richtig, es war zauberhaft und passierte in einer anderen Welt und Zeit. Trauernd darauf zurückzublicken, kann ihr nicht helfen und nichts daran ändern. Eine Liebesnacht besiegelte ihr Schicksal. Sie wird bald eine ledige Mutter sein.

Anna erschrickt ob der harten Worte aus dem kalten Mund und dem noch eisigeren Herzen der Oberin. Sie hat noch keinen Gedanken daran verschwendet, dass ihr Kind nicht bei ihr bleiben könnte. Sie weiß allerdings auch nicht, wie es bei ihr bleiben soll und wo. Wie lange würde Milli ihr helfen? Niemandem gegenüber erwähnt sie ihre Pläne, mit dem Säugling so bald wie möglich nach der Geburt davonzulaufen. Sie träumt davon, wie Milli und sie gemeinsam die Kinder füttern und baden, aber das scheint noch so weit entfernt.

Obwohl niemand Anna aufklärt, warum sie eine Blutung hatte und ob mit dem Kind alles in Ordnung sei, verordnet man ihr strikte Bettruhe und keine Aufregung, dazu gibt es energiereiche Kost. Anna liegt mit drei weiteren jungen Frauen in einem Zimmer, nahe der Andachtskapelle. Ihre Bettnachbarinnen sollen sich ebenfalls unaufgeregt auf die Entbindung vorbereiten. Diese Ruhe wird nur durch wenige Besuche unterbrochen. Am Samstagnachmittag dürfen ältere Geschwisterkinder und Ehemänner in ein Besucherzimmer eintreten, das die restliche Woche verschlossen bleibt. Es liegt gleich neben dem Eingangstor zum Krankenhaus. Das Gebäude ist wie ein Gefängnis für Anna, noch nie war sie derart unfrei und einsam. An den Besuchstagen wäre sie am liebsten unsichtbar. Die anderen Frauen blicken mitleidig, während Anna mit abgewandtem Gesicht in den kahlen Garten starrt. Sie ist alleine. So wie sie es, trotz der vielen Menschen um sie herum, ihr gesamtes Leben lang war. Nur zwei Frauen auf der Welt sind ihr tatsächlich nahegekommen: Milli und Fini. Kein Mann hatte diese Nähe auf Dauer zu ihr gehalten: nicht der Vater, nicht die Brüder und auch kein Geliebter. Anna ist inzwischen fünfundzwanzig Jahre alt. In diesem Alter hatte ihre Mutter schon drei Kinder und einen Ehemann. Anna denkt nicht mehr an die Villa in Wolfsberg, die bloß eine Wartebank bedeutete. Eine Zeitblase, in deren Vakuum sie ein wenig ausrastete und sich von den schrecklichen Erinnerungen erholte. Aber die Bilder holten sie wieder ein und die Blase platzte laut.

An Milli schreibt sie einen kurzen Brief mit der Information, dass sie Anfang Februar, um Maria Lichtmess, ihr Kind zur Welt bringen wird, wahrscheinlich aber früher. Millis Antwort kommt in ihrer immer noch lieblichen Schulschrift mit vielen Verzierungen. Der Brief enthält ein Foto der pausbäckigen Schulfreundin mit ihrem frisch geborenen Sohn, außerdem eine kleine Weihnachtskarte mit der Unterschrift ihrer Mutter, dabei liegt ein abgegriffener 10-Schilling-Schein. „Es bleibt dabei", schreibt Milli. Kryptisch, weil sie nicht weiß, ob die Nonnen oder die Zensur den Brief lesen würden. Tatsächlich kommt er bereits geöffnet bei Anna an. Sie schert sich nicht darum, sondern legt ihn selig schmunzelnd auf ihr Nachtkästchen, dann greift sie nach dem Babyjäckchen, an dem sie häkelt. Das Garn und die Anleitung dazu hat ihr eine liebe Zimmernachbarin geschenkt.

Das Weihnachtsfest 1945 naht. Die Schwestern sind hektisch mit den Vorbereitungen der Christmette beschäftigt, als es Anna gelingt, unbeobachtet in ihr Dirndlkleid zu schlüpfen, um nach Wochen einmal die Station zu verlassen. Sie wirft sich den dicken Wintermantel über, er lässt sich nicht mehr zuknöpfen, ein Schal bedeckt den Bauch. Sie bricht kurzatmig und leicht fröstelnd zu einem Spaziergang in die Stadt auf.

Die Innenstadt von Klagenfurt ist ähnlich zerstört worden wie jene von Villach, vielleicht an manchen Ecken sogar noch grausamer. Trümmerfrauen ziehen durch die Häuserzeilen, im Schlepptau Leiterwägen, auf denen ihre Kinder hocken. Nichts darf verschwendet werden. Schon wenige Holzsplitter von einem Fensterrahmen können ein paar Stunden Wärme schenken. Sogar Zigarettenstummel werden aufgelesen, um sie weiterzurauchen.

In einem Bekleidungsgeschäft in der Nähe des Alten Platzes, der rasch wieder von Adolf-Hitler-Platz in seinen ursprünglichen Namen umbenannt wurde, kauft sie ein Paar warme Strümpfe mit dem Geld aus dem Kuvert. Mit gehöriger Mühe zieht sie diese noch im Geschäft an. Abfällig beäugt sie die Verkäuferin bei ihrem Tun. Danach schlendert Anna langsam durch die Stadt. Die mit wenigen Sternen weihnachtlich dekorierten Läden wirken ganz unwirklich zwischen den Ruinen. Ein halbherziger Versuch, alles vergessen zu machen, als hätte es nie Krieg gegeben, als wäre das alles nicht geschehen. Fast gelingt die Flucht ins Vergessen, begegnet ihr aber ein Versehrter, holt es sie wieder ins Jetzt. Es ist erst ein paar Monate her, nicht länger. Eine junge Frau mit hübschem Hut und eleganten, warmen Stiefeln schiebt einen hellen Kinderwagen an ihr vorbei. Das strahlende Kleinkind darin blickt fasziniert hinauf zu den Glitzergirlanden an der Fassade eines Geschäftshaues. Anna starrt gebannt in das fröhliche Kindergesicht und bleibt stehen. Der jungen Mutter fällt das auf, sie betrachtet Anna von oben bis unten: der alte Mantel, das viel zu dünne Kleid mit den kratzigen Wollstrümpfen und den abgetragenen Schuhen, die man nur bis zum Spätherbst trägt, aber nicht mehr an einem so kühlen Dezembertag. Mitleidig empfiehlt sie Anna, bei der Volkshilfe nach wärmerer Kleidung zu fragen, auch für das Kind. Sie deutet auf Annas imposanten Bauch. Anna nickt, entgegnet nichts und kehrt zurück ins Krankenhaus. Niemand hat ihr Verschwinden bemerkt. Die restlichen sechs Wochen bis zur Entbindung bleibt Anna hinter den sicheren Pforten bei den Nonnen. Sie will die Realität draußen gar nicht wahrhaben. Dankbar über jede Zuwendung nimmt sie das Weihnachtspaket der Nonnen entgegen. Es enthält Nüsse, Kekse und ein paar warme Socken. Das ist mehr als sie Zuhause je bekommen hat. Es wurde mit mehr Sorgfalt und Liebe eingepackt und übergeben, als sie es jemals beim Manditsch erlebte. Ein weiteres Paket kommt aus Wolfsberg. Staunend betrachtet sie die sorgsam gesetzten Buchstaben auf dem leichten Karton. Während sie die Villa vergessen will, scheint man sie umgekehrt noch nicht vergessen zu haben. In dem Paket befindet sich ein in Butterpapier gewickelter gelber Babystrampler. Außerdem eine Stange Salami und ein Stück Käse. Eine kleine Karte mit Unterschriften vom Hauspersonal wünscht ihr „Alles Gute und ein frohes Fest". Anna weint die Feiertage über bis ins neue Jahr hinein.

Bernie

Kaum etwas kränkt Bernie mehr als die Lüge. Das komische Grinsen und die Sensationsgier seiner Kameraden, als sie ihm die Nachricht von Annas Abtransport ins Krankenhaus überbrachten, haben ihn tief verletzt.

„Hast du denn nichts bemerkt?", fragt ihn Scott beim Verladen auf dem Flughafen Klagenfurt, während sie schnaufend die schweren Kisten mit Fischkonserven in den Jeep hieven.

„Nein."

Mürrisch schweigend arbeitet er weiter und möchte die Frau vergessen. Die Wut beherrscht ihn tagelang, seine Sorglosigkeit verschwindet. Wie es ihr geht, will er gar nicht wissen. Wie dumm war er gewesen und wie blind? Annas Vorsicht und die anfängliche Abwehr seinen Zärtlichkeiten gegenüber machen plötzlich Sinn. Mit wem mochte sie es wohl getrieben haben? In Bernies Fantasie war Anna unberührt, schüchtern und deshalb so begehrenswert. Nur darin lag der Reiz dieser Eroberung. Doch war ihre Unschuld sein einziger Antrieb?

Aus Tagen werden Wochen, während der Frost sich über das Lager legt und die Außenarbeiten der Gefangenen in den Wäldern eingestellt werden. Das Schmunzeln und Fragen seiner Kameraden hört auf, man lässt ihn in Ruhe. Bernie lenkt sich mit Kartenspielen und Wein ab. Er ruft öfter zu Hause an und vergisst das Mädchen, es gibt doch auch andere. Der Winter ist kalt, sehr viel kälter als in Edinburgh. Weihnachten naht und er hat die Aussicht auf einen Heimaturlaub. Als er sich von Frau Hilde verabschiedet, nimmt sie ihn kurz beiseite und fragt, ob er denn nicht auf der Karte unterschreiben möchte, die man Anna ins Krankenhaus schickt, zusammen mit einem kleinen Paket. Ein winzig kleiner Strampelanzug erinnert ihn daran, wie hilflos so ein Baby ist, wie schutzbedürftig. Anna hat nun wahrlich andere Probleme, sie würde nie mehr alleine sein, nie ganz ihm gehören. Das ist für immer vorbei. Bernie hat ihren Namen lange nicht laut ausgesprochen und überhaupt noch nie geschrieben. Bilder von der kleinen Zahnlücke und dem schönen Haar hat er zu verdrängen versucht, ganz aus dem Gedächtnis gebannt. Doch nun sind sie wieder da und fluten seine Augen ungebremst. Wortlos unterzeichnet er die Karte mit „Love, Bernie. Alles Gute für dich." Das kommt spontan und überrascht ihn, weil sie für ihn unerreichbar bleibt. Sie hat ja auch gar nichts falsch gemacht. Er war das.

Während seines zweimonatigen Heimaturlaubs gebiert Anna ein gesundes Mädchen, wie er Ende Februar von Frau Hilde erfährt. Sofort nach der Geburt ist sie aus dem Krankenhaus geflohen, doch wohin, das weiß niemand. Frau Hilde erzählt: „Sie ist sofort nach der Geburt aufgestanden, hat das Baby genommen und ist verschwunden. Schon komisch." Niemand in der Villa weiß über Anna Bescheid, sie hat sich nicht geöffnet, nichts Privates erzählt. Die Gefahr entdeckt zu werden, war viel zu groß. Nur weil sie sich in ihr Zimmer zurückzog, blieb ihr Geheimnis verborgen unter den Wickeln und Strickjacken. Bernie fand das schon erstaunlich, dass selbst den Frauen nichts aufgefallen war. In Annas Zimmer fand man keine persönlichen Gegenstände, keine Adresse oder dergleichen. Obwohl Bernie die Möglichkeit hat, sie ausforschen zu lassen, tut er das nicht. Sie fehlt ihm nicht mehr, sie ist Geschichte. Er wünscht ihr von Herzen „alles Gute", so wie er es auf die Karte geschrieben hat. Vielleicht findet sie das große Glück?

Elisabeth
1946

Zitternd und blutleer steht Anna einfach da. Sie hat nicht mehr geschrieben, nicht angerufen. Millis Mutter heißt sie in der warmen Küche auf der Bank Platz zu nehmen. Entgeistert bemerkt sie den Säugling erst, als Anna sich aus dem Mantel schält. Sie hat das Kind mit einem großen Tuch auf der Brust festgebunden, hat es versteckt und warmgehalten. Vorsichtig legt sie es auf ihrem Mantel auf die Ofenbank. Es ist nicht kränklich, wohl aber zart und blass. Unter ihrem Häubchen lugen ein paar rote Haare, fein wie Federn, hervor. Die Augen hält das Kind fest verschlossen, es ist noch nicht neugierig auf die Welt, oder will es so die bittere Februarkälte aussperren?

Sein leises Fiepen wird plötzlich lauter als alle dampfenden Töpfe und das Brutzeln des Bratens am Herd. Ludmilla hat ihr nichts erzählt! Die alte Wirtin hat allerdings so viele ledige Kinder aufwachsen sehen, dass es auf dieses eine mehr im Dorf auch nicht mehr ankommt. Anna nimmt dankbar einen Teller Suppe an. Alle Dirnen und Kellnerinnen umkreisen das stille Kind und schnattern und fragen drauflos. Wie schwer? Wie groß? Wie heißt es? Wie alt? Anna löffelt stumm die Suppe und antwortet nicht. Kopfschüttelnd scheucht die Wirtin das Personal wieder zurück an die Arbeit.

„Du bist müde. Gehörst ins Wochenbett. Für ein paar Tage zumindest!"

Mit einem Wäschekorb behilft man sich als Wiege, die man in ein winziges Kabinett im zweiten Stock des Gasthauses stellt, daneben ein schmales Bett und ein Schränkchen.

Anna wickelt das Baby aus den Tüchern und legt ihm eine neue Windel an, die im Korb dafür bereitliegt. Noch hat das Kind nicht nach der Brust verlangt, aber langsam spannen Annas Brüste. Sie hebt es in den Korb und schläft fast augenblicklich ein, dankbar für die Hilfe und dafür, dass man ihr keine Fragen mehr stellt. Die ersten Stunden ihrer Mutterschaft sind dramatisch, es braucht Zeit, bis Anna endlich sorglos schläft, und der Grund dafür liegt nicht nur im Hunger des Säuglings. Schläft dieser friedlich, kommen die schrecklichen Szenen aus Oberdrauburg immer wieder zurück, in einer Phase zwischen dem völligen Wachsein und dem Eindösen. Manchmal schreckt sie in ihrem Kämmerchen verschwitzt aus dem Bett hoch, weil sie Bilder von Müttern verfolgen, die ins eiskalte Wasser springen, ihre Kinder fest an sich gepresst. Ein Blick in den Wäschekorb beruhigt sie schließlich wieder.

Milli hat fortan tagsüber meist zwei Kinder im Stubenwagen, später dann auch in der Gehschule, die in der Küche aufgebaut wird. Zwei, die ebenso unterschiedlich wie innig miteinander sind: der dralle Erwin mit seinen Pausbäckchen ist knapp fünf Monate alt, als man ihm ein „Schwesterchen" in die Wiege legt. Seine dicken Fingerwülste ballen sich gelegentlich im Schlaf und stoßen das zarte Mädchen an, das zwar heftig atmet, aber davon nicht aufwacht.

„Ich habe das probiert, Anna. Schlafen sie getrennt, gibt's nur Geplärre. Zusammen ist Frieden."

Milli und Anna stehen am Fuß des großen Stubenwagens mit schönen Verzierungen. Ein Erbstück, das schon Generationen dieser Familie erste Heimstatt war, aber niemals zweien zugleich. Noch im Wochenbett liegend oder eigentlich im Zimmerchen sitzend, macht sich Anna nützlich. Sie stopft Socken, flickt die Wäsche und schält säckeweise Kartoffeln für die Küche. Milli ist glücklich, ihre Freundin wieder bei sich zu haben. Sie plappert, witzelt und scherzt über Annas Verschwiegenheit hinweg. Anna verlässt über fünf Wochen nicht das Haus, um zu Kräften zu kommen, aber auch um dem Dorfgetratsche aus dem Weg zu gehen, denn ein paar ehemalige Nachbarinnen hätten sie gerne zum Verbleib ihres Ehemannes befragt. Sie hätte das selbst gerne gewusst und fragt sich manchmal, ob er sie unter anderen Umständen vielleicht geheiratet hätte. Ob Anna das überhaupt noch will? So sehr sie ihn nach seiner Flucht vermisste und es sie zu verbrennen drohte, so wenig ist nach zehn Monaten von diesem Feuer noch spürbar. Weil sie mit niemandem über die Ereignisse vor Kuzmas Verschwinden sprechen kann, ist ihr manchmal so, als wäre es gar nicht geschehen. Wohl deshalb schreibt sie nicht an Fini, aber auch weil sie zu viel Angst hat zu erfahren, wie es ihr geht. Sie bezweifelt, dass Fini ihre Briefe überhaupt von der Bäuerin ausgehändigt bekäme und weiß, dass sie alles vorher lesen würde. Also was ihr erzählen, wie sie fragen? Sie kann ihr nicht mehr helfen, nichts mehr ausrichten. Sie ist inzwischen fünfzehn Jahre alt, auch wenn man ihr das nicht ansieht, aber sie muss auf eigenen Beinen stehen lernen. Fini ist für sie nun ein Mensch aus einer anderen Epoche, sie ordnet sich ein zwischen Annas Vater und den verlorenen Brüdern, in die Reihe der Geister aus der Vergangenheit. Während Anna sich entgegengesetzt in Richtung Zukunft bewegt, wenn auch mit sehr kleinen und unsicheren Schritten. Anna grübelt in jenen Wochen unentwegt über viele Dinge, während sie ihre Kleider wieder enger näht und sich der Frühling vorsichtig ankündigt, indem er ein fantastisches Abendrot in den klaren Himmel über die Karnischen Alpen malt. Noch immer kehren die Männer aus den Lagern heim, noch immer fahren die Jeeps der Engländer durchs Tal. In Arnoldstein sind viele auf der Durchreise nach Italien, die alten Schmugglerrouten funktionieren wieder. „In schlechten Zeiten blüht der Schmuggel", lächelt Millis Mutter, die so zu allerlei feinen Dingen kommt, die sie sonst nicht ergattern würde. Knoblauch oder ein bisschen Salami sind nirgends zu kaufen. Das Leben kehrt langsam ins Dorf zurück. Dem ersten Osterfest nach dem Kriegsende ist anzumerken, dass man befreit lacht, ohne Angst vor Denunzierung und Einberufung. Der Gemeindepfarrer ihrer Kindheit lebt zwar inzwischen nicht mehr, aber sein Nachfolger würde eine Taufe genauso schön machen, versichert Millis Mutter, die sich drei Wochen nach Annas Ankunft bereits um das christliche Wohl des Kindes sorgt. Sie wundert sich, dass die Blasnig-Tochter ihr Kind nicht mit einem Namen ruft, sondern es „Mädchen" oder „Kind" nennt. „Die Milli wird wohl die Gotl sein. So lass die Patin auch den Namen wählen", belehrt sie sie. Als Milli mit Anna wie jeden Abend in der großen Wohnstube oberhalb des Gastzimmers zusammensitzt und sie den Kindern die Brust geben, sagt Anna plötzlich: „Elisabeth. Sie soll Elisabeth heißen."

Laut nuckelt Erwin an Millis Brust, während das Kind, welches nun Elisabeth heißen soll, leise mit der Zunge schnalzt. Dabei rinnt etwas Milch aus seinen Mundwinkeln und tropft weiter auf Annas Schürze.

Das Baby, welches nun auch Elisabeth gerufen wird, hat inzwischen seine hellblauen Augen oft geöffnet. Wach und mit Interesse sieht es sich um und lächelt jeden an. Meist sind es Frauen, die den Rotschopf halten wollen. Es gibt schön langsam wieder mehr schwangere Frauen im Ort.

Millis Ehemann ist selten zu Hause, er arbeitet für einen Holzlieferanten in Italien. Der Holzeinkauf ist eine grobe Arbeit mit einer groben Sprache, aber Guido ist ein guter Vater und ein zärtlicher Mann. Freilich ist er erstaunt, als er zum ersten Mal die beiden Säuglinge in der Wiege sieht. Wenn die beiden Frauen stillen, geht er beschämt davon. Ohne viel zu fragen oder zu vermuten, akzeptiert er die Harmonie der jungen Mütter.

„Wird ja wohl nicht für immer sein", denkt er laut, während er alleine schlafen geht. Die kleine Elisabeth strahlt über das ganze Gesicht, wenn sie seine Stimme hört. Ein Glucksen entspringt ihrer kleinen Kehle, wenn Guido singt. Auch Erwin kichert und verbiegt sich. Ihm ist das eine Kind nicht weniger lieb wie das andere. So ist es auch Guido, der auf dem Weg zum Taufbecken vorangeht, um die neugierigen Dorftratschen aus dem Weg zu räumen, damit die Gotl und die Mütter mit den Kindern freie Bahn haben. Elisabeths Taufkleidchen ist wunderschön und mit hellblauen Stickereien verziert. Nur wenige Monate zuvor hat es Erwin bei seiner Taufe getragen. Das Mädchen gedeiht und wird immer kräftiger.

Ein schönes Bild, wenn nach so viel Tod wieder doppeltes Leben in die Kirche einzieht. Der Pfarrer nimmt sie nach dem Segen noch kurz beiseite und fragt Anna:

„Wen darf ich als Vater ins Geburtenbuch eintragen?"

Anna schürzt die Lippen, atmet tief ein und sagt etwas zu laut für die Ruhe, die inzwischen ins Kirchenschiff eingezogen ist: „Unbekannt. Es gibt keinen."

Der Pfarrer zieht eine Augenbraue hoch und nickt. Beim Hinaustreten aus dem Kirchentor spricht sie der neue Bürgermeister an: „Gratuliere." Er macht sie darauf aufmerksam, dass sie sich mit dem Kind im Amt melden müsse. Anna lässt die Frager stehen. Egal, welche Autorität ihr im Leben begegnet ist, es war ihr stets unangenehm, stets zuwider. Anna nimmt mit dem Segen für ihre Tochter keine versöhnlichen Gefühle für die Barmherzigen Schwestern mit aus der Kirche in die Stube, wo man bei einem einfachen Taufessen zusammensitzt. Elisabeth schläft ruhig, so wie sie die gesamte Zeremonie verschlafen hat.

Am Abend nach Elisabeths Taufe beginnt Anna endlich zu erzählen, warum sie so kurz nach der Geburt aufgetaucht ist. Ludmilla und ihre Mutter unterbrechen sie nicht, während sie schildert, was in der Zeit von November bis Februar passiert war. Die Schwestern hatten wohl eine Organisation verständigt, die Säuglinge und Kleinkinder in die Vereinigten Staaten vermittelte. Wer selbst kein Kind haben konnte, aber dafür das nötige Kleingeld besaß, suchte sich im zerbombten

Österreich im schlimmsten Hungerwinter junge Mütter, die keine Zukunft mit ihrem Kind sahen, weil ihre Männer vermisst wurden, gefallen waren oder noch schlimmer – weil sie vergewaltigt wurden. So vermittelten die Schwestern für die in Sünde Gezeugten einen Platz im Paradies. Immer öfter und in kürzeren Abständen erfolgten die Besuche von einer netten älteren Dame, die über die Möglichkeit einer Adoption sprach und über das Land, in dem Milch und Honig fließen. Sie appellierte an Annas Verantwortung, die sie zu tragen doch gar nicht fähig sei. Anna hörte zu, strickte manchmal daneben und ließ sich die mitgebrachten Kekse schmecken. Beim Zuschlagen der Zimmertür pfiff sie und schnaubte: „Niemals!" Wenn ihre Bettnachbarin zugegen war, schmunzelte diese und brummelte: „Ganz so einfach wird es nicht werden. Stell dir das nicht so leicht vor, ganz alleine!"

Anna wusste nicht, was sie sich vorstellen sollte, nur wie das Leben ohne einen Vater für ihre kleinen Geschwister war, hatte sie noch sehr gut in Erinnerung. Erstaunlicherweise aber keine einzige Geburt, bei so vielen Blasnig-Kindern. Man hatte die älteren wohl stets vom Haus weggelockt, wenn es wieder so weit war. Anna wurde von den anderen Frauen über den Ablauf der Geburt aufgeklärt, nicht von den Schwestern, obwohl diese Hebammen waren. Überhaupt hatte Anna in den vier Wochen ihres Aufenthaltes mit keiner einzigen Schwester ein Wort mehr als notwendig gewechselt, kein bisschen Nähe ließ sie zu. Umgekehrt waren die Schwestern mit den vielen Frauen und wenigen Ärzten überfordert. Noch lange war man finanziell nicht wieder dort, wo der Betrieb in Friedenszeiten florierte. Damals war das Krankenhaus den gutsituierten Bürgerfrauen für ihre Entbindungen vorbehalten, keine Frau vom Land fuhr hierher, weil sie zur Hebamme ging oder diese zu ihr kam. Nun musste man sich auch um junge Frauen wie Anna kümmern und das war Neuland für die Schwestern, von deren Barmherzigkeit Anna nicht viel spürte.

Was sie spürte, war der Blasensprung, der sie in Panik versetzte. Die Hebammen redeten ruhig auf sie ein, doch den Wehenschmerz hatte sich Anna nicht einmal vage vorstellen können, bevor er einsetzte und das Baby langsam, sehr langsam aus ihrem Körper trieb. Anna erinnerte sich an die Kuh und das Kälbchen, dass sie beim Manditsch zu entbinden half und wie das Muttertier zuckte und litt. Als Annas Tapferkeit nicht mehr ausreichte und sie heftig zu Weinen begann, pfauchte eine Schwester sie an, dass sie beim Machen des Balges wohl auch nicht geweint hätte und sich zusammenreißen sollte. Der hinzukommende Arzt legte den Zeigefinger auf die Lippen und bat so um Ruhe. Er war jung, viele Kinder hatte er noch nicht entbunden.

„Alles gut." Er sah unter die Decke, welche die Schwestern zaghaft in die Höhe hielten, auf Annas Scham. Anna selbst sah er gar nicht an und verschwand wieder. Zwei Stunden später bearbeiteten die Hebammen Anna mit Schwämmen und schmierten den Bauch mit einem Öl ein. Der Geruch von Weihrauch ließ sie fast erbrechen und sie musste stark husten. Mit diesem Husten lösten sich ihre Angst und Anspannung. Der Arzt eilte im Laufschritt in den Kreißsaal und hob wenig später langsam ein blutverschmiertes Menschlein hoch. Anna ließ ihn keine Sekunde aus den Augen. Er lächelte, übergab das Kind der Schwester, die es abrubbelte und in ein Tuch gewickelt auf Annas Bauch legte, der nun wieder versunken war.

„Ein Mädchen. Gesund und alles dran." Er gratulierte und kümmerte sich um die Nachgeburt, während Anna das Kind zu sich hochzog und an seiner Kopfhaut schnüffelte. Sie nahm den Geruch wahr, der sie ein ganzes Leben lang mit diesem noch so winzigen Menschenkind verbinden würde. Süß und etwas blutig, einmalig und unverkennbar unter Millionen von Gerüchen. Mein Geschenk von Kuzma, dachte Anna. Damit ich weiß, dass es ihn tatsächlich gegeben hat.

In der Nacht nach der Entbindung, als die erschöpfte Anna

kaum wieder gehen konnte, schlich sie am Schwesternzimmer vorbei zu den Säuglingen, die aufgefädelt in winzigen Bettchen ruhten. Sie entnahm vorsichtig ein sauber und fest gewickeltes Menschenbündel aus einer der Wiegen, auf deren Fußende ein Schild mit dem Namen „Mutter: Anna Blasnig, Vater: Unbekannt" stand. Der Geruch ihres Kindes kam etwas verdünnt in diesem Raum daher, doch als sie sich anzog und den Säugling so leise wie möglich mit einem Tuch auf ihre Brust band, war er wieder da. Dieses Kind sollte ihr niemand wegnehmen. Niemals.

Das Standesamt

Egon nimmt erst Wochen nach Annas Auftauchen in Arnoldstein wahr, dass seine Schwester wieder da ist. Per Zufall, als er auf die Toilette hinter der Gaststube geht, sieht er sie durch die offene Tür. Anna hockt auf einem Schemel und schält Kartoffeln in der düsteren Speisekammer. Sie blickt kurz auf. „Weißt du von Mutter?", lallt er betrunken und wankend. Es gibt kein „Grüß dich", kein „Wie geht es dir?" von ihrem älteren Bruder. Er ist ein Fremder geworden, nichts verbindet die beiden mehr. Nur mehr die Mutter, wie es scheint.

„Es geht ihr gut. Glaube ich."

Anna wirft die Schalen in einen großen Dämpfer für die Schweine. Mehr wird nicht gesprochen, man nickt sich höflich distanziert zu und schweigt. Zum Elternhaus hinunter blickt Anna zwar alle Tage, aber hineingehen möchte sie nie mehr. Zu sehr fürchtet sie die Erinnerungen an traurige Stunden, zu sehr die Verwahrlosung. Anna meidet den Weg durch die Gaststube, so gut es geht.

Eines Sonntags im Mai lässt sich die Mithilfe in der Gaststube doch nicht vermeiden, als der Standesbeamte sie erneut auf die Meldepflicht hinweist. „Wirst jetzt bald kommen? Weißt ja wohl, wo die Amtsstube ist."

Das Bild in Annas Arierausweis hat nichts mehr gemein mit der jungen Frau, die nun am großen Schreibtisch im Gemeindeamt Platz genommen hat. Annas Zöpfe sind inzwischen zu einem Dutt nach oben gebunden, die Figur ist rundlicher geworden und ihr Busen vom Stillen üppig. Alles Kindliche hat sie abgelegt und sie ist noch schöner geworden. Es geht ihr gut, zum ersten Mal im Leben möchte sie nicht in Millis Schuhen stehen, weil sie schon darin geht. Für den Besuch im Amt darf sie sich Millis Schuhe ausborgen, denn ihre eigenen sind schon so abgetreten und ausgeleiert, dass sie ihr vom Fuß rutschen.

„Damit du einen guten Eindruck machst", lächelt Milli und gibt ihr das Paar in die Hand. Der Beamte spannt einen Bogen Papier in die Schreibmaschine und tippt, den Blick immer wieder auf ein dickes schwarzes Buch fixiert, die Namen und Geburtsdaten von Annas Eltern ab. Dann will er den Namen des Kindes wissen sowie Geburtsort und -zeit.

„Elisabeth Helga, Klagenfurt, Klinik Maria Hilf am 27. Februar um 12.00 Uhr."

„Gut. Vater?"

„Unbekannt." Anna räuspert sich.

„Bist du sicher?"

„Ja."

„Ist halt schade, wegen einer Rente für euch beide."

Anna hat keinerlei Anspruch auf Hilfe aus den Fonds für Kriegswitwen und Waisen. Sie muss selbst schauen, wie sie zurechtkommt. Bis jetzt geht das noch, aber wie lange die Gastfreundschaft ihrer Freundin noch anhält, kann sie freilich nicht wissen. Anna muss sich bald wieder um eine Arbeit umschauen.

Der Heimaturlaub

Der Heimaturlaub hilft ihm, die Schreckgespenster aus Kärnten zu vergessen, egal, ob die Frauen und Kinder in den Waggons auftauchen oder die freche Zahnlücke von Anna. Er will das hinter sich lassen, will es mit der Uniform ablegen und in Edinburgh wieder der alte Bernie sein. Der lustige Kerl, der Fussballspieler, der Hobbygärtner, der Kumpel, der Sohn, der Verlobte, der Bernie, der sich freiwillig gemeldet hat, weil er seinen Freunden etwas beweisen wollte. Er würde ihnen nicht erzählen, was er erlebt hat, zumindest nicht alles. Agnes hat auf ihn gewartet und sich zu einer liebreizenden Frau entwickelt. Als er sie heulend auf dem Bahnhof von Edinburgh zurückgelassen hatte, war sie ein Backfisch gewesen, kaum der Schuluniform entwachsen. Nun begrüßt ihn eine hochgewachsene Lady mit dunklen Locken bis über die Schultern, am Kopf ein keckes Hütchen. Sie lächelt und winkt ihm zu. Ein Kuss zur Begrüßung käme ihm zu verwegen vor. Langsam kommt, während sie über den Bahnsteig in Richtung Ausgang nebeneinander hertrotten, ein Gespräch in Gange. Über Dinge, die noch so sind wie 1940, und über vieles, das nicht mehr so ist, oder gar nicht mehr vorhanden. Agnes ist inzwischen Sekretärin im Schulamt und hat die Jahre in Verdunkelung gesund überstanden, sie strahlt richtig. Ihr Bruder ist nicht mehr aus Frankreich heimgekehrt. Umso mehr freut sie sich über Bernies Heimkehr, obwohl sie ihm deswegen nicht um den Hals fällt oder ihn küsst. Das hat sie noch nie gewollt, so innig war man nie gewesen. Verlobt zwar, aber nicht Hals über Kopf verliebt.

Bernies Mutter hat sich das Festessen für den Heimkehrer

vom Munde abgespart. Schweigsam genießen sie ihr Lamm mit Minzsauce. Wie er das vermisst hat! In seinem Kinderzimmer fühlt er sich wie ein Riese, der unbeholfen überall aneckt. Es waren nicht nur die Abenteuerlust und das Drängen seiner Freunde, sich freiwillig zu melden, sondern auch die Enge seines Elternhauses. Von einem Auszug und der Heirat hatten Agnes und er zwar gesprochen, sich aber noch nicht dafür bereit gefühlt. Nun war Bernie ein Held, ein attraktiver und erfahrener Mann. Agnes hat das Tanzbein in seiner Abwesenheit mit vielen Verehrern geschwungen, auch sie ist gereift. Bernie nützt in diesem Urlaub jede Stunde Sonnenschein, um sich draußen zu bewegen. Etwa, um mit Agnes spazieren zu gehen oder dem Vater bei Reperaturen am Haus zu helfen. Während die beiden die Risse im Mauerwerk verputzen, fragt sein Vater direkt heraus:

„Wirst du endlich um Agnes Hand anhalten?"

„Vielleicht."

„Worauf wartest du, mein Sohn?"

„Das kann ich dir nicht sagen."

„Ich wollte deine Mutter so schnell wie möglich heiraten, bevor ich eingerückt bin."

„Das war ein anderer Krieg und das waren andere Zeiten."

„Der Krieg ist vorbei, die Zeiten ändern sich immer. Gefühle nicht."

„Eben."

„Was? Eben?"

„Eben die Gefühle, die habe ich nicht für sie. Ich finde sie nett und hübsch … aber ich weiß nicht."

„Sohn, sie wird nicht ewig warten."

„Ja. Das weiß ich."

„Also?"

„Vielleicht mache ich da einen Fehler."

„Du kennst sie seit der Schule. Wir kennen ihre Familie. Sie ist fleißig, sie ist hübsch. Was soll man da falsch machen?"

Bernie seufzt, rührt im Mörtel und reicht dem Vater erneut die Kelle. „Vielleicht hast du recht."

„Guter Junge. Den Mörtel nicht so dick. Mit mehr Gefühl."

Tja, mit mehr Gefühl, bitte, denkt Bernie. Viel mehr Gefühl, selbst wenn es Ärger ist. Viel mehr gefühlt hat er für die kleine Anna aus Wolfsberg, die inzwischen ein Kind hat, aber nicht von ihm.

Wiedersehen
1946

Elisabeth kann schon aufrecht sitzen und beginnt zu krabbeln, als sie ihre Großmutter kennenlernen soll. Die Bahnfahrt über blickt das Kind nach draußen, ist brav wie immer und hellwach. Ein schöner Herbsttag kündigt sich an, es ist sehr mild für Ende September. Für den weiten Weg vom Villacher Bahnhof zu Lydia hat sich Anna Erwins Kinderwagen ausgeborgt. Er ist ein praktischer Transporter für Eier und Kuchen, die Anna zu Lydia bringen soll. Umgekehrt muss Anna aus Villach etliche Dinge mitbringen, sofern sie überhaupt erhältlich sind. Hauptsächlich Stoffe und Nähzeug, die man auf Bezugsschein noch nicht bekommt, soll sie mit dem Geld kaufen, dass ihr Millis Mutter mitgibt.

Als Lydia die Tür öffnet, erkennt sie ihre Tochter im ersten Moment gar nicht wieder. „Ja, bitteschön?“, lispelt sie zahnlos.

Sie ist noch ausgemergelter als Anna sie in Erinnerung hat. Schließlich bittet sie Anna in die Stube, der Blick stets auf den Kinderwagen gerichtet. Als ihre Tochter das Mädchen heraushebt und ihm die Mütze abnimmt, blitzt etwas in Lydias Augen auf, ein Lächeln kräuselt sich vorsichtig um die Mundwinkel.

„Das ist die Elisabeth.“

Lydia nickt und nimmt an ihrem kleinen Tischchen Platz. Anna reicht ihr das Kind über den Tisch, wo es auf dem Schoß der Großmutter Platz nimmt. Angst zeigt Elisabeth nicht, dafür ist sie vom Tag ihrer Geburt an zu oft von einem zum anderen weitergereicht worden.

Lydia hüstelt verlegen: „Sie ist wie du. Ganz gleich."

Anna lächelt: „Aber die roten Haare, die sind wohl von dir."

Lydia summt. Sie ist ganz in die Locken des Kleinkindes vertieft.

„Würdest du ein paar Stunden auf sie aufpassen? Ich muss in der Stadt ein paar Dinge erledigen."

„Ja, freilich. Geh' nur. Sie bleibt da."

Während Anna sich vor dem kleinen Spiegel der Mutter die Haare zurecht legt, beobachtet sie aus dem Augenwinkel, wie Lydia das Kind wiegt und liebkost. Fortwährend redet sie auf Elisabeth ein und setzt sie auf ihre Hüfte, wie sie es schon Tausende Male mit ihren eigenen Kindern getan hat. Sie stellt mit einer Hand einen Krug und den Kaffeefilter bereit und gibt eine Papiertüte hinein. Feierlich zelebriert sie das, denn echten Kaffee gibt es so gut wie überhaupt nicht zu kaufen. Sie überbrüht den Kaffee mit heißem Wasser, das sie aus dem Kessel am Herd gießt. Schließlich gibt sie einen Schluck duftenden Kaffee in ein kleines Häferl, gibt Milch dazu und will die Kleine damit füttern, die ihr die ganze Zeit über aufmerksam und begeistert zugesehen hat. Bevor Lydia die Tasse an Elisabeths Mund führt, reißt Anna ihr das Kind von der Hüfte, dass es zu weinen beginnt und die Tasse über den Boden kullert.

„Nein, weißt du. Ich nehme sie doch mit mir. Sie braucht frische Luft."

Lydia starrt auf den Boden, nimmt ein Tuch und kniet in der Kaffeelacke. Sie ist aber nicht traurig, schnell verfällt ihr Gesicht wieder in die gewohnte Starre. Das Kind ist schon vergessen.

Elisabeth sitzt wieder im Kinderwagen und beruhigt sich.

„Da ist ein Brief für dich."

Sie deutet auf die Kredenz, wo ein zartrosa Briefumschlag liegt. Anna dreht den Brief um und liest: Maria (Mary Sue)

Jeschofnig, Kanaltalerstraße 51, Villach. Hurtig rollt Anna den Kinderwagen in Richtung Innenstadt, erst an der Drau angekommen setzt sie sich auf eine von der Sonne aufgewärmte Mauer und öffnet den Brief:

„Liebe Anna,
ich hoffe, es geht dir gut. Inzwischen muss das Kind schon da sein. Ich habe in Wolfsberg erfahren, dass du ins Krankenhaus musstest. Niemand wusste etwas. Bist du wieder gesund? Ich freue mich, wenn du mich besuchen kommst, wenn du in der Stadt bist. Die Adresse kennst du nun ja. Lass von dir hören.
Maria"

Anna liest die Zeilen zweimal, dann erledigt sie den Einkauf oder zumindest einen Teil davon, denn vieles kann man einfach nicht bekommen. Sie fragt im Geschäft, wie sie in die Kanaltalerstraße gelangt. Der Kinderwagen ist ebenso praktisch wie hinderlich, weil sie ihn um viele Löcher im Kopfsteinpflaster manövriert und die Kleine dabei im Wagen auf- und abhüpft, wenn sie durch ein Schlagloch muss. Auf dem Weg begegnen ihr Menschen aus vielen Nationen, teilweise mit großen Tüchern über die Schulter geworfen, in denen sie ihr ganzes Hab und Gut zusammengebunden zu haben scheinen. Immer noch ist die Stadt an der Drau ein Verschubbahnhof für Flüchtlinge und Vertriebene. Ein ständiges Kommen und Gehen von Menschen flutet den Hauptplatz, während der Draufluss friedlich in seinem Bett schläft. Als sie sich einer großen Siedlung mit vielen identisch gebauten Häuschen in einer langen Häuserzeile nähert, ist Elisabeth hungrig und braucht eine frische Windel. Anna wird nervös, noch nie war sie so lange mit ihrem Kind alleine unterwegs, noch nie hat sie es in einer fremden Umgebung gewickelt. Anna findet schließlich den richtigen Hauseingang und läutet an. Mary Sue öffnet eine abgegriffene Wohnungstüre, sie ist im Bademantel, ihr Haar ist zerzaust und die Schminke unter den Augen verlaufen. Anna merkt sofort, dass dies ein ungünstiger Moment für einen Besuch ist, aber wo soll sie jetzt hin? Mary lächelt gequält und flüstert: „Ganz schlecht jetzt. Halbe Stunde? Dann ist er weg."

In einem kleinen Park in der Nähe von Marys Wohnung findet Anna einen schattigen Platz unter einer Platane, um die Kleine sauber zu machen und zu füttern. Sie schaut verträumt auf die Berge im Süden. Der Wind löst die ersten Blätter von den Bäumen, es wird bald Herbst.

Elisabeth nuckelt genüsslich an der Mutterbrust, bevor sie wieder friedlich einschläft. In dem Moment, als Anna ihr Kind wieder in den Wagen legt, hört sie hinter sich eine Stimme, die sie fast schon vergessen hatte:

„Miss Anna. You here?"

Bernie schiebt eine spröde Haarsträhne hinters Ohr, als er sich über den Wagen beugt.

Er taxiert das Mädchen und seine Mutter von oben bis unten.

„Well done. Ein schönes Kind und eine noch schönere Mum."

Buch 3
Marianne
2013–2014

Über siebzig Jahre später
Geht es ihr heute gut?
Frühling 2013

„Geht es ihr heute gut?", fragt Marianne.

„Sie hat durchgeschlafen … die Schmerzen können wir ihr nehmen. Den Rest können wir nicht mehr beeinflussen."

Der Arzt schreibt schnell etwas auf das Patientenklappbrett, welches er mit einem geübten Handgriff vom Fußende von Annas Bett genommen hat.

„Wie lange noch?" Marianne schluckt leise, während sie rechts neben Annas Bett tritt.

„Das ist schwierig zu sagen. Vielleicht ein paar Tage. Es könnten aber auch noch einige Wochen sein."

Stille erfüllt den Raum, nur leise Atemzüge bleiben in der stickigen Luft stehen, während der Regen weiter auf das Fenster prasselt.

„Ich bin erreichbar, wenn Sie Fragen haben, Frau Lindner. Ihr tut nichts weh, glauben Sie mir. Die Frau Kofler hatte ein langes Leben. Sie beginnt loszulassen. Wir beobachten das oft", meint der Arzt, als er Marianne endlich richtig ansieht.

„Wird sie noch einmal aufwachen? Was meinen Sie?"

„Das kann sein. Wir nennen es das letzte Aufbäumen, ein paar hellwache letzte Momente, in denen der Patient sich sehr gut fühlt. Ich hoffe, dass Sie dann hier sind. Wenn nicht, rufe ich Sie sofort an."

Der Arzt steckt das Klemmbrett wieder an seinen Platz und wendet sich zum Gehen.

„Ihre Großmutter ist 93 Jahre alt."
„Ich danke Ihnen." Mariannes Stimme bricht.

Die Tür fällt hinter ihm leise zu. Wieder laufen Tränen über ihre Wangen, wie schon so oft in den letzten Tagen. Anna fühlt mit ihrer Enkelin und möchte ihr so gerne sagen: „Weine nicht, kleines Anderle! Es ist gut, alles wird gut. Ich darf bald gehen."
Aber Anna kann nicht mehr sprechen, nicht einmal die Hand bewegen. Sie ist in ihrer Hülle gefangen, in deren Innerem so viele Geschichten darauf warten, erzählt zu werden.
Marianne ahnt an diesem verregneten Nachmittag im Krankenhaus noch nicht, dass es nur mehr vierzehn Tage dauern soll bis zu dem Anruf. Sie hebt die Hand ihrer Großmutter vorsichtig hoch, schlüpft sanft zwischen dem sauberen Leintuch und der zerknitterten alten Haut hindurch. Ganz weich fühlt es sich an, als Marianne zärtlich mit der zweiten Hand über Annas Handrücken fährt. Sie betrachtet die Fingernägel, sauber und gepflegt. Viel sauberer als sie Marianne in Erinnerung hat. Oma Nane arbeitete im Garten immer in ihren viel zu großen Gummistiefeln und meist ohne Handschuhe, die Fingernägel schwarz von der Erde, wenn sie eine Karotte oder ein Radieschen aus dem saftigen duftenden Boden zog. Die schwarzen Ränder verschwanden erst am Abend, wenn sie sich mit einer Handbürste und Schmierseife kräftig die Hände rieb. Dieses Geräusch hörte Marianne oft, sie selbst besitzt nicht einmal eine solche Bürste, denn so schmutzig werden ihre zarten Hände nie. Unter den von der Arthrose gekrümmten Fingern von Oma Nane betrachtet Marianne ihre eigenen Hände, die so viel Ähnlichkeit mit denen ihrer Großmutter aufweisen. Lange Finger haben beide Frauen und schöne runde Nagelbette, es gibt kaum Narben auf allen vier Händen. Die Adern, die sich unter der braunen Haut von Marianne kreuzen und verzweigen, unterscheiden sich aber sehr von Annas Gefäßen, die sich bläulich unter der weißen Haut abheben. Marianne seufzt und

scheint aus dem Gesicht ihrer Großmutter etwas ablesen zu wollen, einen kleinen Wink suchend, ein Signal vermutend, aber das Gesicht bleibt reglos. Nicht verkrampft einer Maske gleich, sondern sanft mit einem leichten Schmunzeln, zerklüftet von unzähligen Falten, die Augenbrauen noch immer in schönen Bögen, aber schlohweiß wie ihr kräftiges Haar.

Marianne erinnert sich an die Zöpfe, die ihr die Großmutter als Kindergartenkind flechtet und wie sie sie davor lange frisiert, um sich danach selbst mit derselben Bürste und vorsichtig durch die Locken zu fahren. Sie will um keinen Preis die sorgfältig gelegte Dauerwelle zerstören, denn ein Friseurbesuch pro Monat muss ausreichen. Oma Nane spart überall, vor allem bei sich selbst. Vom Haarefärben hält sie nichts, obwohl sich bereits feine graue Strähnen durch ihre dunkelblonden Wellen ziehen.

„Ein kompletter Blödsinn ist das. Ich bin so alt wie ich bin und so schaue ich auch aus!" Oma Nane sieht ohne Anstrengung gut aus, schon ihr ganzes Leben lang. Marianne sieht sich als Mädchen gerne die alten Bilder ihrer Großmutter an, die im kleinen Fernsehzimmer über einer Anrichte hängen. In goldverzierten Rahmen blicken aus briefmarkengroßen Bildchen winzig kleine Menschen auf die neugierige Fünfjährige herunter. Eine Fotografie zeigt fremde Menschen, Männer mit Bärten und Frauen mit Dirndlkleidern und Schürzen, die sehr ernste Gesichter machen, während sie starr in Reih und Glied vor einem Holzhaus stehen, neben dem ein riesiger Baum voll erblüht ist. Daneben hängt Mariannes Lieblingsbild, auf dem unverkennbar ihre Großmutter lächelt, aber nicht lacht. Auf dem Schoß hält sie die beiden Kinder: rechts Elisabeth und links Onkel Herbert, dem das Fotografieren wohl nicht so gut gefällt. Er blickt nicht in die Kamera, wie die beiden anderen, sondern in die Ferne.

„Da stand ein Dreiroller in dem Studio, den wollte er unbedingt fahren", erklärt Oma Nane immer wieder.

„Deine Mama war da gerade vier und dein Onkel Herbert zwei Jahre alt. Es war eine schöne Zeit, aber anstrengend."

„Wieso habe ich keinen Bruder, so wie Mama?"

Oma Nane stellt sich mit Marianne vor die Anrichte, auf der ein großes üppig verziertes Kruzifix steht. Es ist auf einem Häkeldeckchen mittig platziert, sodass das dunkle Möbelstück wie ein Altar aussieht. Auf diesem Hausaltar betreibt Großmutter die Verehrung ihrer Ahnen, die auf den kleinen Bildern stets präsent sind und mit geweihten Kerzen aus Lourdes und Rosenkränzen aus Rom ein religiöses Sammelsurium bilden. Nur eine winzige Ikone ist nicht katholischen Ursprungs. Woher sie kommt, erfährt Marianne nie, nicht einmal von ihrer Mutter Elisabeth.

„Deine Mutter hat sich so sehr ein Kind gewünscht, aber der liebe Gott hat ihr diesen Wunsch nicht sofort erfüllt. Sie hat viel geweint und gebetet, bis es so weit war. Wenn du groß bist, wird sie dir selbst erzählen, warum du keine Geschwister hast. Sie sind schon Engel."

„Ist deine Mama jetzt auch ein Engel?"

Auf Mariannes kindliche Frage antwortet die Großmutter nicht sofort. Sie spricht ein kleines Gebet und bekreuzigt sich. Marianne zeichnet sich ein kleines Kreuz mit dem Daumen auf die Stirne.

„Ja. Meine Mami ist schon lange ein Engel."

Schlurfende Schritte unterbrechen die Andacht. Der Großvater tritt ein, legt seine Strickjacke ab und hängt den Strohhut an den Haken hinter der Glastür. Er kommt gewöhnlich nie zu solchen Gebeten in den Fernsehraum, geschickt umschifft er die Anrichte wie ein Kapitän, den Blick geradeaus auf den winzigen Fernsehapparat geheftet, den er immer am frühen Abend einschaltet, nachdem er seine Arbeit rund ums Haus als erledigt sieht. Niemand wagt es, tagsüber den Flimmerkasten anzumachen, er ist nicht als Zeitvertreib gedacht, sondern bringt die Nachrichten aus der großen Welt in das kleine Häuschen, welches Opa Hans mit seiner Hände Arbeit errichtet hat und dafür mühsam jeden Stein erspart hat. Mariannes Großvater ist kein Mann der großen Worte. Nach den Nachrichten geht der drahtige, alte Herr gerne in den Garten, setzt sich in die Laube auf eine uralte Holzbank, zündet seine Pfeife an und genießt ein Glas Rotwein. Dieses Ritual wird nur unterbrochen, wenn Besuch kommt, und viele Besucher hat er nicht. Nur Elisabeth, wenn sie die kleine Marianne nach ihrer Arbeit abholt und dabei ihren Vater mit einem kräftigen Schmatzer auf die Wange begrüßt. Gelegentlich kommt ein Nachbar und läutet, um ihm etwas zu zeigen. Meist sind dies zerlesene Zeitungsblätter, die der Großvater zwischen seinen schwieligen Händen hin und her schiebt, und über seine Brille spekulierend, mit zusammengekniffenen buschigen Augenbrauen laut vorliest. In einer Sprache, die Marianne zwar ihr ganzes Leben lang hört, die aber niemand außer ihrem Großvater spricht. „Slowenisch. Ich kann es nicht leiden, wenn er auf Slowenisch schimpft!" Großmutter zürnt selten mit ihrem Ehemann, aber weil der alte Herr das Interesse an der slowenischen Minderheit nie aufgibt, obwohl er schon so lange abseits der Zwistigkeiten der Slowenenfrage lebt, gibt es manch scharfes Wort. Nur dann nennt sie ihn Jano und nicht Hans, wie es auf dem Briefkasten vor dem blauen Häuschen steht: Hans Kofler.

Was die Slowenenfrage ist, erfährt Marianne erst viel später. Selbst dass es in ihrer friedlichen Heimat noch kurz vor ihrer Geburt Unruhen gab, die sich um die Frage drehten, ob man die Minderheit anerkennt oder nicht, und ob man zweisprachige Ortstafeln aufstellt, wird Marianne erst als Jugendliche in der Schule beigebracht und bewusst. Zuhause wird darüber nie gesprochen. Ihre Mutter Elisabeth empfindet sich nie als eine Kärntner Slowenin und wollte die Sprache ihres Vaters nicht lernen. Sie verliert einfach kein Wort darüber. Über vieles spricht Mariannes Mutter nicht, denn was nicht besprochen wird, existiert auch nicht. So einfach ist das, so klar – zumindest für Elisabeth. Oma Nane ist da anders, sie spricht viel und erzählt gerne. Was man eben mit einem Mädchen so spricht.

Marianne dämmert ein und Anna döst weiter, zusammen gleiten sie in eine Zwischenwelt und doch hat jede für sich ganz andere Bilder im Kopf, wenn sie sich an dieselbe Situation erinnern.

Anna stand ihrer einzigen Enkelin immer sehr nahe, aber nie waren sich die beiden so vertraut wie in der Zeit, als Marianne den Abbruch hatte. Sie war viel zu jung, noch viel jünger als Anna damals, und viel zu unbedarft. Vieles kam damals in Anna hoch, viel Verdrängtes, viel Schmerzhaftes. Vielleicht gerade deshalb war Anna die einzige, bei der sich Marianne wohlfühlte.

Es muss im Jahr 1992 gewesen sein, als sie der Großmutter ihre schmerzhafte und traumatische Abtreibung gestand. Der Vater war ein um einen Jahrgang älterer Schulkollege, der nach bestandener Matura nach Deutschland verschwand. In vielen alptraumgeschwängerten Nächten umsorgte Elisabeth ihre Tochter, weil sie lange die einzige Eingeweihte blieb. Es durfte ihr an nichts mangeln, sie besorgte viel zu viel zu essen und kochte wie verrückt, buk und verhätschelte ihr verlorenes und wieder heimgekehrtes Kind. Wie auf ihren Augapfel achtete sie auf Marianne, die immer noch nicht begriff, was überhaupt geschehen war. Zu schnell verlief das Schuldrama: Brief, schöne Augen, schöner Mann, Schmetterlinge im Bauch, Kuss, Petting, Ball, Sex, Schwangerschaftstest, Arztbesuch, Abtreibung. All das in weniger als zwei Monaten. Es gab keine Vorwürfe von Elisabeth, keine Vorhaltungen, aber auch keine Liebkosungen. Dazu war sie nicht fähig, auch wenn sich Marianne in ihre Zierpölster im Bett verkroch und diese nass weinte vor Enttäuschung. Es dauerte lange, bis Mariannes Vater davon erfuhr, aber noch länger, bis er etwas dazu sagte, weil er zu verstört war. Dieses grausame Eingreifen in den Körper seiner behüteten Tochter! Weder wusste er von einem Freund noch von der Schwangerschaft, bis seine Frau ihm schließlich gestand, warum sie so viel Geld vom gemeinsamen Sparbuch abgehoben hatte. Eben noch schaukelte er die kleine Marianne mit ihren langen Haaren und der Spange hinterm Ohr auf einer Schaukel. Er versorgte doch gerade erst das aufgeschundene Knie der tränen- und dreckverschmierten kleinen Fahrradfahrerin hinten im Hof mit einem Pflaster. Nun lag sie im Sanatorium mit gespreizten Beinen, während irgendeine Ärztin in Ausbildung ihr das Unglück in Form eines Fleischklumpens aus dem Unterleib kratzte und absaugte, dort, wo nicht lange zuvor der Verführer hineingeglitten war. Siegfried ekelte sich bei dem Gedanken so sehr, dass er sich beinahe übergab.

„Bitte sprich mit uns in Zukunft. Über alles. Hörst du?", schaffte er erst zu Weihnachten desselben Jahres zu sagen, unter dem festlich geschmückten Baum. Er sprach langsam und beherrscht, seine Rührung unterdrückend. „Alles wird gut, meine Kleine."

Marianne vergaß und verzieh langsam. Endlich konzentrierte sie sich wieder auf die Schule, wurde gar Musterschülerin, aber sie vermied jeden sozialen Kontakt in der Abschlussklasse. Gerne und oft verbrachte sie die Wochenenden bei ihrer Großmutter, saß im Garten und las, kochte abends gemeinsam mit ihr Marmeladen ein. Sie wurde sehr still und introvertiert, es war nicht bloß ein Rückzug, sondern ein Verschwinden von der Bildfläche. Marianne löste sich auf und wollte nicht mehr wahrgenommen werden. Alleine aß sie überhaupt nicht mehr, ihre Blässe war erschreckend, sie magerte ab. Nur in Oma Nanes Gegenwart war noch ein bisschen von der alten Marianne zu finden, die so gerne lachte und so schwamm wie ein Fisch. Sprach sie ein Mann an, zuckte sie zusammen und verkroch sich noch mehr. Marianne hatte eine tiefe Narbe, nicht nur in ihrem Unterleib, davongetragen. Diese Wunde eiterte auf ihrer Seele, wollte nicht verheilen und bekam wahrscheinlich auch nicht die Behandlung, die sie benötigte, um eine Kruste zu bilden und dann irgendwann abzufallen. Elisabeth ließ ihre Tochter in Ruhe und versuchte, die Stimmungsschwankungen mit Pillen aufzufangen, bis auch Siegfried eines Morgens die Hände über seinem Kopf faltete und die beiden sich endlich eingestanden, dass sie nicht mehr weiter wussten und Hilfe brauchten. Ludmilla, als Oma Nanes älteste Freundin, sollte es dann sein, die schließlich die lebenslustige Marianne wieder ins Leben zurückholte. Mit einem Ferialjob und hineingeworfen zwischen Menschen, wusste die Wirtin, dass Arbeit schon immer das beste Mittel gegen Kummer war. Während sie die Gläser in den Geschirrspüler räumte und Marianne das Geschirrtuch in die Hand drückte, erklärte sie: „Zweimal zwei Minuten Spülen und Abdampfen." Das war der fixe Rhythmus, der fortan ihre Abende bestimmte. Zehn Minuten fürs Polieren, für das Besteck in die Schubladen sortieren ebenfalls zehn Minuten. Zwanzig Minuten, um die Kaffeemaschine zu reinigen. „Um 23 Uhr wird das letzte Getränk, aber wirklich das letzte, ausgeschenkt. So war das schon immer und so wird das auch bleiben." Marianne wurde eingeschult, streng und pragmatisch, wie Milli das mit so vielen anderen Kellnerinnen über die Jahre praktiziert hatte. Annas Anruf kam ihr zu diesem Zeitpunkt gar nicht ungelegen, denn eine Serviererin war mitten in der Saison schwanger geworden. Über Mariannes Zustand wurde Milli zwar informiert, aber man behielt die Details zurück.

„Wach auf, Marianne! Geh nach Hause. Ich übernehme." Elisabeth schüttelt ihre Tochter sanft, tätschelt ihre Schulter und streicht ihr das schweißverklebte braune Haar aus dem Gesicht.

Für einen kurzen Moment hält Elisabeth inne und sieht das hübsche Puppengesicht ihrer kleinen Marianne vor sich, als es noch vom Leben unversehrt in eine goldene Zukunft blickte, die so leider nicht eintraf. Obwohl Elisabeth alles so schön einfädeln und steuern wollte, kam ihr der Dickschädel ihrer Tochter dazwischen. Marianne blinzelt und leckt sich über die Mundwinkel, kontrollierend, ob sie noch immer im Schlaf sabbert. Sie hebt den Kopf langsam und sieht ihre Mutter hilflos an.

„Es ist nicht mehr lange.“

„Ich weiß. Ich habe schon mit der Stationsschwester gesprochen. Sie überlegen, sie ins Hospiz zu überstellen. Man will das Bett bereits vergeben.“

Elisabeth wirkt heute besonders geschäftig und distanziert, sie hat ihre Mutter noch gar nicht angesehen.

Mariannes Mutter streicht ein paar spröde rote Strähnen nach hinten und zupft ihren Hosenbund etwas zurecht, weil sie sich auf Mariannes Stuhl setzen will, um die nächste Wache zu übernehmen. Dabei fällt Marianne der schmale Ring an ihrem rechten Mittelfinger auf, ein Erbstück von Oma Nane, das sie selten trägt. Elisabeths Gefühle zu erahnen, bleibt für ihre Tochter wie so oft unmöglich. Zu korrekt, zu strikt, zu konsequent hat sie hier eine Aufgabe übernommen: ihre Mutter auf dem letzten Lebensweg zu begleiten, prinzipiell aus einem Pflichtgefühl heraus und mit wenig Herzlichkeit.

„Du musst einen Flug für Onkel Herbert buchen. Bald. Ich habe ihn schon angerufen. Hörst du?“ Elisabeth kramt in ihrer Tasche nach einem Taschentuch und putzt sich lautstark die Nase. „Es wäre nicht recht, ihn nicht zu holen.“

Marianne nimmt den Auftrag ihrer Mutter pflichtschuldig zur Kenntnis und verlässt das Krankenbett. Eine Schwester öffnet leise die Türe:

„Ähm, Frau Lobnig, entschuldigen Sie bitte, ich hätte ein paar Fragen zur Medikation mit Ihnen zu besprechen."

Zeit für Marianne, in den Alltag zurückzukehren. Sie verabschiedet sich mit einem zarten Kuss auf die Stirn ihrer Großmutter, ihre Mutter küsst sie auf die Wange. Mariannes Handtasche baumelt über der Lehne ihres Stuhles, sie steht offen, sodass sie ihr blinkendes Handy darin bemerkt. Vielleicht hat Susanne angerufen? Am Gang begegnen ihr andere Mütter mit Kindern, es gibt kaum männliche Besucher. Bloß alte Männer, auf Gehhilfen gestützt, und Schwestern, die flink von Zimmer zu Zimmer huschen. Das Leben draußen geht weiter und ist nicht still wie in Oma Nanes kleinem Universum. Im Gegenteil, es ist laut und hektisch. Dem Sterben wird kaum Raum gelassen, man übertüncht den Geruch des nahenden Todes mit Desinfektionsmitteln und unterbricht die Stille mit künstlichen Tönen aus allerlei Gerätschaften und Maschinen, die in den Zimmern der Patienten um die Wette blinken und piepsen. Kein Vogelgezwitscher dringt durch die schalldichten Fenster, kein rauschendes Bächlein macht Lust auf Leben. Hier ist nichts mehr einfach schnell vorbei, hier gibt es auch keine Lösungen, das ist die Endstation. Marianne muss hier raus, dringend.

Klar denken

Marianne taucht unter, wenn das mit dem klar Denken an der Wasseroberfläche nicht mehr geht. Eine halbe Stunde Kraulen, dann zehn Minuten Brust, dann zehn Minuten am Rücken. Es ist ihr Ritual und es funktioniert im Normalfall. Während sie die Schwimmbrille aufsetzt und ihre glatt über die Schultern herabfallenden braunen Haare geschickt unter die Schwimmhaube stopft, taucht sie die langen Beine schon ins Schwimmbecken. Unter der Woche ist abends wenig los, kein Kindergeschrei, nur ein paar Triathleten, die für den nächsten Wettkampf trainieren. Sie trainiert schon lange nicht mehr, mit dem Wechsel in die höhere Schule ging sich das Schwimmtraining drei Mal pro Woche nicht mehr aus, aber als Ausgleich zum ewigen Sitzen im Reisebüro genießt sie nun ohne Zeitdruck die Stille unter Wasser. Während ihre Arme abwechselnd und beständig nach vorne ins Nass eintauchen, gibt ihr Atem das Tempo vor: vier Züge, den Kopf drehen und atmen, wieder vier Züge, Kopf drehen und atmen. Der Geist wird klarer mit jedem Meter, so klar denkt sie an der Oberfläche seit Wochen nicht. Es heißt nur aufteilen und aushandeln, was über Jahre geschaffen wurde. Was ist Meines, was ist Deines? Was hat Wert und was ist wertlos geworden? Die Kälte des Wassers ist angenehmer als die seelische in ihrem Herzen. Sie fröstelt, wenn sie an den abrupten Auszug von Uwe denkt. Er sagte, er wollte ihr nie wehtun.

Er ging einfach und Marianne war enttäuscht, aber das war sie schon länger gewesen. Mit vielem lernten die beiden umzugehen, mit ihren Selbstzweifeln und mit Uwes Launenhaftigkeit und seiner Trägheit, aber die Enttäuschung über seinen Fehltritt war ein zu großer Stein geworden, um ihn gemeinsam zu rollen. Er hatte sie satt, die ewigen Vorhaltungen. Es würde nie mehr so sein, wie in der Phase, als die beiden zusammenzogen und er endlich die Nabelschnur zu seiner alles bestimmenden Mutter durchbiss. Oder hatte das Marianne getan? Sie waren richtig verliebt, bis über beide Ohren, als sie die kleine Wohnung mit Balkon einrichteten. Sie malten nackt aus, betranken sich und wickelten sich zusammen in Malerfolie ein, um sich danach heiß und verschwitzt zu lieben. Stolz luden sie Mariannes Eltern zur Besichtigung, als alles fertig war. Ob es ihnen gefiel, war nebensächlich, nichts konnte die Freude über ihren gemeinsamen Start mindern. Uwe verdiente ganz ordentlich und mit den vielen günstigen Reisen, an die Marianne über die Arbeit im Reisebüro kam, lebten sie eine Zeit lang wie die Götter in Frankreich. Sie sahen sich viele schöne Plätze quer durch Europa an, standen am Wochenende auf, wann sie wollten, gingen Schwimmen oder lasen den ganzen freien Sonntagmorgen Zeitungen. Ganz ohne Druck und sorglos. Wie wenig echte Gemeinsamkeiten es für Uwe und Marianne allerdings tatsächlich gab, wurde erst mit den Jahren deutlich. So wenig Interessen, so wenig Tiefe und so viel Oberflächlichkeit konnten nur entfremden. Was sie so lange zusammenhielt, war bald ausschließlich Susanne.

Marianne meinte, dass ihr Schädel platzt, als Uwe vor nun etwas mehr als einem halben Jahr nach Hause kam und sie um eine Aussprache bat. Es sei nicht sofort Liebe gewesen, nur Sex. Erst dann habe sich das so schön langsam entwickelt mit der Kollegin. Bis zu diesem Zeitpunkt schlief Uwe noch mit ihr. Selten, aber er tat es. Nach dieser Aussprache übernachtete Marianne bei Susanne im Kinderzimmer. Es dauerte fünf Monate, bis Uwe auszog und die beiden Susanne aufklärten. „Ich liebe dich, mein Schatz, und werde dich immer lieben", waren seine letzten Worte an die blasse Dreizehnjährige, als er die Wohnung verließ. Damals weinte sie nicht mehr, es waren keine Tränen mehr da. Er liebte sein Kind wirklich, von der Sekunde ihrer Geburt an, und hielt Wort. Er holte sie ab, besuchte sie und verwöhnte Susanne. Mehr noch als zuvor.

Marianne ist unaufmerksam und schluckt Wasser, sie bleibt am Beckenrand, hustet und starrt auf den Fliesenboden im Hallenbad. Ungewollt erinnert sie das an die Decke des Kreißzimmers im Krankenhaus.

Susanne wird an einem Mittwoch entbunden, rasch und unkompliziert schlüpft sie. Nachdem Marianne noch wie immer einkauft und die Fenster putzt, platzt ihre Fruchtblase. Sie ruft ihren Vater mit der Bitte an, sie ins Krankenhaus zu fahren. Erst Stunden später kommt Uwe ins Kreißzimmer, hektisch und wortkarg verweilt er neben dem Bett, unterbricht gelegentlich Mariannes tiefe würgende Schreie mit einem Schluck Wasser aus dem Glas, das er ihr reicht. Er hält tapfer an ihrer Seite durch, bis die Hebamme ihn erlöst, als sie freudig mitteilt: „Es ist ein Mädchen. Ein wunderschönes, gesundes Mädchen. Alles dran, ich habe nachgesehen." Marianne laufen ungebremst Tränen über die rotglühenden Wangen, als sie die Arme nach ihrer Tochter ausstreckt: „Susanne", flüstert sie dem Baby ins Ohr, während sie es sanft umfängt. Sie ist so unglaublich erleichtert. Susannes Haarflaum ist ganz hell und unter den dichten Wimpern blitzen für einen Moment Augen in der Farbe von Lapislazuli hervor. „Das kann sich noch ändern. Babys sehen jeden Tag anders aus. Glauben Sie mir", meint die Hebamme, während sie das rundum schöne und ausgebackene Mädchen vermisst und abwiegt.

Uwe darf die Kleine dann zum Baden bringen, nachdem er sie abgenabelt hat, die Schere zitternd in Händen haltend und gegen einen Würgkrampf kämpfend, als er all das Blut und die Plazenta sieht. Dann geht der Vater nach Hause, zuerst einmal schlafen. Gefeiert hat er Susannes Geburt nur mit zwei Arbeitskollegen, die von seiner Vaterschaft wussten, denn mit den übrigen Computerfreaks in seiner Abteilung war jedes Privatgespräch undenkbar.

Marianne fühlt sich inzwischen wie eine Königin, gefeiert und glücklich, und hält bald Hof mit der kleinen Prinzessin, die von den Großeltern bewundert wird. Susannes Urgroßmutter Anna kommt am darauffolgenden Tag alleine zu Besuch, nimmt das winzige Menschenbündel auf den Arm und setzt sich mit ihr in den bequemen Besucherstuhl. Sie spricht kein Wort, fängt stattdessen leise an, etwas zu summen. Marianne versteht es nicht, es klingt slawisch. Marianne findet Trost in der Melodie, die ihr bekannt vorkommt, nur kann sie nicht einordnen, woher und warum. Es ist nicht wichtig. Zu viel Aufregung ist in den letzten Tagen auf die frischgebackene Mutter hereingestürzt. Marianne schließt die Augen und döst ein.

Als sie wieder aufwacht, ist Anna mit dem Säugling verschwunden. Marianne fährt hoch und sucht die beiden zuerst im Kinderzimmer auf der Station, dann auf der restlichen Abteilung und schließlich im ganzen Haus. Sie ruft: „Nane, Oma Nane!" Immer lauter und verzweifelter werden ihre Rufe von Stockwerk zu Stockwerk, und immer kraftloser. Die Geburt hat ihren Körper geschwächt, sie hätte noch liegen bleiben und das Wochenbett nicht verlassen dürfen. Marianne trägt noch ihr Krankenhausnachthemd. Es ist hinten offen und wird nur mit Fäden zusammengehalten, dazu ein Paar Wollsocken, aber sie spürt die Kälte gar nicht, denn nun erfasst sie pure Panik. Wo ist ihre Großmutter mit dem Neugeborenen hingegangen? Ihre Brüste spannen, die Milch schießt ein. Sie kämpft mit den Tränen. Eine Schwester setzt sie in einen Rollstuhl und wärmt sie mit einer Decke. Sie beruhigt Marianne und informiert den Sicherheitsdienst. „Alles wird gut, wir finden die beiden, Frau Lindner!" Nichts ist gut, nichts hält Marianne mehr davon ab, in Tränen auszubrechen, obwohl ihr Verstand hätte einlenken müssen: Sie ist die Urgroßmutter und sie freut sich über das Kind. Sie hat selbst Kinder aufgezogen und dich dann auch irgendwie. Sie wird schon Acht geben und Susanne wird nichts geschehen. Aber der Verstand bleibt kleinlaut im Vergleich zum Brüllen ihres pochenden Herzens. Die Schwester lenkt den Rollstuhl mit der weinenden jungen Mutter an der Krankenhauskapelle vorbei, deren große Türe offensteht. Im Nebel ihrer verweinten Augen sieht Marianne zwischen den Kirchenbänken eine alte Frau mit gekreuzten Fingern beten. „Mein Gott, Oma Nane!" Sie springt aus dem Rollstuhl und rennt zwischen den Bänken hindurch. Anna Kofler betet laut und andächtig, während sie den schlafenden Säugling neben sich auf die schmale, harte Kirchenbank abgelegt hat, in eine warme Decke gehüllt. Marianne stößt ihre Großmutter forsch beiseite, während die noch immer ins Gebet vertieft ist, und greift nach dem Kind. Es schläft weiter. Mariannes Wut ist auf dem Höhepunkt angelangt:

„Was hast du dir dabei gedacht?", fährt sie ihre Großmutter an.

„Ich muss doch der Kleinen meinen Segen geben." Anna bleibt ruhig und spricht leise: „Sie ist ein Geschenk und das soll sie auch wissen. Sie wird einen Schutzengel brauchen und einen Vater, selbst wenn der im Himmel ist."

Die junge Mutter stutzt: „Der Uwe ist nur nach Hause gefahren. Mach dir keine Sorgen!"

Marianne beruhigt sich, wiegt das Kind im Arm und sieht es überglücklich an. Sie nimmt neben ihrer Großmutter Platz und verharrt still. Dankbarkeit und Erleichterung erfüllen die Kapelle, die sanft in rotes Licht getaucht ist, welches die Sonne durch die bemalten Glasfenster in den Raum bricht.

„Weißt du, Anderle, ich musste kämpfen, damit man deine Mutter nach der Geburt ein bisschen bei mir im Zimmer ließ. Heimlich schlich ich mit dem Kind in die Kapelle der Heiligen Elisabeth, um sie dem Herrn vorzustellen und um Vergebung zu bitten." Annas Blick haftet am Altar: „Sie war so ganz besonders, und die Schwestern sahen das nicht."

„Was sahen sie nicht, Oma?"

„Dieses Geschenk vom Schicksal. Es reichte nur diese eine Nacht, sonst hätte es Elisabeth und dann natürlich auch dich nie gegeben. Und nun dieses kleine Menschlein. Alle drei wären nicht da. "

„Ich verstehe nicht", Marianne lässt ihre Großmutter fortfahren. Sie weiß nicht, worauf sie hinaus will.

„Es war nicht so einfach damals und man durfte sich nicht verlieben. Das war strengstens verboten."

„In wen denn nicht? Opa?", Mariannes Verstand arbeitet.

„Er war doch nur so kurz da. Er war verletzt und so hungrig."

„Oma, es war Krieg hast du erzählt."

„Sie hassten die kleine Elisabeth wegen der roten Haare, sie hassten mich aber noch viel mehr." Annas Stimme bebt.

„Warum denn? Du kannst doch nichts dafür."

„Weil ich alleine war. Ganz alleine." Anna lässt die Schultern sinken und sucht nach einem Taschentuch. Sie wischt eine Träne aus dem Augenwinkel. „Da war kein Vater."

„Oma. Das ist schon so lange her. Du bist nicht alleine. Wir sind jetzt da. Schau sie dir an, die kleine Maus." Sanft hebt sie den Säugling an und legt ihn ihrer Großmutter auf den Schoß. Sie lächeln beide. Marianne hat nie vollends begriffen, was ihre Großmutter andeutete und sie sprachen auch nie wieder darüber. Auf die junge Mutter prasseln in den darauffolgenden Tagen und Wochen so viele neue Dinge ein, dass sie die Worte ihrer Großmutter bald wieder vergisst.

Marianne blickt auf die große Uhr im Schwimmbad. Es ist Zeit nach Hause zu gehen. Susanne erwartet sie sicher schon und ihre Mutter muss noch einen Sprung zu Oma Nane ins Krankenhaus. Susanne braucht eigentlich keinen Babysitter mehr, aber seit Uwe fort ist, denkt Elisabeth, man könne das arme Scheidungskind nicht alleine lassen. Sie hat längst aufgehört, mit ihrer Mutter darüber zu diskutieren, und ist froh, weil ein warmes Essen auf dem Herd steht, wenn sie nach Hause kommen. So viel Zuwendung wie seit der Scheidung hat Marianne von ihren Eltern während der fünfzehnjährigen Ehe kaum erfahren. Ihre Mutter springt seit Monaten zwischen Krankenhaus, Omas Haus und Mariannes Wohnung hin und her. Wie lange noch? Das weiß keiner.

Susanne ist sofort am Apparat, als ihre Mutter sie vom Auto aus anruft:

„Was ist mit der Urla?" Seit sie sprechen gelernt hat, nennt sie ihre Urgroßmutter so. Anna selbst gefiel dieses Wort so gut, dass sie es sogar auf die Geburtstagskarte ihrer einzigen Urenkelin malt, in großen Lettern: Alles Gute von der Urla. Bei den Glückwünschen stecken stets ein paar Geldscheine, die das Urenkelkind sofort ausgibt. Ob sie das Geld wohl spare, fragte sie die Urla eines Tages. „Freilich", lügt das Kind. Andernfalls drohte ihr eine lange Erzählung über die Armut, in der ihre Urla aufwuchs, über den Hunger und die Umstände, wie sie ihre ersten Groschen ersparte, indem sie in einem Gasthaus Gläser abwusch und bei einem strengen Bauern in den Arbeitsdienst ging. Blieb Anna genug Zeit, bevor Susanne sich davonstehlen konnte, kam auch noch eine Geschichte über ihre Ururgroßmutter Lydia hinzu, von der es nur ein einziges Bild gab, auf dem die ausgemergelte alte Frau ihre Großmutter Elisabeth im Arm hält. Als ältestes von zwölf Kindern musste Lydia schon als kleines Mädchen auf ihre Geschwister schauen. Susanne kannte diese Geschichten, wie sie auch schon ihre Großmutter und ihre Mutter inzwischen mitsprechen konnten. Und dennoch fehlte dem Kind jeder Sinn für Sparsamkeit.

„Die Urla schläft fast die ganze Zeit. Sie kann nicht mehr sprechen."

Ihrer Tochter gegenüber möchte sie stark sein, aber sie kämpft mit ihren Tränen:

„Ich muss ins Büro. Ruf bitte Uwe an wegen der Mathe-Schularbeit. Ich schaffe es nicht, mit dir zu lernen."

Susanne schnaubt hörbar ins Telefon und seufzt: „Gut. Mach ich."

Übergangslos fragt sie: „Wird die Urla bald sterben?"

„Ja."

„Ich hab' dich lieb, Mum."

„Ich dich auch."

Onkel Herbert
Frühsommer 2013

Im Reisebüro setzt sich Marianne an ihren PC am Schreibtisch. Wortkarg bucht sie einen Erste-Klasse-Flug mit offenem Flugdatum vom New Yorker Flughafen John F. Kennedy nach Wien für ihren Onkel, den sie inzwischen seit drei Jahren nicht mehr gesehen hat. Während sie die Buchstaben HERBERT und KOFLER eintippt, erinnert sie sich an die eigenartige Beziehung, die ihre Großmutter zeitlebens zu ihrem Sohn hatte.

Anna vergötterte ihren Sohn von Geburt an, und das fiel ihr auch nicht schwer, denn Herbert war ein auffallend hübscher Bub mit schwarzen Haaren. Wenn seine tiefblauen Augen unter den langen Wimpern hervorblinzelten, konnte das die Mädchen schon in seiner Kindergartenzeit nervös machen. Doch umgekehrt waren es nicht die Mädchen, die ihn unruhig machten. Schon beim Fußball und beim Faustball liebte Herbert das Duschen nach dem Sport. Der gutaussehende Junge war überall beliebt, dennoch ahnte niemand, was er gekonnt verbarg. Das zeigte sich erst viel später. Damals hatte er schon seine Lehre als Drechsler abgebrochen, um als Kochlehrling im nahen Luxusbadeort Velden zu arbeiten. Dort hatte Herbert seine erste Beziehung zu einem französischen Kellner, den er sogar mit nach Hause brachte, wenn der Vater im Schichtdienst unterwegs war. Mariannes Großvater wurde nie wirklich in dieses Thema eingeweiht, aber er wusste es natürlich. Mariannes Mutter erzählte ihr, wie sich der Vater grämte, als sein Sohn zuerst die Schule und dann auch die Lehre beendete, um seinem späteren Beruf nachzugehen. Für den Großvater war es sowieso seit jeher klar gewesen, dass der Bub ein Eisenbahner wird, so wie er selbst und so viele andere in Villach. An einem der wichtigsten Eisenbahnknoten Europas sollte dieser Berufswunsch eine Selbstverständlichkeit sein. Dem war aber nicht so und Onkel Herbert wurde sogar ein Spitzenkoch, der bald sehr viel verdiente. Mit dem Verdienst aus der gesamten Sommersaison kam er dann eines schönen Herbsttages nach Hause und breitete ein paar Tausend Schilling auf dem Küchentisch vor seinem Vater aus.

„Ich gehe nach Amerika. Ich habe schon ein Angebot. Mein Flug geht in drei Tagen", erklärte er damals siegessicher und nicht ohne Sarkasmus. Wissend, dass seine Eltern noch immer nicht alle Schulden vom Hausbau abbezahlt hatten und immer sehr sparsam sein mussten. Oma Nane weinte, als er seine Sachen packte. Gleichzeitig war sie froh, dass er fernab der Heimat so leben konnte, wie er es wollte.

Onkel Herbert verließ Österreich mit knapp 21 Jahren und blieb in New York. Er eröffnete dort mit einem Kollegen ein Restaurant, dem noch acht weitere folgten. Er baute eine Restaurantkette auf, die bald sehr profitabel lief. All das passierte lange vor Mariannes Geburt. Oma Nane war sehr stolz, wenn er ihr darüber in Briefen berichtete. Sehr oft lud er sie zu sich ein, aber ihr fehlte der Mut, in ein Flugzeug zu steigen, und wohl auch die Kraft, sich auf die neue Lebenssituation ihres einzigen Sohnes einzulassen.

Obwohl sie seine Neigungen von Kindheit an wahrgenommen und sogar akzeptiert hatte, und sie ihm alles Glück der Erde wünschte, war für sie doch nicht richtig, es so öffentlich zur Schau zu stellen.

Sie flog nie nach Amerika. Marianne übernahm diesen Verwandtenbesuch erst viele Jahre später. Auch Elisabeth besuchte ihren Bruder nicht, freute sich aber sehr, wenn er nach Kärnten kam. Alle paar Jahre erfolgte so eine Visite, in der man über die alten Zeiten sprach und Fotos austauschte. Onkel Herbert war immer noch ein gutaussehender Herr, selbst als er schon auf die Fünfzig zuging. Marianne bewunderte schon als Kind seine coolen Jeans und Schals, seine lässigen Turnschuhe und Goldketten. Er trug die Haare stets streng mit Gel nach hinten frisiert und ließ sie im Nacken etwas länger wachsen. Betont jugendlich blieb er bis ins Alter.

„Das ist so in Amerika. Da bist du anders drauf", erklärte er Oma Nane mit fünfundsechzig. Sie himmelte ihren feschen Sohn an, sogar noch als hochbetagte Frau im Altersheim. Tatsächlich war es Herbert, der das Heim bezahlte und seiner Mutter auch schon davor finanziell unter die Arme griff, da die kleine Witwenpension kaum zum Erhalt ihres Häuschens ausreichte. Zurück nach Österreich wollte Herbert Kofler nie, auch nicht nach dem Tod seines Vaters.

Marianne druckt das Ticket aus und adressiert es an Onkel Herbert. Bezahlen wird er seinen Flug selbst, wie er auch so vieles andere bezahlt hat. Etwa Mariannes Umzug nach der Scheidung und ihr erstes Auto, beides Geschenke des reichen Onkels aus Amerika. Sie freut sich, ihn wiederzusehen, denn es ist viel passiert, seitdem er nicht mehr in der Heimat war. Auch Mariannes Mutter freut sich über den Besuch ihres Bruders, selbst wenn sie das nicht so zeigen kann und obwohl sich Mutter und Tochter einen freudigeren Anlass gewünscht hätten.

Der Verkauf

Das Haus in der Manzenreiterstraße steht nun schon fast ein Jahr lang leer, denn Elisabeth hat es nach Annas Einzug ins Altersheim Stück für Stück leergeräumt. Sie wirft Dutzende Kisten mit alten Zeitungen und anderem Tand weg. Bald sortiert sie Geschirr, Wollreste und Opas Bücher nicht mehr auseinander, sondern ruft einen Spezialisten für Wohnungsauflösungen, der mit einem Trupp von drei Männern anreist, um auszumisten: Kleider, Schuhe, Bücher, Bilder und Möbel finden auf dem Kleinlaster Platz, neben Gartengeräten und sogar das alte, gezimmerte Bett passt auf die erste Fuhre. Noch sieben Mal fährt die Mannschaft in die Einfahrt von Annas Haus, bevor es so weit ausgeräumt ist, dass man es säubern kann, um es zu fotografieren und für den Verkauf anzubieten. Elisabeth hält stets über E-Mail mit ihrem Bruder in Amerika Kontakt und informiert ihn. Herbert ist nicht glücklich über den Verkauf seines Elternhauses, aber auch nicht traurig, denn nach so vielen Jahren fernab der Heimat, findet er es in Ordnung, sich von der finanziellen Belastung zu trennen. Siegfried hilft viel mit beim Ausräumen und auch bei den Gesprächen mit dem Makler ist er dabei.

Er gibt etwas kleinlaut zu bedenken: „Was ist, wenn die alte Hütte keiner mehr will?"

Er behält Recht, denn es ist sehr viel zu reparieren, viel mehr, als seine Gattin erst vermutet.

„Das wird sehr schwierig. Ich will ihnen da keine großen Hoffnungen machen", meinte der Immobilienmakler und setzt den Verkaufspreis weit unter dem von Elisabeth gewünschten an.

„Der Gutachter hat eklatante Mängel gefunden. Alles müsste trockengelegt werden, die Mauern sind stellenweise ziemlich feucht. Der Dachstuhl kommt als nächstes dran, wenn man das kleine Haus voll bewohnen will. Die Zimmer sind zu klein und haben steile Mansarden ohne Fenster im Dach, das Bad ist Substandard. Frau Lobnig, es hört sich alles nicht so gut an."

Elisabeth ist dem Verzweifeln nahe, als sich nach über einem Jahr kein Käufer findet und die offenen Rechnungen für das Haus dennoch jeden Monat bei ihr vom Konto abgezogen werden, denn Annas Rente ist sehr bescheiden. Sie vereinbart erneut einen Termin mit dem Makler.

„Gibt es denn überhaupt irgendetwas Gutes an dem Haus?", seufzt sie, über dem Gutachten sitzend.

„Doch. Gibt es. Der Grund ist mehr wert als das Haus."

„Wie meinen Sie das?"

„Sie müssten das Grundstück leer verkaufen. Also das Haus abtragen lassen."

„Aber der Abriss kostet doch auch viel Geld, oder nicht?"

„Weniger, als die Ruine weiter verfallen zu lassen."

Der Makler geht und Elisabeth bleibt alleine auf der Terrasse zurück, auf der sie gerade noch einen einzigen Gartenstuhl, Annas Lieblingsstuhl, hat stehen lassen. Sie blickt über den verwilderten Garten hinunter bis zum Holzzaun. Löchrig und schief bildet er eine schlampige Barriere zu den schön gepflegten Vorstadtgärtchen der Nachbarn. Dass ihr Elternhaus einmal der Schandfleck der Umgebung werden könnte, hätte sie nie zu träumen gewagt. Als Kind gab es keinen Tag, an dem ihr Vater nicht im Garten arbeitete, und keinen, an dem ihre Mutter nicht Teile des Hauses putzte, kehrte, schrubbte oder die Gardinen wusch. Alles war so sauber, so adrett und vorzeigbar. Niemals durfte man mit den Gartenschuhen auf die Terrasse oder mit Schuhen ins Haus laufen, das wurde Herbert und Elisabeth schon von klein an eingebläut, genauso wie dann später Marianne.

Die Ribiselstauden sind total verwildert, die Rosen nur mehr Wildrosen, ohne Stützen bis auf den Boden hängend. Der einstige Gemüsegarten wird einen halben Meter hoch vom Unkraut überwuchert. Wie oft ist Anna hier gekniet, wenn Elisabeth von ihrem Lehrplatz nach Hause kam und später dann, wenn sie Marianne nach der Arbeit abholte. Es war eine immer wiederkehrende Zeremonie, in der Anna sich nach dem „Hallo" ihrer Tochter langsam aufrichtete und dabei die Hände in die Hüften stemmte, um gerader zu stehen. Ihren Sonnenhut trug sie bei jedem Wetter im Gartenbeet, ebenso ihre Gummistiefel, aus der ihre O-Beine staksten. Die Erde empfand Anna nicht als schmutzig, sondern eben als erdig, nur Stacheln und Brennesseln mochte sie nicht. An kühlen Herbst- und Frühlingstagen schützte sie ihre geliebte dunkelgrüne Strickjacke vor der Kälte. Locker fiel diese über ihre geblümte Kleiderschürze.

Elisabeth sieht Anna in diesem Moment direkt vor sich im Garten und wischt eine Träne mit ihrem Ärmel ab.

„Es tut mir leid, Mama", flüstert sie kaum hörbar. „Ich muss alles, was du geschaffen hast, zerstören. Alles. Nichts wird mehr übrig bleiben von dir und Vater."

Für immer
Sommer 2013

Anna vermag nicht mehr zu sprechen, die Worte kommen im Kopf irgendwo her, aber sie fallen nicht mehr aus ihrem Mund wie früher. Anna möchte gerne sagen, dass ihr der Kopfpolster Unbehagen bereitet, aber es ist keine Spucke mehr da, ihr Hals ist sehr trocken. Durch das Liegen ist ihre Lunge mit Wasser gefüllt und manchmal röchelt sie oder hustet. Manches in ihrem Körper spürt sie noch, vor allem das Ziehen in den Beinen, gerade so, als wollten sie wieder aufstehen, ganz alleine und losgelöst von den Schmerzen und den Lügen. Frei. Schwerelos. Anna weiß, dass sie jetzt gehen muss, für immer. Sie will noch einmal in die Wälder gehen, nur noch einmal. So wie damals, 1945, als Kuzma kam.

Das Telefon läutet zum einhundersten Mal! Marianne ist genervt. Erst um vier Uhr am Nachmittag gibt es Entwarnung per E-Mail, der Sandsturm zieht weiter. Die Flugpassagiere in Ägypten werden, nachdem alles startklar ist, morgen wieder zu Hause sein. Darunter eine ganze Maturaklasse aus Villach. Wenn das Telefon wegen einer weiteren besorgten Mutter oder eines wütenden Vaters noch einmal klingeln sollte, wird sie es mitsamt dem Kabel aus der Buchse reißen und aus dem Fenster befördern, da ist sie sich sicher. Ein schlimmer Tag!

Es läutet weiter. Die Automatik siegt, Marianne greift zum Hörer.

„Marianne Lindner, Maier-Reisen, was kann ich für Sie tun?"

Selbst mitten in der Nacht spontan aufgeweckt würde sie diese Begrüßungsformel honigsüß hauchen, so verinnerlicht ist sie. Auf der anderen Seite der Leitung herrscht Schweigen, dem folgt hörbares Einatmen.

„Marianne ..." Wieder folgt Stille. Eine Stille, die nicht zu der Anruferin passt.

Es gibt unerklärliche Phänomene zwischen Mutter und Kind, vielleicht weibliche Intuition, aber die Tochter weiß augenblicklich, dass irgendetwas passiert ist: „Mama. Ich arbeite. Komm, sag schon! Ist etwas mit Susi?"

Die Panik steigt aus der Magengegend langsam höher und bildet einen Knoten in ihrem Hals. Marianne quält oft die Angst, dass ihrer zweifellos hübschen und intelligenten, aber eben auch arglosen Tochter irgendetwas zustoßen könnte. Im Bus, in der Schule, beim Turnverein – Möglichkeiten gibt es derer viele.

„Nein. Es ist nicht die Susi. Die Oma Nane ...", Elisabeth macht wieder eine Pause und fährt dann fort.

„Die Oma ist heut' eingeschlafen. Für immer."

Eine Welle kommt. Marianne atmet.

„Verstehst du, Marianne?"

Marianne lässt den Hörer langsam sinken, ihr Gesicht scheint jede Spannung verloren zu haben, es fällt in sich zusammen, ihre Kinnlade kippt herunter. Ihr Blick wandert zum Schaufenster hinaus und bleibt an der Pestsäule hängen, die bereits beleuchtet den frühen Abend ankündigt. Mariannes Kopf ist leer, völlig leer, ihr Mund trocken. Ganz leise nimmt sie noch die Stimme ihrer Mutter wahr, die immer wieder ins Telefon ruft:

„Marianne, hörst du mich? Hörst du mich?"

Marianne hat die Worte gehört, aber noch nicht verstanden. Deren Sinn nicht erfasst.

„Für immer", flüstert sie.

Das Begräbnis

Was kann sie gemeint haben? Der Gedanke lässt Marianne nicht mehr los, obwohl sie versucht, ganz aufmerksam zu lauschen, was der Priester über Anna Kofler erzählt. Sie ist so geistesabwesend, dass sie kurz überlegt, ob der Priester nicht die falsche Rede erwischt hatte, denn er sieht aus, als wäre er der Ministrant und nicht ein fertiger Pfarrer. „So kurz und knapp wie möglich", bat ihre Mutter den jungen Geistlichen. „Sie war eine bescheidene Frau und so wollte sie auch verabschiedet werden."

Monoton kommt die Ansprache dann am Fußende der offenen Grabstätte, in der Jahre zuvor Mariannes Großvater versenkt wurde. Damals war Anna in einem sehr schlechten Zustand, wog noch knapp 45 Kilogramm und war fast über Nacht ganz weiß geworden. Bruchstückhaft erinnert sich Marianne an rote Rosen und eine schwarze Schleife auf einem Kranz, auf der mit goldenen Lettern „In ewiger Liebe, Anna" stand. Nun ist ihm seine Ehefrau gefolgt, viele Jahre später: „Anna Kofler, geborene Blasnig, kam im Jahr 1920 in Arnoldstein zur Welt. Leider verlor sie früh ihren Vater und musste sehr bald mithelfen und hart arbeiten. Sie ging als Magd auf einen Hof nach Oberdrauburg und später nach Wolfsberg als Dienstmädel. Sie heiratete ihren Mann Hans im Jahr 1947. Die beiden hatten zwei Kinder: Elisabeth und Herbert, die sie auf den rechten Weg brachten. Ein Enkelkind, Marianne, kam noch zur Familie hinzu. Auch ein Urenkelkind namens Susanne … mit Fleiß …", der Priester liest folgsam vom Spickzettel ab, was Elisabeth ihm aufgetragen hat. Sie liebte keine Überraschungen.

Die Trauergemeinde ist klein, nur die engste Familie wurde geladen. Onkel Herbert hat sich auf seine Art hübsch gemacht und trägt einen auffälligen Nadelstreifanzug, der ihm etwas zu groß geworden ist. Das Haar ist wie immer streng nach hinten frisiert, seine Sonnenbrille ist massiv und verdeckt das halbe Gesicht. Er will nicht, dass man seine roten Augen sieht. Ob er in Englisch überlegt, was ihm seine Mutter bedeutete? Man sagt, dass Menschen die sehr lange in einer anderen Sprache als der Muttersprache leben, bald auch in dieser träumen und denken. Aber ist nicht die Sprache der Kindheit auch jene des Herzens? Marianne macht sich einen Augenblick darüber Gedanken, lässt den Blick aber dann zu ihrer Mutter schweifen, die knapp neben ihrem Bruder steht. So nahe waren sich die beiden schon lange nicht mehr, weil sie ein Ozean und eine jeweils andere Weltanschauung voneinander trennen. Elisabeth wirkt im schwarzen Kostüm adrett wie immer. Sie hält ihr Handtäschchen wie ein Baby vor sich und knüllt ein Taschentuch in ihrer rechten Hand so verkrampft, dass man die Adern auf dem Handrücken hervorstehen sieht. Das rote Haar glüht im Sonnenschein und bildet einen scharfen Kontrast zum Schwarz. Nie trägt Elisabeth schwarz, nur zur Beerdigung ihres Vaters und in den Tagen danach. Sie ist nervös, aber nicht bedrückt. Mariannes Vater Siegfried steht wie immer leicht hinter ihr, er blickt von hinten oben auf das Geschehen. Hier ist er nur Statist, denn Elisabeth hat alles in die Wege geleitet, alles organisiert und Urkunden ausstellen lassen, viel Papierkram unterschrieben und schließlich eine Tüte mit Habseligkeiten aus der Klinik abgeholt. Geweint hat sie nicht, noch nicht. Siegfried kennt sie zu gut, um zu wissen, dass sie sehr wohl trauert, aber ihr Spektrum Gefühle zu zeigen, ist nicht wie das anderer Frauen. Im Vergleich zu seiner Schwiegermutter, die nun leider nicht mehr da ist, und zu seiner eigenen Tochter ist Elisabeth ein bedauernswert gefühlsbeschränktes weibliches Exemplar. Dennoch liebt er sie. Siegfried empfindet seinen Anzug als störend und schwitzt stark. Schweißtropfen bilden sich unter dem schütteren Haar. Die Schultern lässt er nach vorne hängen. Für Annas Verabschiedung hat er sich besonders glatt rasiert, er kommt sich vor wie bei seiner Firmung. Er hofft, dass man ihn und die gesamte Trauerfamilie bald erlösen wird. Anna bestand nie auf solche Zusammenkünfte, erinnert er sich. Deswegen mochte er sie auch so gerne. Sie war es auch, die mit dem Schwiegervater sprach, als er um Elisabeths Hand anhalten wollte. Der alte Kofler war ein seltsamer Kautz, nicht so zugänglich wie seine Frau. Er sprach wenig und schaute grimmig. Elisabeth liebte er über alles und dementsprechend skeptisch war er auch ihm gegenüber. Nun lagen die beiden wieder vereint im Grab. Er war nicht sehr traurig, als der Alte starb, aber Annas nahender Tod ging ihm nahe. Seinen persönlichen Abschied mit Anna hatte er schon vor Wochen im Krankenhaus erlebt, als diese winzige, sehr schrumpelige Frau ihn noch einmal zu sich rief, ohne Elisabeth und Marianne. Die beiden hatten eine ganz intime Art, miteinander Klartext zu sprechen, ohne Schnörkel und sehr ehrlich. Dass sie danach noch so zu kämpfen haben würde, bis sie endlich loslassen konnte, ahnte er nicht. Er wünschte Anna von Herzen, bald friedlich einzuschlafen.

Unauffällig wirft Siegfried einen Blick auf Uwe, der teilnahmslos die Szenerie verfolgt. Was für ein Fehlgriff, dieser Schwiegersohn! Noch immer trägt er einen Pferdeschwanz, der mit den Jahren dünn wie ein Rattenschwanz geworden war. Was Marianne an diesem Computerheini jemals gefunden hatte, blieb ihm ein Rätsel und er war froh, als sich die beiden endlich trennten.

„… Die beiden schufen sich ein Heim, in dem immer alle willkommen waren. Anna war eine sehr lebensfrohe Frau, die bis zum Ende den Glauben an Gott nicht verlor, ihn in Ehren hielt wie auch dessen Werte. Die Ehe, die Beichte und die Kommunion", fährt der Priester kurzatmig fort.

Susanne schmunzelt bei diesen Worten, denn sie erinnert

sich an Annas Darbietung während ihrer Erstkommunion. Ungewollt war die alte Frau damals in den Mittelpunkt der Feierlichkeiten getreten, als sie so laut betete, dass sich alle Eltern und Großeltern ihrer Mitschüler zu ihrer Urla umdrehten. Die kleine weißhaarige Frau bemerkte das gar nicht, weil sie kniend in der Bank die Hände vor der Stirn gefaltet hielt. Susanne schämte sich in Grund und Boden, musste dann aber mit den Schulkollegen lachen und küsste ihre Uroma vor der Kirche fest auf die Wange, nachdem die Mädchen in ihren weißen Kleidern die Kirche in Zweierreihen verlassen hatten und in ihre Familien verabschiedet wurden. Wie sollte sie der Urla böse sein? Sie war schon ein bisschen schwerhörig und vergesslich, na und? Susanne hatte die übertriebene Sorge ihrer Großmutter um deren Gesundheit nie so recht verstanden. Was war schon dabei, wenn man die Haustüre nicht absperrte oder die Kochplatte vergaß auszumachen? Es war doch nichts passiert.

Es vergingen einige Jahre, in denen Anna stetig abbaute. Bald nach Susannes Firmung stürzte Anna dann und erholte sich schlecht. Ihre nächsten Besuche waren im Heim, wo Susanne sich tierisch langweilte, aber viele Kekse mit nach Hause nahm. Zu viele, wie ihre Mutter betonte.

Der Priester schiebt seine Brille zurecht und ist sichtlich froh, diese Rede beenden zu können, denn die Sonne brennt so heiß auf seine schwarze Soutane, dass er meint, bald in Ohnmacht zu fallen:

„Und so geht sie nun hin. Alles Irdische hat ein Ende. Asche zu Asche und Staub zu Staub."

Es ist erst seine zweite Beerdigung nach der Weihe. Der kleine Chor hebt ein getragenes Kärntnerlied an, das vom Kreislauf des Lebens erzählt. Ein gerne gewünschtes Begräbnislied in dieser Gegend, hat er sich vom Chorleiter erklären lassen. Er selbst stammt aus Niederösterreich, wo man nicht derart getragen und melancholisch singt und denkt.

Marianne nimmt zitternd die Schaufel und streut Erde auf Annas Grab. Sie hat sich vor diesem Moment sehr gefürchtet. Er ist so endgültig. Es gibt kein Zurück mehr, wenn die Erde erst krachend an dem glattpolierten Sarg abperlt und die schönen weißen Rosen daneben schmutzig in der Grube liegen. Anna war geistig und später körperlich schon lange gegangen, das wusste Marianne freilich, doch begreifen wollte sie es nicht. Wieso kommt es ihr so unwirklich vor? Es ist, als würde Anna in ihrer alten Lieblingsweste neben ihr stehen, um ihr die Schaufel von hinten in die Hand zu drücken und ihr dabei noch zu helfen. Gerade so, als begruben sie einen von Annas alten Freunden. Nur eine war noch verblieben, die Anna von früher kannte. Ludmilla lebt im Heim bei Arnoldstein, aber sie ist kaum noch ansprechbar. Alzheimer hat ihr Hirn fast aufgefressen, sodass es nur wenige klare Augenblicke gibt, erzählt Erwin, als Elisabeth ihn über Oma Nanes Tod informiert.

Was konnte sie damit gemeint haben? Immer wieder läuft dieser Moment vor Mariannes innerem Auge wie ein Film ab:
Klappe auf. Anna liegt am Sterbebett und versucht sich aufzusetzen. Marianne hilft ihr. Wasser. Sie will Wasser. Und dann spricht ihre Großmutter ganz leise und langsam:
„Es ist in der Schatulle.“
Sie verschluckt sich.
„Langsam, Oma. Langsam.“
„In der Mauer, im Haus.“
Mit letzter Kraft flüstert sie: „Bitte suche sie. Es ist für dich.“

Anna dringt einen Moment lang zu Marianne durch und hält sie an der Hand, so fest sie es noch vermag, bevor sie sich wieder hinlegt und fast augenblicklich einschläft. Ihr Atem hört sich sanft an, leichter als die Tage zuvor. Die Uhr im Zimmer tickt laut. Marianne bleibt sprachlos sitzen. Klappe zu.

Welche Schatulle, welches Haus? Was konnte Oma Nane für sie haben? War das nur ein Gespinst oder meinte sie das ernst? Was verbarg sie vor ihren Kindern, warum gab sie diese Botschaft nicht an Elisabeth oder Herbert, sondern an sie weiter? Tatsächlich waren das ihre letzten Worte, denn schon am Tag darauf rief man den Priester, der ihr die Krankensalbung verabreichte. Sie bestand darauf, gesalbt hinüberzugehen. Wohin auch immer, dachte Marianne. Aber für ihre Großmutter war ihr Platz bei Gott eine sonnenklare Bestimmung, von der sie liebevoll und ausdauernd erzählen konnte. Anna hatte keine Angst vor dem Tod, nur das lange Dahinsterben und Siechen stürzten sie in große Furcht, obwohl sie zeitlebens furchtlos gewesen war.

Der letzte Wille

Bald nach der Beisetzung trifft bei Elisabeth ein Schreiben der Notariatskanzlei Willersdorfer ein. Ein amtliches Schreiben mit einem schönen Briefkopf, in dem man sie zur Testamentsverkündung einlädt. Ihr Bruder wird in Amerika via Skype-Konferenz dabei sein. Auch Marianne findet diese Einladung in ihrem Briefkasten. Elisabeth ist überrascht, denn als ihr Vater starb, gab es kein Testament, obwohl er der Besitzer des Hauses in der Manzenreiterstraße war. Viele Dinge hatte Elisabeth schon vor Jahren mit ihrer Mutter besprochen, der geplante Hausverkauf wurde aber erst nach Annas Entmündigung möglich. Die Kanzlei Willersdorfer ist in der Innenstadt in einem Palais mit sehr hohen Räumen eingemietet, die mit wunderschönen Deckenfresken bemalt sind. Ehrfürchtig betreten Elisabeth und Marianne den knirschenden Parkettboden und melden sich an. Der Notar ist sehr jung, ein Anwärter, wie er erklärt. Er klappt den Bildschirm seines Laptops auf und verbindet sich mit Onkel Herbert, dessen Stimme etwas verzerrt klingt. Er winkt und begrüßt beide freundlich mit „Hi sister, hi Sweety!".

Aus einer Papiermappe zieht der Anwärter ein dünnes, etwas abgegriffenes Papier, handgeschrieben mit blauer Tinte. Dann klingt er sehr professionell:

„Zur Testamentsverkündung von Anna Kofler, geborener Blasnig, begrüße ich Frau Elisabeth Lobnig, geborene Kofler und Herrn Herbert Kofler sowie Frau Marianne Lindner, geborene Lobnig ...", so beginnt der Anwärter mit seinen Ausführungen und schildert die Eigentumsverhältnisse, noch vor Annas Entmündigung. Das Haus soll zu gleichen Teilen auf die beiden Kinder aufgeteilt werden, mit einem Pflichtanteil für Marianne. Ein Auto wird auch noch erwähnt, dieses wurde aber vor Jahren verschrottet, da es nicht mehr zu reparieren war. Anna hat schriftlich festgehalten, dass das komplette Hausinventar ebenfalls aufgeteilt werden möge und dass sie ein Sparbuch bei der Kärntner Sparkasse besitze, auf dem ein kleiner Geldbetrag liege, den man für ihr Begräbnis verwenden möge. Auch dieses Sparbuch war schon längst leer, denn Elisabeth hat es bei den Aufräumarbeiten im Haus gefunden und die Summe für eben diesen Zweck verwendet. Ein kleiner Restbetrag wurde in Form eines Bausparvertrages für die Urenkelin angelegt. Tatsächlich besaß Anna keine Wertpapiere, keinen Schmuck oder andere Dinge von Wert. Sie hinterließ aber auch keine Schulden, lange schon waren Haus und Auto abbezahlt. Herbert hört via Skype genau zu, Elisabeth ebenfalls, gelegentlich räuspert sie sich nervös, weil ihr das alles bekannt vorkommt beziehungsweise längst erledigt ist. Es gibt nichts, was sie überrascht. Bis der Anwärter die letzten Sätze des Testaments vorliest.

„Ich möchte, dass nach meinem Tod und unter der Bedingung, dass mein Gatte Hans Kofler vor mir verstirbt, der hier hinterlegte Brief durch den Notar Willersdorfer oder dessen Nachfolger verschickt wird. Der Inhalt dieses Schreibens ist nicht für die Augen meiner Kinder bestimmt. Im Vollbesitz ihrer geistigen Kräfte unterzeichnet von Anna Kofler, am 2. Februar 2001. "

Marianne und Elisabeth sehen sich an, Herbert fragt über den Bildschirm: „Was, bitte?" Der Anwärter wiederholt sich und will das Testament wieder in den Ordner legen, als ein Kuvert auf den Boden rutscht. Er ist von Anna mit ihrer verschnörkelten und ungelenken Handschrift in blauer Tinte adressiert worden. Marianne sitzt direkt daneben und sieht aus dem Augenwinkel nach unten auf den Parkettboden. Eine Adresse in Edinburgh, der Brief geht an einen gewissen Bernhard. Die Straße und den Nachnamen erfasst sie nicht mehr, bevor der Anwärter es in die Mappe zurückschiebt, sichtlich nervös und peinlich berührt. Elisabeth findet zuerst die Sprache wieder und stellt recht sachlich fest: „Guter Mann, wenn meine Mutter den Inhalt zwar nicht für uns bestimmt hat, so können wir doch wenigstens den Adressaten erfahren, oder? Ich meine ... wird diese Person etwas erben? Gibt es hier Verwandtschaft, von der wir nichts wissen?"

„Nein, so viel kann ich Ihnen versichern. Frau Kofler hat keine weiteren Verwandten mehr, die erbberechtigt wären. Dieser Brief ist von privatem Interesse für unsere Mandantin gewesen, den Inhalt kennen auch wir nicht."

„Ja, aber was hat das dann für einen Sinn, wenn sie nicht mehr da ist, ich meine, die Oma?", findet Marianne.

„Das liegt nicht in unserem Ermessen, was unsere Mandanten für sinnvoll halten. Das sind letzte Wünsche, der letzte Wille ihrer Großmutter ist in jedem Fall zu respektieren."

„Elisabeth, ich rufe dich an. Zuhause. Okay", verabschiedet sich Onkel Herbert vom Bildschirm. Das Bild wird schwarz und es knistert ein wenig.

Elisabeth und ihre Tochter werden überaus höflich aus der Kanzlei komplimentiert, nachdem sie noch eine Gebühr bezahlt und einige Formulare unterzeichnet haben. Mit noch immer fragenden Gesichtern entlässt man sie ins gewaltige Stiegenhaus des Palais, wo ihre Stimmen hallen. „Was könnte sie einem Mann in Edinburgh geschrieben haben?", fragt Marianne laut. Schnell holt sie einen abgegriffenen Einkaufsbon aus der Handtasche hervor und notiert mit einem Kugelschreiber: Bernhard, Edinburgh. Dahinter setzt sie ein großes Fragezeichen.

„Wollen wir einen Kaffee trinken gehen? Hinunter zur Drau?"

Elisabeths Stöckelschuhe klappern laut auf der Mamortreppe.

„Okay?" Marianne stutzt, nickt aber.

„Ich lade dich ein, zum Italiener."

Ihre Mutter geht nicht gerne in Kaffeehäuser, aber heute macht sie wohl eine Ausnahme, weil die Situation so außergewöhnlich ist.

Der Espresso ist kurz, heiß und kräftig. Obwohl ihr Sitzplatz im Schatten liegt, ist die Luft zum Schneiden dick, kein bisschen Wind trägt der Draufluss nach oben in das Kaffee an der Promenade. Es ist noch immer heißer als gewöhnlich im Juli. Marianne ist schweigsam, als sie die Kanzlei verlässt und spricht auch kein Wort auf dem Weg ins Lokal. Elisabeth bricht schließlich das Schweigen mit einer für sie sehr untypischen Ansage:

„Ich muss dir etwas sagen."

„Ja?"

„Ich habe deinem Großvater auf dem Sterbebett etwas versprechen müssen …"

Marianne hält inne, als sie Zucker in ihren Espresso geben will.

„Es war nicht so leicht für ihn, mir das zu beichten, aber auch nicht leicht für mich, es niemandem zu erzählen."

„Was? Mama, was?", Marianne wird ungeduldig.

„Er war nicht unser Vater."

Eine Möwe kreist über der Drau und stürzt sich ins Wasser. Kaffeegeschirr klappert im Innenraum der Bar. Menschen sprechen. Mariannes Stimme klingt plötzlich ganz belegt: „Was? Was heißt das?"

„Dass er nicht mein Vater ist und auch nicht der von Herbert. Verstehst du?"

„Nein. Oder?"

„Doch …"

„Aber, wer …?"

„Ja. Das wusste er selbst nicht."

„Ich meine, wie kann er das nicht gewusst haben?"

„Oma Nane hat es ihm nie gesagt. Hast du nie nachgerechnet? Ich schon. Ich bin 1945 geboren und dein Onkel 1947. Geheiratet haben die beiden 1947."

„Ja und? Wart ihr eben ledige Kinder. Gibt's ja öfters."

„Sicher. Ich habe auch nie nachgefragt. War nie ein Thema."

Elisabeth wendet sich von ihrer Tochter ab und blickt über den Fluss zur Brücke vor der Heiligengeistkirche. In Mariannes Kopf kreist ein großes Warum? Warum hat sie mir nichts gesagt? Warum habe ich das nie bemerkt? Warum gibt es so viel Unausgesprochenes? Weshalb diese Heimlichtuerei? Wofür der Brief?

„Mama", setzt Marianne an, „glaubst du, es könnte der Mann in Edinburgh sein? Kannst du dir darauf einen Reim machen?"

„Nein, kann ich nicht. Ist momentan auch ein bisschen viel das alles. Oder?"

„Warst du deswegen so anders zu ihr, seitdem der Opa tot war?"

„Naja, was hättest du getan?"

„Ich weiß nicht, gefragt vielleicht?"

„Nein, ich habe es ihm versprochen. Fertig, aus. Was hätte es auch geändert? Dein Opa war mein Vater und KEIN anderer."

„Und Onkel Herbert? Weiß er auch nichts?"

„Nein."

„Krass ist es schon, dass ich eigentlich fast gar nichts über meinen Opa weiß. Nur, dass er vorher schon einmal verheiratet war. Das hat Oma Nane einmal erzählt."

Während Elisabeth und Marianne noch einen Prosecco trinken, führt die Mutter ihre Tochter in das wenige Gewisse aus dem Leben des Hans Kofler zurück. In eine Ära, die lange vor Elisabeths Geburt liegt und über die sie ebenfalls nur bruchstückhaft Bescheid weiß. Es muss ganz eigenartig gewesen sein, dass die beiden Koflerleute nie über ihre Jugend erzählten, denkt Marianne. Wohl hielt Anna in späteren Jahren lange Monologe über ihre harte Kindheit, aber während Elisabeth selbst noch ein Kind war, vermieden sie über ihr Kennenlernen oder die Zeit davor zu sprechen. Es war gerade so, als wären sie immer Eltern gewesen.

Hans Kofler wurde 1905 in Bleiburg geboren und wuchs zweisprachig auf. Als seine Muttersprache sah er stets das Slowenische. Er war das ledige Kind einer Dienstmagd und wuchs bei einer Tante auf, die ihn gut behandelte, weil sie selbst keine Kinder hatte. Er begann sehr jung eine Lehre als Schneider und war viele Jahre auf der Stör, zusammen mit seinem Meister. Er zog von Dorf zu Dorf, von Bauer zu Bauer und nähte für die Besitzer und das Gesinde Kleider, Röcke, Hemden, Hosen und sogar die Leibwäsche. Seine erste Frau heiratete er im Nachbarort mit etwa 25 Jahren, so genau weiß es Elisabeth nicht. Nur, dass sie im Kindbett verstarb, wie auch das Neugeborene. Das hat Hans gebrochen und wieder aus dem Dorf vertrieben. Erneut verließ er die Heimat, überlegte sogar auszuwandern. Für den Ersten Weltkrieg war er zu jung, im zweiten großen Krieg konnte er sich lange erfolgreich einer Einberufung entziehen. Gegen Ende des Krieges jedoch wurde er einberufen, entzog sich dieser Einberufung jedoch rechtzeitig durch Flucht in die Wälder und tauchte unter. Wie es ihm gelang, den Krieg unbeschadet zu überleben, hat er seinen Kindern nie erzählt, wohl auch, weil sie ihn nie danach gefragt haben. Lediglich Anna erwähnte, dass er mit dem Widerstand in Kontakt war. Zwei Jahre nach Kriegsende lernte er durch einen Zufall Anna kennen. Wie genau das passierte, weiß Elisabeth nicht. Sie wusste bis zu dessen Tod auch nicht, dass Anna zu jenem Zeitpunkt bereits mit ihr im Kinderwagen fuhr, während sie Herbert unter dem Herzen trug.

Marianne hört aufmerksam zu, sie unterbricht nicht, atmet flach, wie im Wasser. Sie meint, dass sie eine Welle jederzeit untertauchen werde. Innerhalb von wenigen Minuten stürzt ein Kartenhaus über ihr zusammen, erbaut aus bisher festverklebten einzelnen Episoden und Fragmenten, die ein Familiengebilde ergaben, das ihr Heimat war, das eine fixe Größe bedeutete.

Ihre geliebte Großmutter war eine Lügnerin und Betrügerin. Ihr Großvater nicht ihr Großvater und ihre Mutter schwieg über Jahre alles tot. Um sie zu schützen? Um sich selbst zu schützen? Um nichts infrage zu stellen? Um den Schein zu wahren? Warum? Das Gefühl, betrogen worden zu sein, schlägt in den darauffolgenden Wochen langsam in Wut um, vor allem auf ihre Mutter. Sie ist auch die Einzige, die sie dafür zur Verantwortung ziehen kann. Alle anderen haben sich davongestohlen. Das Verhältnis der beiden kühlt ab, mehr noch als zuvor. Das geschieht schleichend, während Marianne an ihrem neuen Leben arbeitet und die Vergangenheit ruhen lässt. Manchmal denkt sie zwar an das Kuvert, aber nachdem niemand sich daraufhin gemeldet hat oder der Notar sich bei ihr rührte, lässt sie es einfach sein. Ihre Mutter scheint es nicht ausforschen zu wollen und auch Onkel Herbert hüllt sich in Schweigen. Seine E-Mails bleiben höflich und liebevoll besorgt, aber ohne das Thema Vaterschaft zu erwähnen. Dinge totzuschweigen, muss eine lange Tradition in dieser Familie haben. So zieht ein ganzes Jahr vorbei, bis man Marianne in die Manzenreiterstraße zum Abbruchhaus ruft.

Buch 4
Marianne
2014–2015

Madonna!
Herbst 2014

Nachdem die Männer die Blechkiste in ihren Wagen gehoben haben, fährt Marianne geradewegs nach Hause. Wie soll sie dieses schmutzige Ding nach oben bringen? Sie läutet an der Wohnungsglocke.

„Susanne, bitte hilf mir einmal!"

Einem genervten Stöhnen in der Gegensprechanlage folgen schlurfende Schritte im Stiegenhaus. Die beiden Frauen geben nach fünf Versuchen auf. Die Kiste ist zu schwer, um sie die Stiege hinaufzuschleppen, zudem ist sie so groß, dass Marianne keinen Platz dafür in der Wohnung hat. Susanne flucht mehrmals:

„Scheiß Krempel! Nicht echt, oder? Das brauchst du nicht echt oben, Mum?" Marianne sieht es ein, bugsiert die massive Kiste wieder in den Vorhof und holt mehrere große IKEA-Tragtaschen, um den Inhalt herauszunehmen. Der Geruch von Erde, altem Papier und Rost ist sehr intensiv, als die Kiste im Sonnenlicht zum ersten Mal atmen darf. Wie viele Jahre sie tatsächlich unter der Erde in der Mauer verborgen lag, kann Marianne nur schätzen, aber es waren wohl gut sieben Jahrzehnte. Susanne steht etwas unbeholfen neben ihrer Mutter, sie ist zwar neugierig, aber irgendwie ist ihr dieses Ding auch unheimlich. Sie hat viel zu viele Horrorfilme gesehen und hofft immer noch, dass kein Skelett unter den Papieren nach oben fährt oder plötzlich ein verrückter Clown herausspringt. Marianne klaubt vorsichtig Schachteln, die sich an den Ecken aufzulösen beginnen, altmodische Aktenordner, lose Kuverts und getrocknete Blumensträußchen aus der Kiste. Nach vorne gebeugt in die Vergangenheit, die wahrscheinlich mit dem Leben ihrer Großmutter zu tun hat, aber ganz sicher ist sie sich darüber noch nicht. Susanne packt mit an, nimmt eine große Tasche über die Schulter und hält sich die Nase zu.

„Boah, das Zeug stinkt nach Moder. Wo willst du das hingeben?"

„In den Wintergarten."

Marianne versinkt über Stunden in Papieren und Schachteln, die sie schon sehr bald eindeutig ihrer Großmutter zuordnen kann, weil sie ihre Handschrift erkennt. Sogar ein paar alte Bilder von ihr sind dabei, allerdings zusammen mit Menschen, die sie noch nie auf den anderen alten Fotografien in Oma Nanes Haus gesehen hat. Vom Eigentum ihres Großvater Hans ist nichts in der Kiste zu sehen, auch keine Fotografien. Marianne überlegt, wie sie ohne seine Hilfe diese massive Kiste schleppen konnte und dann auch noch einmauern ließ. Vielleicht wusste er aber davon? Wahrscheinlich schon, denn wie wäre Anna sonst zu einer Bahnkiste gekommen? Vielleicht würde Marianne noch etwas aus seiner Partisanenzeit finden. Es musste ja einen Grund geben, dass dieses Ding so tief unter der Erde begraben wurde. Vielleicht wollte man hier schlimme Geheimnisse beerdigen. Hoffentlich nicht zu schlimme.

Ein Dokumentenordner ist das Erste, was sie mit Vorsicht durchblättert, und dabei wird sie stutzig: eine Geburtsurkunde aus Arnoldstein von Elisabeth Blasnig, Mutter Anna Blasnig, Vater unbekannt, Geburtsort Maria Hilf in Klagenfurt. Das Papier ist beklebt mit einer Stempelmarke und in sauberer Handschrift sehr akkurat ausgefüllt. Eine weitere Geburtsurkunde, mit einer Schreibmaschine verfasst, befindet sich direkt darunter, wieder von dem Kind Elisabeth Ludmilla Blasnig, mit derselben Mutter und einem gewissen Anton Unterweger aus Tamsweg in Kärnten als Vater. Dessen Eltern, wohnhaft in Tamsweg, werden auch genannt und dass dieser Anton in Stalingrad gefallen ist, wann genau, kann man auf dem Papier nicht mehr erkennen. Laut diesem Dokument ist ihre Mutter in Tamsweg geboren und außerdem nicht im Februar 1945, sondern im März desselben Jahres. Wow!

Es gab also doch einen Namen für ihren echten Großvater? Die Urkunden vor sich auf dem Glastisch im Wintergarten ausbreitend, überlegt sie ihre Mutter anzurufen. Vielleicht würde sie das doch tangieren? Interessieren oder irgendwie zumindest beeindrucken, selbst wenn es Marianne bisher nicht so erscheint. Dann verwirft sie den Gedanken. Sie möchte doch erst selbst alles durchlesen und ansehen, bevor sie zum Hörer greift.

Die Dokumentenmappe enthält ein Dienstzeugnis von Anna Blasnig, nachdem sie in den Jahren 1934 bis 1943 bei einem gewissen Adolf Manditsch als landwirtschaftliche Helferin gearbeitet hatte. Ein Arbeitsbuch bestätigt dies, mit einem großen Reichsadler am Umschlag. Außerdem hat sie einen Eintrag von einer Arbeit in Wolfsberg, Camp Wolfsberg, dann eine Abkürzung und daneben „housemaid", also Hausmädchen. Der Stempel ist britisch.

Ein kleines braunes Büchlein mit dem Aufdruck „Arierausweis" rutscht darunter hervor, darin ein reizendes Bild ihrer Großmutter mit langen Zöpfen. Hier sind Annas Eltern, Groß- und Urgroßeltern erwähnt, die scheinbar aus der Steiermark und dem Kanaltal in Oberitalien stammten. Also war sie eine Viertelitalienerin, oder doch nicht, denn das war noch zur k. & k. Zeit, als Österreich um so vieles größer war.

Eine Parte von einem Herrn Egon Blasnig, erklärt, dass dessen plötzliches Ableben von der Gattin Lydia und den Kindern Egon, Anna, Franz, Michael und Gottlieb sehr bedauert wird. In Abstimmung mit der Geburtsurkunde von weiter vorne war das wohl ihr Urgroßvater gewesen. Anna hatte den Namen nie erwähnt und auch nie viel über ihre Geschwister erzählt. Die Parte legt Marianne behutsam beiseite.

Sie muss dringend einen Kaffee trinken und geht dafür in die Küche. Inzwischen schlüpft Susanne in den Wintergarten und überblickt den Tisch. Sie greift nach einem Abriss einer stark verblassten Theaterkarte aus dem Jahr 1945 mit dem Aufdruck: Lagertheater, Camp Wolfsberg, Block B, großer Speisesaal, 14. September, Beginn 18.30 Uhr, Eintritt frei. Wir präsentieren Johann Nestroys „Einen Jux will er sich machen." Komisch, denkt Susanne, was für ein Camp war das? Sie hatte noch nie davon gehört. Als ihre Mutter wieder in den Wintergarten tritt, googelt sie es schon.

„Mama, hast du gewusst, dass die Engländer ein Gefangenenlager in Wolfsberg hatten?"

„Ja, schon einmal gehört, warum?"

„Da war die Urla scheinbar einmal."

„Hoffentlich nicht, weil sie entnazifiziert wurde", murmelt Marianne ganz leise. Susanne nimmt das nicht mehr wahr, schon ist sie weiter damit beschäftigt, in den Taschen zu stöbern. Sie holt einen ziemlich großen Karton heraus, schüttelt ihn, weil er schwer ist, kommt aber nicht darauf, was darin enthalten sein könnte. Skeptisch sieht sie zu ihrer Mutter auf:

„Ganz sicher, dass da keine Bombe drin ist?"

Marianne nickt und Susanne stellt den Karton auf den übrigen Papieren ab, wischt den verstaubten Deckel ab und liest als Absender: Josefine Manditsch, Oberdrauburg, adressiert an Anna Blasnig, Peraugasse in Villach. Da hatte also ihre Urla auch einmal gewohnt. Der Karton ist mit einem brüchigen Zwirn verschnürt, diesen löst Susanne vorsichtig auf, aber der Faden bricht sofort. Sie hebt den Deckel an, unter dem sich noch mehr Staub verbirgt, und staunt nicht schlecht über den Inhalt: Es sind massive und sehr hohe Reiterstiefel in Schwarz. Sie müssen einem Mann gehört haben, denn für eine Frau sind sie zu groß und klobig.

„Okaaay … Gut. Ist die Urla geritten?"

„Nein, nicht dass ich wüsste, aber ich weiß bald gar nichts mehr."

Susanne nimmt einen Stiefel aus dem Karton, er ist in erstaunlich gutem Zustand.

„Geile Boots. Oder? Meinst du, das waren ihre Stiefel?"

„Ich kann mir das nicht denken."

Am Boden des Pakets findet sich ein klein zusammengefaltetes Briefchen, das bestimmt von einer Frau verfasst wurde. Marianne nimmt den Umschlag, der nicht verschlossen ist, und zieht ein dünnes Blatt Papier heraus. Die darauf verfassten Zeilen richten sich an Anna und wurden im Jahr 1949 von einem Fräulein Fini geschrieben, die Mariannes Großmutter wohl sehr gut gekannt hat, denn der Ton wirkt sehr vertraut. Darin beschreibt sie die momentane Lage am Hof und dass sie es erst jetzt geschafft hat, herauszufinden, wo sie sich aufhält.

„Mei Anna, hättest wohl einmal etwas von dir hören lassen können, sie haben dir längst vergeben, dass du davon gegangen bist. Ich weiß wohl warum, auch wenn ich noch so ein Dirndl war. Es war nicht schwer zu bemerken, dass du einen Bauch kriegst und so komisch warst. Auch ich habe einen Verehrer und freue mich schon darauf, endlich vom Hof wegheiraten zu können. Vielleicht noch ein paar Monate, dann kann ich auch gehen. Ich habe dir geschickt, was Kuzma vergessen hat und du dann wohl auch. Auf dem Heuboden habe ich sie gut versteckt. In einem Schaft findest du ein Heiligenbild vom Kosakenplatz. Ich habe es per Zufall unten am Ende vom Feld gefunden. Ich dachte, du solltest es bekommen. Damit Gott dich behüt!"

Fini beendet den Brief mit der Bitte, dass sich Anna einmal melden möchte und wünscht ihr alles Gute und Gottes Segen. Was für ein reizender Brief! Anna war also schon in Oberdrauburg schwanger gewesen, aber keine Rede von dem

Herrn Unterweger aus Tamsweg. Wohl aber von einem Herrn Kuzma und den Kosaken. Von den Don Kosaken hatte sie zwar gehört, aber dass diese 1945 in Oberdrauburg zu Gast waren, kann sich Marianne beim besten Willen nicht vorstellen. Kuzma war ein seltsamer Name, vielleicht Slowenisch? Sie lässt den Brief sinken und beobachtet, wie ihre Tochter mit ihren , schlanken Armen ganz in den Stiefelschäften verschwindet.

„Nein, kein Heiligenbild. Nichts."

„Gut, wird vielleicht noch auftauchen."

Marianne wandert geistig über den Tisch, der nun angeräumt mit staubigen Briefen, Urkunden und Schachteln ist. Sie hat für diesen Tag genug erlebt und gesehen, sie braucht eine Pause. Marianne schläft in der Nacht sehr unruhig, im Traum bäumt sich vor ihr ein gesichtsloser Mann in Reiterstiefeln auf, er trägt eine Wehrmachtsuniform. Mit einer gewaltigen Schaufel deckt er die große Kiste mit Erde zu. Dann zerfällt er zu Staub und Marianne schaut auf den Wecker neben ihrem Bett. Es ist vier Uhr dreißig.

Am darauffolgenden Tag meldet sie sich schon ganz in der Früh per Mail krank, sie fühlt sich nicht wohl. Ihr Herz klopft zu laut, Schwindel überkommt sie, als sie aufsteht. Mit einer großen Tasse dampfendem Tee geht sie in den Wintergarten, beinahe überrascht, dass ihre Entdeckungen vom Vorabend noch immer da sind. Sie war sich nicht sicher, ob das alles nur ein Traum war. Aber es war echt, die Schatulle war tatsächlich voll mit Erinnerungen und Geständnissen, zu denen ihre Großmutter zeitlebens nicht fähig war. Die sie für immer begraben wollte. „Sie ist für dich. Es gehört dir", hat sie gesagt. Anna Kofler, Anna Unterweger, Anna Kuzma, Anna Blasnig. Wer war sie nun wirklich gewesen, diese kleine Frau mit der Zahnlücke?

Marianne setzt sich an den Tisch und nimmt eine schwarze Ledermappe aus dem blauen Sack. Beim Öffnen hängt die Schnalle zunächst fest, dann gibt sie ruckartig frei, was Marianne schon längere Zeit vermutet hatte. Eine wichtige Beziehung von Anna führt nach Edinburgh. Anscheinend zu einem Besatzungssoldaten, denn ein paar Notizzettel kleben an der Innenseite der Ledermappe fest. Vorsichtig löst Marianne sie. Darauf sind kaum noch lesbar in holprigem Deutsch Einladungen zu Treffpunkten notiert und kleine Versprechen. In einer auf gelbem Papier gemalten Notiz steht: „Mein Darling, ich hoffe, dass ich dich am Bahnhof treffe. Können wir für eine Nacht bleiben? Ich habe Wurst und tights für dich." In einem anderen heißt es: „Die Maul- und Klauenseuche ist vorüber, come to Wolfsberg. So wie früher." Ein kryptischer Vermerk steht auf einem weiteren Blatt: „Geht es der kleinen Missis wieder gut? Ich kann den Doktor callen, dass er zu deiner Mum kommt. Don't panic, es wird nicht mehr lange dauern." Alle Briefe sind mit drei Kreuzchen und dem Namen Bernie unterschrieben, alle lauten auf 1946. Es gibt umgekehrt keinen einzigen Brief von Oma Nane an Bernie, aber dafür einen amtlich aussehenden aus England.

In einem im Jahr 1947 mit der Schreibmaschine verfassten Brief in englischer Sprache erklärt eine gewisse Mrs. Granger von der Unmarried Mother Union in Edinburgh, dass sie schlechte Nachrichten für Anna hätte. Mister Mason habe auf ihre Anfrage nur zögerlich reagiert und es ausgeschlossen, dass sie zu ihm nach England reisen könne, da eine Heirat nicht denkbar sei, zumal Mister Mason seit dem Jahr 1945 bereits verheiratet sei. Er denke nicht daran, diese Ehe aufzulösen. Seine Gattin wäre schwanger, daher könne er keine finanzielle Unterstützung für das Kind übernehmen. Sie empfiehlt Anna den Kontakt abzubrechen und nicht mehr in die Vergangenheit zu blicken, das wäre das Beste für sie und ihren Sohn.

Na, bumm! Marianne hat nun auch einen Namen für Herberts Vater: Bernie Mason aus Edinburgh. Der Mann auf dem Kuvert! Der niemals geantwortet hat, der schon damals nicht mehr geantwortet hat. Der ihr die Ehe versprach und dann verschwand. Marianne fühlt sich fiebrig. Ob sie krank werden würde, oder ob das die Aufregung ist? „Er war nicht unser Vater", erinnert sie sich an die Worte ihrer Mutter und spricht sie dabei laut aus. Nein, das war er wirklich nicht.

Eine Person dürfte das gewusst haben, denn in einem weiteren Briefchen, allerdings auf rosafarbigem Papier, liest Marianne, dass eine gewisse Maria aus Villach sie einlud und nach ihrem Kind fragte. Diese Maria hatte sogar eine Adresse angegeben.

In der schwarzen Mappe befindet sich eine gut erhaltene Schwarz-Weiß-Fotografie von einem britischen Soldaten, der seine Kopfbedeckung unter die Achsel geklemmt hält. Ein fescher Mann mit schwarzem Haar und einem Schnauzbart. Marianne lacht spontan auf und ruft laut: „Madonna, der schaut aus wie der Onkel, nur weniger schwul! Wahnsinn!" Die Sache war also amtlich, kein Zweifel, kein Test notwendig. Dass so eine Ähnlichkeit überhaupt möglich war!

Marianne errechnet mit den Daten der Briefchen und dem auf dem Foto notierten Datum, dass dieser Bernie auf jeden Fall der Vater von Herbert sein konnte und die Hochzeit ihrer Großeltern sehr knapp vor dessen Geburt stattfand. Von der Zeit vor Elisabeths Geburt gibt es keine Nachrichten in der Mappe. Wahrscheinlich hatte ihr Großvater die beiden Kinder bei der Hochzeit adoptiert und sie hießen fortan Kofler, so wie er.

Marianne geistert durch die Wohnung, räumt dort und da ein bisschen auf, versucht alltägliche Handlungen zu setzen, um diese ganz ungewöhnlichen Informationen einzuordnen. Sie lassen viele Fragen nicht mehr los: Warum hatte dieser Bernie so viele Jahre später nicht auf Annas Brief reagiert, obwohl sie da bereits tot war? War die Scham noch immer so groß? Oder, und das war viel wahrscheinlicher: Er lebte gar nicht mehr. Er war tot, wie alle anderen aus dieser Generation. War dieser Mann vielleicht inzwischen so alt, dass er sich nicht mehr erinnern konnte? Konnte man das wirklich vergessen? Sein eigenes Kind?

Ihr eigenes Kind war gerade in der Schule und lebte in der Gewissheit, dass seine Eltern es liebten, jeder auf seine Art. Auch Marianne weiß, wer ihre Eltern sind, so hofft sie zumindest. Inzwischen fragt sie sich in stillen Momenten, ob vielleicht auch das nur Lug und Trug ist. Vielleicht war sie vertauscht worden? Vielleicht adoptiert? Vielleicht wollte sie nur manchmal mit ihrer Mutter gar nicht verwandt sein, weil sie so schwierig ist? Vielleicht gab es einen verständlichen Grund, dass Elisabeth so ist, wie sie ist. Was mag sie als Kleinkind mitbekommen haben? Wo war sie, bei wem, wenn sich ihre Mutter mit dem Soldaten traf? Das eindimensionale Bild ihrer Großmutter in der Schürze und der grünen Strickjacke im Garten bekommt jetzt eine Rückseite. Ein Janusgesicht. Das einer jungen hübschen Frau im taillierten Kleid mit Dauerwelle. Eine attraktive Frau mit Sehnsüchten und Wünschen, vielleicht sogar als leichtes Mädchen?

Als letztes Dokument zieht Marianne einen vergilbten Zeitungsartikel aus der schwarzen Mappe, in dem über einen Brand in einem Nebengebäude in der Peraustraße berichtet wird. Dabei war alles Inventar verbrannt, alle Papiere und Kleidung, aber die Bewohnerinnen konnten mit einer leichten Rauchgasvergiftung gerettet werden. Auf dem winzig kleinen Foto meint Marianne, ihre Großmutter und Urgroßmutter zu erkennen und die kleine Elisabeth, die zwischen den beiden auf dem Boden hockt. Oma Nane dürfte da schon wieder schwanger gewesen sein, aber das sieht man auf dem Bild kaum. Die Papiere waren aber in Wahrheit nicht verbrannt, sondern befanden sich schon in dieser Kiste. So hatte Anna es geschafft, die Urkunden verschwinden zu lassen. Übrigens entdeckt Marianne nicht einen einzigen Papierschnipsel über Hans Kofler. In diesem dunklen Erdverließ hatte seine Vergangenheit nicht geruht.

Der andere Mann

Sie will ihre Mutter immer noch nicht anrufen und ihr von dem Fund berichten, sondern diesen exklusiv erforschen. Sie will auch keine Diskussion mit Elisabeth darüber anfangen, dass man die alten Dinge ruhen lassen sollte und sie da nicht herumzustöbern hätte. Vielleicht war das der Grund, warum ihre Großmutter damals meinte: „Es gehört dir."

Elisabeth hätte die Kiste womöglich sofort entsorgt, ohne einen Blick hineinzuwerfen, nur damit in ihrer heilen Welt alles so bleiben konnte wie zuvor, obwohl das schon lange nicht mehr so war. Seit dem Tod von Hans Kofler war ein Teil ihrer Wurzeln gekappt. Nun versuchte sie sich umso verkrampfter, mit der anderen Hälfte im Boden zu halten. Sie krallte sich fest und wurde dabei immer unzugänglicher.

Susanne brauchte den Beistand von Elisabeth nicht mehr so wie kurz nach der Scheidung. Sie teilte ihrer Großmutter schon vor einiger Zeit mit, dass sie kein Baby mehr sei und keine 24-Stunden-Betreuung notwendig war. Das empfand Elisabeth als eine Beleidigung, damit hörte leider das Bekochen auf, aber auch die Kontrolle von jedem von Mariannes und Susannes Schritten oder eventuellen Verehrern.

Marianne benötigte nach der Scheidung noch ein Jahr, um sich zumindest wieder nach einem Mann umzudrehen. Mehr wollte sie gar nicht. Vorerst. Sie war zwar mit Kolleginnen von früher aus, aber so richtig wohl fühlte sie sich nicht dabei. Dennoch: Marianne kann ihrem Ex-Mann inzwischen verzeihen, wünscht ihm alles Gute mit seiner neuen Familie und steuert in ein zweites Leben als Single, das sie genießt.

Dieses Leben als Single gibt ihr die Chance Dinge zu tun, die sie früher in einer Beziehung nicht getan hätte, z. B. einfach wegfahren – ganz spontan. Sie entdeckt neue Seiten an sich, sie liest viel mehr, interessiert sich für viele Dinge und wird zum Glück nicht hysterisch oder esoterisch, wie viele gleichaltrige Frauen. Marianne mag sich wieder, geht freundlicher mit sich und ihrem Körper um.

Es sind Wochen, in denen sich Marianne mit den Papieren im Wintergarten beschäftigt. Sie brütet über jedem Fundstück aus Omas Kistchen, wie sie es inzwischen liebevoll nennt. Sie will nun mehr wissen, über die Zeit, in der Anna zwei Kinder mit zwei Männern hatte, von denen einer gut zuzuordnen und der andere eine geheimnisumwobene Person war.

Der in Elisabeths Geburtsanzeige eingetragene Anton Unterweger bleibt trotz Mariannes Recherchen ein Rätsel. Wohl war er tatsächlich aus Tamsweg, aber ob er verheiratet war oder Kinder hatte, konnte ihr niemand auf der Gemeinde sagen. Es gab dort keine Verwandtschaft mehr. Sie ließ im Standesamt nachschauen, ob er dort geheiratet hatte, was nicht der Fall war. In den Kirchenbüchern fand man keinen Eintrag über eine Hochzeit im Jahr 1945 oder davor. In der Stadt Villach hatte auch kein Herr Unterweger eine Frau Blasnig geehelicht. Einzig der Hinweis auf das Krankenhaus Maria Hilf stimmte. Anna Blasnig befand sich dort in der Zeit zwischen November 1944 und Februar 1945. Entlassungspapiere suchten die aktuellen Krankenhausbetreiber aber vergeblich.

All diese Nachforschungen nehmen viel Zeit in Anspruch, die sich Marianne nimmt, denn das alles lässt sie nicht mehr los. Je länger sie forscht, desto unsicherer kommt ihr dieser Mann als möglicher Großvater vor. Dieser Herr Unterweger konnte wohl schlecht Elisabeths Vater gewesen sein, außer er wäre von der Front auf einem Heimaturlaub gewesen, was unwahrscheinlich schien, aber nicht unmöglich. Befragen kann man dazu niemanden mehr.

Marianne findet Freude daran, wie eine Detektivin zu suchen. Sie legt Mappen und Register an, allerhand Folien mit Briefen und eigenen Notizen wachsen zu einem dicken Ordner an, in dem sich ihre Wurzeln oder ein Teil davon befinden. Tatsächlich könnte sie Onkel Herbert aufklären, will aber warten. Sie muss Gewissheit haben, oder wenigstens einen Hinweis. Dabei hilft ihr das Internet, aber nicht nur das. Sie geht in die öffentliche Bibliothek und holt sich Bücher über die Besatzungszeit in Kärnten. Mit ihrer freundlichen und geschulten Telefonstimme gelingt es ihr, beim Gemeindeamt von Oberdrauburg herauszufinden, ob Josefine Manditsch oder ihre Nachfahren noch leben. Tatsächlich gibt es einen Neffen von Finis lange verstorbenem Mann, der ihr allerdings nur wenig über sie erzählen kann.

„Mein Gott, die alte Fini. Die ist schon lange gestorben. Sie war nie besonders gesund, aber dann war sie am Ende richtig krank. Der Krebs ... überall."

Seine Tante Fini lebte als junge Frau auf einem Bauernhof als angenommenes Kind, das bestätigt er. Dass die Kosaken gleich neben dem Hof Quartier bezogen hatten, weiß er nur vom Hörensagen.

„Weißt du, Marianne, da wollt keiner drüber reden. Nie nicht."

Einen Herrn Kuzma kennt er nicht.

„Wie? Nein, nie gehört."

Er gibt ihr noch den Tipp, sich den Kosakenfriedhof in Peggetz anzuschauen, da würde sie vielleicht mehr erfahren können.

Zu Besuch bei Maria
Winter 2014

Maria Jeschofnig in der Kanaltalerstraße in Villach ausfindig zu machen, ist nicht schwierig. Sie trägt noch immer ihren unehelichen Nachnamen, weil sie, obwohl mit einem Italiener verheiratet, ihren ledigen Namen behielt. Die Dame ist gerade vierundneunzig geworden und lebt mit ständig wechselnden Betreuerinnen noch immer in derselben Wohnung, für die sie einen sehr kleinen Mietzins bezahlt. Das erzählte sie ihr schon am Telefon. Marianne läutet an der Glocke des langgezogenen Baus, der schon bessere Zeiten gesehen hat, aber selbst das muss schon lange her sein. Eine Frau mit südländischem Akzent öffnet ihr, sie ist klein und mollig und sieht sie skeptisch an. „Nichts kaufen, verstanden? Frau Jeschofnig keine Geld!"

„Ja, ja. Das will ich nicht. Frau Jeschofnig weiß, dass ich komme. Wir haben telefoniert." Tatsächlich hatten sie telefoniert, aber ob Frau Jeschofnig sie dabei richtig verstanden hat, bezweifelt Marianne. Es ist den Versuch wert. Vielleicht kann diese Frau etwas über Anna erzählen, das ein wenig Klarheit über die Jahre von 1945 bis 1947 bringt. Eine Episode im Leben ihrer Großmutter, die sie immer noch erstaunt und Fragen aufwirft. Nach wie vor ist Marianne mit ihren Funden alleine auf der Suche, sie hat weder ihren Onkel noch ihre Mutter eingeweiht.

Marianne folgt der Pflegerin ins Wohnzimmer, das nach Süden hin ausgerichtet ist und ein schönes Licht in den dunkel möblierten Raum wirft, der schön aufgeräumt wirkt und nach poliertem Holz riecht. Die alte Dame sitzt bequem in einem Ohrensessel und trägt große Kopfhörer. Sie schaut etwas angestrengt in Richtung Fernsehapparat. Frau Jeschofnig hat dünnes weißes Haar und trägt einen Rollkragenpullover. Ihre Beine sind in eine Decke eingewickelt. Marianne spricht so laut sie kann: „Guten Tag! Grüß Gott, Frau Jeschofnig!" Die Dame scheint es nicht gehört zu haben, unbewegt starrt sie weiter in dieselbe Richtung. Marianne tritt etwas näher, vor den Fernseher. Frau Jeschofnig sieht ihr direkt in die Augen, dann wieder zum Fernsehapparat und schließlich wieder zu ihr. Endlich zieht sie die Kopfhörer von den Ohren und lässt sie in ihrem Schoß liegen. Erneut setzt Marianne sehr laut an: „Frau Jeschofnig, ich…"

„Um Gottes willen, was schreien Sie denn so? Ich bin ja nicht taub! Alt wohl und ich sehe schlecht, aber ich kann noch immer alles hören!"

„Entschuldigen Sie bitte, ich komme wegen dem Gespräch."

„Welches Gespräch? Was wollen Sie denn überhaupt? Ich habe schon gesagt, dass ich keine Versicherung mehr brauche und dass ich keiner Kirche mehr beitrete! Und: Zum Vererben hab ich nichts für Tiere oder Behinderte, oder noch schlimmer behinderte Kinder!" Klare Worte und dabei recht scharf, denkt Marianne.

„Deswegen bin ich auch nicht da." Unbewusst entschuldigt sie sich.

„Sondern?"

„Wegen meiner Großmutter. Anna Kofler", sie zieht das rosarote Briefchen, welches nun in einer Klarsichtfolie steckt, aus der Handtasche und überreicht es Frau Jeschofnig.

Die sucht nach der Brille, die um ihren Hals baumelt.

„Anna …" Sie seufzt. „Die Anna … Ja. Und sie sind ihr Enkelkind?"

„Ja. Das einzige. Ich wollte sie etwas fragen, wenn Sie es erlauben?"

„Frag, mein Kind. Frag nur. Sind eh alle tot. Inzwischen sind alle drüben."

Es werden vier Nachmittage, die Marianne bei Maria Jeschofnig verbringt, um herauszufinden, was ihre Großmutter in der Zeit bis zu ihrer Hochzeit im Jahr 1947 wahrscheinlich tat und wo sie wohnte. Die alte Dame ist zunächst verschlossen und weicht Mariannes Fragen aus, erzählt dann aber doch vieles über sich selbst und manches über Anna. Sie wird vom Sprechen und Denken schnell müde und die Pflegerin bittet Marianne dann jedes Mal eindringlich, zu gehen. So erfährt Marianne zumindest Folgendes:

Maria nannte sich damals Mary Sue und war von der ENSA, einem Unterkommando der Briten, als Sängerin engagiert worden. Sie lernte Anna bei einer Zugfahrt kennen, damals war diese schon schwanger. Über den Vater des Mädchens erfuhr sie nicht viel, außer dass es wohl eine sehr kurze Affäre gewesen sein muss. Sie verhalf ihr zu einem Posten in Wolfsberg, den sie bis knapp vor der Geburt des Kindes behielt. Dann verloren sich die beiden Frauen aus den Augen. Anna lebte für eine kurze Zeit bei einer Freundin in Arnoldstein und besuchte manchmal ihre Mutter in Villach, die geistig umnachtet war. Maria drückte sich da wenig höflich aus:

„Die Alte war komplett meschugge!"

Dennoch zog Anna mit dem Baby nach Villach und lebte in einem Nebengebäude der Arbeitgeber ihrer Mutter, wo sie das Kind so gut wie möglich zu verstecken versuchte, wenn sie der Mutter bei der Arbeit half.

„Da habe ich sie wiedergesehen und half ihr manchmal, auf das Mädchen aufzupassen. Sie war ein putziges Krabbelkind mit roten Locken und gut genährt." Warum es ihr so gut ging? Anna hatte ein Pantscherl mit einem englischen Soldaten, der Zugang zu Lebensmitteln hatte und sie versorgte.

„Ich kann mich nicht an seinen Namen erinnern, da waren so viele da", meint Maria.

„Könnte er Bernie geheißen haben?", fragt Marianne.

„Ja! So hieß der! War ein fescher Kerl! Ein großer Mann."

„Das habe ich schon herausgefunden.“

„So … Wie denn?“ Frau Jeschofnig runzelt die Stirn.

„Oma Nane hatte ein Foto von ihm.“

„Ja. Hab ich auch, glaube ich.“

Maria Jeschofnig kramt sehr gemählich ein altes Fotoalbum aus einer Kredenz hervor. Der Einband zerfällt fast und kracht, als sie es aufschlägt. Schweigsam und nickend überblättert sie viele Bilder, auf denen eine sehr attraktive Frau in die Kamera lächelt, alleine oder in Begleitung von britischen Soldaten. „Das waren Zeiten. Du hast ja keine Ahnung, was manche für ein bisschen Brot und Speck in der Zeit getan haben, oder für ein paar Strümpfe …“, murmelt sie in sich hinein, bis sie bei einem Bild hängenbleibt und kichert:

„Ja, schau! Da ist die Anna mit dem Bernie. Das war beim Fussballspiel in Arnoldstein. Da war ich als Zuschauerin.“

Maria reicht ihr das Album. Die Fotografie zeigt eine Fußballmannschaft, bekleidet mit weißen Leibchen und kurzen schwarzen Hosen. Die jungen Männer halten eine britische Flagge zwischen ihren Beinen ausgebreitet. Ihre Großmutter hockt etwas abseits mit der kleinen Elisabeth auf den Knien und hält den Ball fest.

„Bernie war der Schiedsrichter, das war ein Spaß.“

Marianne betrachtet das Bild und gibt das Album wieder vorsichtig zurück. Es ging ihr also nicht schlecht, denkt sie. Aber was geschah weiter?

„Er musste plötzlich heimkehren, ich habe das nicht so mitbekommen, aber da wusste Anna schon, dass sie wieder schwanger war“, erklärt Frau Jeschofnig nüchtern.

„Was hat sie getan?“

„Was wohl. Weitergelebt. Zuerst gewartet und dann irgendwann das Warten aufgegeben. So wie wir alle.“

„Hat sie ihn geliebt?“ Leise fügt sie hinzu: „Was meinen Sie?“

„Das weiß ich nicht. Ich glaube, sie hat den Mann geliebt,

der Elisabeths Vater war. Von dem hat sie aber nie gesprochen. Außer einmal."

„Einmal?"

„Ja. Da war sie ein wenig betrunken. Wir haben einen Rotwein bekommen, ich weiß nicht mehr woher, und ihn ausgetrunken. Anna fing an, ein Liedchen zu summen. Es war schön, aber mir völlig unbekannt. Ich fragte sie, woher das stammt. Sie antwortete mir: ‚Von den Kosaken'. Wieso kennst du das? Das wollte ich gerne von ihr wissen. Darauf antwortete sie: Ein schöner Mann hat mir das einmal vorgesungen, in einer Nacht ohne Morgen."

„Das war alles?"

„Ja. Ich fand das merkwürdig, aber ich fragte nicht weiter nach. Ich habe auch viele schöne Männer gekannt und viele nicht so schöne. Da war ich noch jung."

Bei ihrem letzten Besuch versucht Marianne von der betagten Lady zu erfahren, ob ihre Freundin Anna damals bereits verheiratet beziehungsweise Witwe war.

„Nein, war sie sicher nicht. Das waren ledige Kinder, alle beide. Deswegen hat sie ja dann den Hans geheiratet. Er war fast siebzehn Jahre älter."

Scheinbar waren Hans und Anna sich in einem Waldstück bei Villach begegnet. Beide hatten vor, die Vergangenheit hinter sich zu lassen, und wollten neu anfangen.

„Die große Liebe war es nie, aber ein gutes Arrangement. Hans wäre gerne Vater gewesen und Anna gerne verheiratet. So einfach war das." Maria sieht das sehr nüchtern.

„Aber hören Sie, bitte … ich habe eine Urkunde gefunden, auf der steht, dass sie Kriegswitwe war", rechtfertigt Marianne ihre Frage.

„Das ist nicht möglich." Sie setzt nach einer Pause fort: „Wie hätte dieser Ehemann denn heißen sollen?"

„Anton Unterweger."

Frau Jeschofnig reibt sich am Kinn. „Irgendwie kommt mir das aber bekannt vor."

„Ja?"

„Weißt du, was ich denke?"

„Nein."

„Es wäre denkbar, dass sie die Rente kassiert hat."

„Was für eine Rente?"

„Die Witwen- und Waisenrente. Das haben einige Frauen gemacht."

„Wie meinen Sie das?"

„Ich kann mir das zwar nicht vorstellen, aber es wäre möglich, wenn…", Maria steht sehr langsam und schwerfällig auf und nähert sich ihrem Bücherschrank, aus dem sie ein anderes Album zieht. Marianne beobachtet sie und wartet geduldig darauf, dass sie fortfährt. Mühsam hält Frau Jeschofnig sich am Bücherboard fest und reicht Marianne einen in dunkelrotes Leder eingebundenen Fotoband. Marianne nimmt ihn entgegen.

„Schau einmal da hinein. Vielleicht …", führt sie auch diesen Satz nicht mehr zu Ende. Die Betreuerin kommt ins Wohnzimmer und gibt Marianne ein Zeichen mit der Hand, dass sie sich verabschieden möge:

„Frau Jeschofnig müde. Genug."

In ihrem Wintergarten angekommen, blättert Marianne in dem Album. Darin sind viele alte Schwarz-Weiß-Bilder von Mädchen, die im Wald wandern und auf Turngeräten sitzen. Es gibt Mädchen in Badeanzügen und Dirndlkleidern. Keines der Fotos ist beschriftet. Ein Foto zeigt eine sehr große Gruppe von jungen Frauen und Mädchen mit der Uniform vom Bund Deutscher Mädchen, aufgenommen bei einem Fest. Dann kommt eine leere Doppelseite im Album, aus der viele Bilder herausgerissen wurden. Während sie weiterblättert, kann sie den Zusammenhang aus dem Gespräch mit Frau Jeschofnig immer weniger erkennen. Bis sie dann auf eine Auswahl an Bildern von jungen Männern stößt, die allesamt in ihrer Wehrmachtsuniform abgebildet sind und manchmal keck lächelnd posieren. Unter diesen Bildern sind ebenfalls keine Namen, aber Daten, z.B. 4. Juli 1944 (Tallinn) oder 1. September 1942 (Stalingrad). Es sind Fotos von Gefallenen, offensichtlich namenlos. Ein Bild ist nur mehr an einer Ecke festgeklebt, es flattert, als sie die Seite umblättert. Dabei bemerkt Marianne auf der Rückseite der losen Fotografie eine mit einem Bleistift dünn notierte Notiz. Da steht ein Name: Johann Neumüller. Marianne sucht nach einem scharfen Tapeziermesser und löst vorsichtig Fotografie für Fotografie vom schwarzen Papier, bis sie ihn findet: Anton Unterweger. Noch ein Satz steht auf der Rückseite: Tonis letzter Heimatbesuch in Tamsweg, Juli 1942. Wie bei allen anderen Männern ist auf dem schwarzen Papier mit weißem Stift der Vermerk seines Todeszeitpunkts: 3. Februar 1943 (Stalingrad). Sie nimmt das Bild ganz vorsichtig und streicht es glatt, da es sich aufgebogen hat. Ein sehr junger Mann mit Milchbart und eng zusammenstehenden Augen blickt ihr entgegen. Er trägt die Uniform nicht mit Stolz wie viele andere, sondern so, als würde sie ihn erdrücken und ihm die Luft abschnüren.

„Du warst also der Vater auf dem Papier?", sagt Marianne zu sich selbst.

Wohl wissend, dass dieser schüchterne Mann ganz gewiss nicht ihr Großvater sein konnte, denn diese Daten sprechen eindeutig dagegen. Wie ihre Oma Nane an diesen Namen gekommen war, um dann die Rente zu kassieren, bleibt Marianne ein Rätsel.

Lauf, Katinka, lauf!
1. Juni 2015

In den acht Monaten nach dem Fund der alten Eisenbahnerkiste voll Erinnerungen ist sich Marianne immer sicherer, dass ihr gesuchter Großvater etwas mit dem Kosakenlager in Oberdrauburg zu tun haben musste. Weder wusste sie allerdings, wer Herr Kuzma sein konnte, noch darüber Bescheid, ob ihre Großmutter einen Geliebten oder Verlobten in Oberdrauburg hatte. Rechnete man aber ab dem Geburtsdatum ihrer Mutter Elisabeth neun Monate zurück, dann musste es im Frühsommer 1945 gewesen sein, als ihre Oma Nane schwanger wurde. Dafür musste sie keine Detektivin sein, aber viele andere Dinge, die sie bisher erfahren hatte, beruhten auf wirklicher Detektivarbeit.

Susanne ist inzwischen eine Stütze bei der Suche, sie lernt in der Schule gerade über den Zweiten Weltkrieg und blättert sehr interessiert in den Dokumenten und im Ahnenpass ihrer Urla. Sie stellt immer wieder Fragen und Marianne erkennt, wie wenig sie eigentlich über die Ereignisse zum Ende des Krieges aus ihrer eigenen Heimat weiß. Sie lernt auf ihrer Suche nach ihrem wahren Großvater ständig Neues. Sie besorgt sich Bücher und durchstöbert das Internet, als sie dabei über die „Tragödie an der Drau" liest, ist sie erschüttert. Alles, was sie hierüber erfährt, scheint ihr wie ein surreales Märchen, eine Legende. Unmöglich, dass das tatsächlich nur wenige Kilometer von ihrer Heimatstadt entfernt passiert war.

Per Zufall entdeckt sie auf einer Homepage der Überlebenden des Massakers an der Drau eine Einladung zu einem

Theaterstück. Anlässlich der diesjährigen Gedenkfeiern wird es im Auguntum Museum in Dölsach, vor der Osttiroler Grenze, aufgeführt. Alle Jahre gibt es auf dem Kosakenfriedhof in Peggetz ein Treffen der Überlebenden, oder inzwischen eher ihrer Kinder und Kindeskinder. Die Angehörigen kommen in den Tagen rund um den 1. Juni dort zusammen, um mit einem Pope am Friedhof zu beten. Marianne möchte endlich mehr darüber erfahren, und wo wäre das besser möglich als am Schauplatz dieses Verbrechens, vom dem so Wenige in ihrer Heimat überhaupt etwas wussten. Sie reist also spontan nach Lienz und mietet sich in einem kleinen Hotel ein. Marianne steht an einem lauen Frühsommerabend vor dem hell erleuchteten modernen Museum, in dem sich schon viele Besucher tummeln. Der schmucklose Betonbau bildet einen scharfen Kontrast zu den uralten Exponaten der römischen Ausgrabungen, die in den großen Glasvitrinen ausgestellt sind. Mit ihrer Kamera fängt sie ein paar Momentaufnahmen ein. Der schwere Fotoapparat hat sie schon auf vielen Reisen begleitet. Nun will sie Susanne daheim zeigen, was sie hier erlebt. Unter den Zuschauern sind hauptsächlich ältere Leute aus der Gegend, unverkennbar sind die Gäste aus Russland, die mit den typischen schwarzen Fellmützen der Kosaken und schwarzen Hemden, geschmückt mit Orden, nach ihren zugewiesenen Plätzen suchen. Ein paar Musiker stimmen ihre Instrumente im Hintergrund. Die Bühne ist schlicht schwarz gehalten und ohne Kulissen, sie ist bereits teilweise erleuchtet. Ein Bürgermeister beginnt die Veranstaltung mit seiner Begrüßung, dann spricht ein Historiker aus Innsbruck. Unisono erklären sie die Tage rund um den 1. Juni 1945 zu den schwärzesten des Zweiten Weltkrieges, obwohl der da eigentlich schon vorbei war. Marianne schießt ein paar Fotos ohne Blitz, sie stellt das Handy auf lautlos.

Das Theaterstück „Lauf, Katinka, lauf!" beginnt und Marianne taucht in eine Zeit und ein Geschehen ein, das ihr so unvorstellbar weit entfernt vorkommt wie eine Reise ins Mittelalter. Es ist ein Drama, in dem die Kosakenpferde sprechen können und über ihr Schicksal und das ihrer berühmten Reiter erzählen. Hauptdarstellerin ist die Kosakenstute Katinka – sie führt durch das Stück.

Als die Schauspieler der Laiengruppe die Bühne betreten, macht Marianne noch ein paar Aufnahmen, dann legt sie die Kamera beiseite. Der Text für „Lauf, Katinka, lauf!" ist aus Fragmenten von Zeitzeugenberichten entstanden, kann man dem Programmheft entnehmen, das Marianne krampfhaft zwischen ihren Händen immer wieder ein- und ausrollt. Es ist schon recht wellig. Marianne wird bewusst: Also hat es das wirklich gegeben, so unvorstellbar es auch klingt. Da soll meine Oma dabei gewesen sein? In welcher Rolle? Eine junge Frau auf der Bühne spielt eine Bauerntochter, die das Unrecht schildert und dabei nicht helfen kann. Wie mag das wohl die junge Anna Blasnig erlebt haben? Hat sie sich geduckt, hat sie sich gefürchtet? War es ihr egal? Hat sie gestohlen aus den Lagern? Hat sie Pferdefleisch gegessen?

Die Pause nutzt Marianne, um an diesem schönen und warmen Abend vor das Museum zu gehen und sich die Beine zu vertreten. Sie muss Luft holen, die Wellen gehen hoch. Selten war sie alleine im Theater und noch weniger oft steht sie alleine in der Pause herum. Ein großgewachsener breitschultriger Mann um die Dreißig hat wohl dieselbe Idee und geht über ein paar Stufen auf den Parkplatz, der im Flutlicht taghell erleuchtet ist. Er ist schwarz gekleidet. Vielleicht gehört er zur Kosakendelegation und trägt diese Tracht, nur eben ganz ohne Orden. Er zündet sich eine Zigarette an, sein Vollbart glitzert für einen Moment im Feuerschein. Von der Seite wirft er Marianne kurz einen Blick zu.

Sie dagegen hat nur Augen für seine hohen schwarzen Reiterstiefel, die viel zu warm für diesen lauen Abend sein müssen. Sie sehen wirklich haargenau so aus wie die Stiefel in

Annas Schatulle. Sie hat seinen Blick schon bemerkt und wagt es schließlich, ihn anzusprechen, auch um die für sie eigenartige Situation irgendwie zu entspannen. Es ist wie im Fahrstuhl, wo man Smalltalk führt, nur um sich nicht bewusst zu werden, dass man auf engstem Platz mit völlig Fremden steht.

„Gefällt Ihnen das Stück?" Diese Frage passt in jede Theaterpause.

Sie empfindet sein Gesicht als sehr freundlich, wenn man auch nicht viel davon sieht.

„Ja. Es ist gut gemacht." Der Mann hat einen leicht amerikanischen Akzent, irgendwie gar nicht Russisch.

„Sie kommen aus Amerika?"

„Ja. Ich begleite meinen Vater. Der war schon mit seinem Vater da. Und mein Großvater war 1945 mitten drinnen in dieser Geschichte. Er kam dann erst wieder hierher … ich glaube 1990. Das war mit Perestroika, als die Grenze aufging."

„Ihr Großvater war hier?", sie runzelt ungläubig die Stirn, „und hat DAS überlebt?"

„Ja. Viele haben das nicht geschafft. Er war danach noch 15 Jahre im Gulag. Und hat auch das überlebt. Er war ein zäher Knochen, der alte Pawlow."

Er zieht schmunzelnd an seiner Zigarette.

Vermutlich hat er die Geschichte schon öfter erzählt, denkt Marianne und kommt sich plötzlich völlig fehl am Platz vor. Wahnsinn, dieses Unglück und all diese Familien dahinter! Sie lächelt und schweigt betroffen. Was hätte sie dem Mann antworten sollen? Es tut mir leid? Oder: Was für ein Schicksal! Oder einfach nichts sagen. Besser einfach nichts sagen, entscheidet sie.

Die Glocke ruft zum zweiten Akt. Wieder auf ihrem Platz, erlebt sie den Rest des Stücks wie in Trance. Geschrei und Hufe, das Klappern von Geschirr, laute Schüsse und das Trampeln von schweren Stiefeln werden über Lautsprecher eingespielt. Dazu gebärden sich die englischen Soldaten wild gestikulierend, während die Pferde um Katinka zu flüchten versuchen. Die Zuschauer erleben ein Spektakel, das ebenso grausam wie poetisch ist. Die Hilflosigkeit der Opferlämmer, denkt Marianne für einen Augenblick. Das Pferd Katinka erzählt von Tod und Abtransport, es leidet und Marianne weint. Verstohlen wischt nicht nur sie die Tränen von ihren Wangen. Neben ihr schneuzt sich ein alter Mann geräuschvoll in sein Taschentuch. Sie ist tief berührt, als nach der letzten Szene eine Gruppe Männer in schwarzen Hemden aufsteht und ein Lied singt, das sehr schwermütig klingt. Obwohl sie kein Wort verstehen kann, kommt es ihr bekannt vor. Irgendwie tröstlich. Als sich das Publikum erhebt, sucht sie nach ihrer Tasche, nimmt die Kamera und macht sich auf den Weg zum Ausgang. Dort erwartet sie der bärtige Mann und lädt sie auf ein Glas zur Bar des Museums ein. Marianne ist erstaunt, möchte zuerst ablehnen und denkt dann: Warum nicht? Irgendwie möchte sie sich über diesen Abend austauschen.

Der bärtige Mann ist sehr höflich und begleitet sie zur Theke, wo seine Verwandten bereits warten. Ein älterer Herr mit Fellmütze nähert sich ihr und spricht sie auf Russisch an. Marianne zuckt mit den Schultern und lächelt. „Nichts verstehen."

Der Bärtige tritt dazwischen und übersetzt: „Sind Sie die Journalistin aus Lienz?" Wie kommt er darauf, dass sie Reporterin ist? Achja, die Kamera!

Marianne stammelt und will verneinen, als der alte Mann bereits wieder zu sprechen ansetzt. Er wirkt aufgeregt. Die Übersetzung folgt sofort:

„Sie müssen das schreiben, von der Flucht und dass doch jemand geholfen hat."

Sie starrt ihn an: „Was meint er damit?"

„Seinem Vater wurde geholfen. Er war verletzt. Eine junge Frau hat ihn versteckt."

Der alte Herr spricht weiter, seine Stimme wird ruhiger und klingt sehr angenehm.

Der Bärtige nickt: „Mein Großvater war mit seiner Mutter hier im Lager. Sie wurde ermordet, aber er konnte fliehen. Er wollte dieser Frau immer danken, konnte es aber nicht."

Marianne versucht nicht mehr die Situation aufzuklären, sondern spielt mit. Warum diesen alten Mann kränken?

Schließlich antwortet sie: „Wo hat er sich denn versteckt?"

Der Bärtige antwortete prompt: „In Oberdrauburg". Es klingt wie Overdrowbörg. Mariannes Wangen glühen plötzlich.

„Wissen Sie das ganz genau?" Der Alte nickt nach der Übersetzung. „Da."

„Ja. Er hat selbst versucht herauszufinden, wo sie lebte, als er das erste Mal in Kärnten war, aber da fand er sie nicht mehr", erklärt der Sohn und meint etwas leiser: „Vielleicht ist sie schon verstorben?"

„Vielleicht."

„Werden Sie darüber schreiben?", fragt der Bärtige.

Marianne nickt.

„Kommen Sie morgen ins Restaurant Adlerstüberl um 13 Uhr? Mit ihrem Tonband und der Kamera?" Marianne seufzt ganz leise. Sie nickt.

„Hier haben Sie meine Karte, rufen Sie mich an."

Er übergibt ihr eine grüne Visitenkarte, auf der ein elegantes Paar Stiefel als Zeichnung abgebildet ist. In schwarzen Lettern steht dort:

Kuzma Pawlow & Sons
Original Kosacian Riding Boots
Established 1960 in Moscow
Washington D.C.

Literaturverzeichnis

Die Chronik der Gemeinde Oberdrauburg. Leihgabe. S. 136 – 138.

Frankfurter Allgemeine Zeitung, 9. Juli 2005: Großer Verrat an der Sache der Freiheit. Die Übergabe von gestrandeten Kosaken und Kaukasiern an die sowjetischen Behörden im Sommer 1945.

Gitschtaler, Bernhard und Jamritsch, Daniel: Das Gailtal unterm Hakenkreuz. Über Elemente nationalsozialistischer Herrschaft im Gailtal. Verlag Kitab Zeitgeschichte, Wien u. Klagenfurt, 2014.

Karner, Stefan: Im Archipel GUPVI. Kriegsgefangenschaft und Internierung in der Sowjetunion 1941–1956. R. Oldenbourg Verlag, Wien, München, 1995.

Kastner, Florentine: Diplomarbeit 373, Camp Wolfsberg. Britische Besatzungslager in Österreich von 1945 bis 1948, Wien, 2011.

Kosakentragödie in Lienz am 1. Juni 1945, Ein Augenzeugenbericht von Mechthild Wallner, geb. Striedner, aus Zwickenberg (zusammengestellt von Peter Wallner).

Krause, Werner H.: Kosaken und die Wehrmacht. Der Freiheitskampf eines Volkes. Leopold Stocker Verlag, Graz, 2003.

Mackiewicz, Josef: Tragödie an der Drau. Oder die verratene Freiheit, Ullstein Verlag, 1992 im Original Bergstadtverlag, München, 1957.

Martin-Smith, Patrick: Widerstand vom Himmel. Österreichische Einsätze des britischen Geheimdienstes SOE 1944. Hrsg: Peter Pirker, Czernin Verlag, Wien, 2004.

Osttiroler Heimatblätter, 71. Jahrgang, Nummer 6/2003: Erinnerungen des Wehrmachts-Deserteurs David Holzer. Da machen wir nicht mehr mit (von Peter Pirker).

Oral History Interview mit Josef Thurner, Geboren 1940 in Kötschach (Kärnten) Kötschach, 26.03.2011, von Tamara Zerza

Schmidt, Alexandra (Hg.): Drautöchter. Villacher Frauengeschichte(n). Verlag Heyn, Klagenfurt 2013.

Solschenizyn, Alexander: Der Archipel GULAG. Fischer Taschenbuch Verlag, 2008.

Stadler, Harald/Kofler, Martin/Berger, Karl C.: Flucht in die Hoffnungslosigkeit. Die Kosaken in Osttirol. Studien Verlag, Innsbruck/Bozen/Wien 2005; 2. Auflage 2015.

Verdnik, Alexander: Wolfsbergs dunkelstes Kapitel. NS-Herrschaft im Lavanttal. Kitab Verlag, Klagenfurt-Wien 2015.

Wadl, Wilhelm: Das Jahr 1945 in Kärnten – Ein Überblick. Verlag des Kärntner Landesarchivs, 1985.

Walzl, August: Zwangsarbeit in Kärnten im Zweiten Weltkrieg. Die Hintergründe eines politischen Phänomens im Alpen-Adria-Raum, Verlag des Kärntner Landesarchivs, Klagenfurt 2001.

Wenzel, Edgar M.: So gingen die Kosaken durch die Hölle. Die große Dokumentation. Heidrun Buchproduktion, Wien 1976.

Danksagung

Die Idee zu diesem Roman stammt aus dem Jahr 2015. Es sollte fünf Jahre dauern, in denen ich diesen Text immer wieder zur Seite legen musste, bis ich ihn dann während einer der schlimmsten Krisen seit dem Ende des Zweiten Weltkrieges 2020 fertigstellen konnte.

In meiner Arbeit als Biografin bin ich in Zeitzeugeninterviews immer wieder auf das Thema „Kosaken in Kärnten" gestoßen. Als ein Aufflackern, einen kurzen Moment in der Geschichte dieses Landes, der allen, die diesem Volk je begegneten, unvergesslich blieb. Ich darf hier folgende Personen nennen, die mir von ihren Begegnungen erzählten, denen ich zu Dank verpflichtet bin, weil sie mich zu diesem Text inspirierten, der zwar fiktiv ist, sich aber in weiten Zügen an geschichtliche Ereignisse binden möchte:

Herzlichen Dank für die Erzählungen von Gretl Komposch (1923–2019) über Arnoldstein, Helga Ebner (1920–2013) über Wolfsberg, Adolf Funder (1928–2020) über Möbling und Wolfsberg, Peter Knoll (1938) über Wölfnitz und Lendorf und Adrienne Pokorny (1919–2021) über die britische Besatzung. Über dieses Thema berichteten mir auch Paul Springer (1920–2014) und Lotte Spinka (1919–2015) ausführlich.

Ich bedanke mich bei der Krimiautorin Alexandra Bleyer, die mich in einer frühen Phase auf Kurs brachte, und meinen Lektorinnen Karin Varch, Angelika Arneitz und Dr. Rosemarie Lederer.

Die (Namens)Ähnlichkeit mit lebenden Personen ist nicht beabsichtigt und zufällig. Alle Personen (bis auf die historisch verifizierten) sind fiktiv, könnten aber gelebt haben …

„Wähle den Hengst, wähle ihn abermals,
denn die Fohlen gleichen stets mehr den Vätern
als den Müttern.

Vergiss nicht,
dass die Stute das Gefäß ist,
woraus Du Gold nimmst,
wenn Du Gold hinein tatest,
Kopeken aber,
wenn Du Kupfer hineintatest."

(Kosakisches Sprichwort)

Katharina Springer

1975 in Villach geboren, aufgewachsen in Radenthein. Nach dem Studium (Publizistik und Kommunikationswissenschaften) in Klagenfurt für verschiedene Magazine in Kärnten und Deutschland tätig. 2009 erste Veröffentlichungen als Biografin und Literatin. Mit ihren beiden Büchern *Mit dem Fahrrad nach Rom* und *Unterm Teppich* sorgte sie bereits für Aufsehen. Seit 2010 bietet sie spezielle Schreibwerkstätten zum Thema Biografie an. Springer bezeichnet sich selbst als Erzählerin, hauptsächlich im Format Kurzgeschichte. 2017 gewann sie den Fachjurypreis des Mölltaler Kurzgeschichtenwettbewerbs. Seit 2018 ist sie im Vorstand des Kärntner SchriftstellerInnenverbandes und Mitglied bei scribaria. Katharina Springer lebt und schreibt in Klagenfurt.

Die Autorin wurde durch zahlreiche Zeitzeugenberichte auf eine Ära verdrängter Zeitgeschichte in Kärnten aufmerksam. Sie malt für die Leser anhand dieser Beobachtungen und historischer Recherchen kräftige Bilder. Authentisch und lebendig gelingt ihr eine Familiensaga, die überrascht und bis zum Schluss fesselt.

https://diebiografin.com/katharina-springer/